當家主母 下

文創風 274

于隱 著

風文創 274

目錄

第十二章

徐澄將六座宅院走馬看花過了一遍眼，最後來到汪瑩瑩的小院子外。

他向兩位守衛細問剛才李妍來時的情形，再把裡面的小領頭叫出來，問了關於汪瑩瑩的事，便轉身走了。

汪瑩瑩聽到動靜立刻從屋子裡跑出來，沒想到小領頭一進來便把門關上，外面的守衛再將門一鎖。

她心裡一陣冷笑，看來徐澄是不敢進來了，倘若他真的不怕被誘惑，為何來到門前又走了呢？

她對著小領頭優雅一笑。「小哥，你以為這低矮的院牆能困得住我嗎？早上我練劍時你應該見著了，我輕而易舉就能出去，只不過我中意宰相大人，願意屈尊於此而已，這道門鎖與不鎖，對我來說沒什麼不同。」

小領頭朝她作揖道：「在下明白，鎖門不是為了讓妳出不去，只是為了讓外面的人進不來。能讓妳出不去的不是這道門，而是我們五個人。」

「哦？」汪瑩瑩靠近他，用手搭在他的肩膀上，嬌聲軟語道：「要不咱們倆先比試比試？」

小領頭也不後退，就這麼由她搭著肩，面無表情。「剛才宰相大人說了，今晚他會來聽妳唱曲。」

汪瑩瑩嘴角帶著笑意。「好，我等著。」然後身姿款擺地走進了臥房。

紀姨娘和迎兒還沒從宮裡回來，她房裡的巧兒已經開始為她著急了，因為巧兒聽紀姨娘說來年一定要為老爺懷上孩子，可是如今老爺有了新歡，怕是再也不肯來秋水閣了。

這次紀姨娘趕在午膳時分回來了，以前她每次進宮都會待到下午才回來。因為這次她以身子還沒養好為由，拒絕皇上碰她。她再以墮胎的事來個一哭二鬧，就差要上吊了，皇上鬧她不過，便將一套價值萬兩的九連環玉器賞給了她。

當紀姨娘再將從陳豪那兒打聽來的機密告知皇上時，皇上又驚又喜，再賞給她一對稀世玉珮，據說是傳承上千年的寶物，就連皇后娘娘手裡都沒有這般貴重的東西。

紀姨娘心裡總算是得到了滿足，有了這些東西，她後半輩子算是無憂了。何況這是皇上賞的東西，對她來說也是一道護身符。

皇上得知徐澄暗地裡已做了周密防備，立馬派錦衣衛和暗訓的軍隊盯哨。

之前他沒想到徐澄已經安排了這些，很驚愕很憤怒，但知道其規模不大，只不過是為了防範，他又放心了。對他來說，這種小規模的防備，他又提前得了消息，到時候輕而易舉就能將其消滅個乾淨。

他沒能知道的是，陳豪得來的全是二手消息，是徐澄故意讓陳豪知道的。

紀姨娘高高興興地回府了，迎兒小心翼翼地替她把這些寶貝藏好。這時巧兒進來將她聽到的事情全告訴了紀姨娘。紀姨娘神色驚愕，不可置信，遂問：「不會是妳聽岔了？」

巧兒直搖頭。「姨娘，是真有此事！晴兒還罵那個藏在楊府的女人呢，說她是個不要臉的妖精。」

「夫人做何反應，是否生氣或發怒了？」紀姨娘追問。

巧兒又搖頭。「奴婢不是很清楚，聽晴兒說……夫人回來後和往常一樣，隻字不提此事，所以晴兒才為夫人抱不平。」

紀姨娘揮手讓巧兒出去，再對迎兒說：「夫人都不緊張，我就更沒必要管這事了，先安安生生地把這個年過了，待來年春咱們謀個對策，把老爺招來。只要我有了老爺的骨肉，也不生事，將來他看在孩子的分上會慢慢對我好的。」

迎兒為紀姨娘捶著腿，點頭道：「姨娘說得對，這個當頭誰惹老爺都不會有好下場的，老爺這麼多年來第一次花心思對待一個姑娘，那定是喜歡得不得了。」

紀姨娘聽了難免心裡發酸，徐澄永遠是她心中的痛，她曾經那麼渴望得到他的心，可卻從來沒能真正靠近他。她幽嘆了一聲。「有機會我倒是想見見那位姑娘。」

「這不難，夫人正在忙著開鋪子的事，說是來年正月十五一過就要開張呢，到時候姨娘跟著去，或許有機會見上。」

紀姨娘拿絹帕拭去幾滴眼淚，她這是第一次聽說徐澄有喜歡的女人了，怎能不傷懷？迎兒見紀姨娘嘴上不在乎，心裡卻這般難過，也不敢再多言了。

此時宋姨娘剛從繡房忙回來，因為想為徐澄做一套新衣裳，她還帶著料回茗香閣了，連口水都來不及喝就興致勃勃地坐下繡圖案。沒想到碧兒卻回來告訴她這麼一件事，她頓時興致全無，把手裡的針線扔在一邊。

碧兒忙勸道：「姨娘，就因為如此，您更要做一件讓老爺高興的事才好，否則老爺真的把您忘了。」

碧兒把針線再遞到宋姨娘手裡，宋姨娘無奈地再接著縫，縫一針便嘆一聲氣，淚花晶瑩。「本來老爺就把我忘得差不多，哪怕我在他面前晃悠，他也是瞧不見的。如今他有了喜歡的女人，往後就怕他對馳兒和驕兒都要差上許多。都怪我這個當娘的沒用，將來他們還不知要走什麼路，怕是連個馬馬虎虎的差事都恩蔭不上。」

碧兒也跟著垂淚。「姨娘別著急，三少爺、四少爺都還小，往後的事誰說得準？姨娘還是把眼下的事做好，上次姨娘回娘家一趟，大老爺和舅爺讓您留意的事您還一點線索都沒有呢。」

宋姨娘手一抖，食指被繡花針扎出了血，鮮紅鮮紅的。

碧兒慌了，自責道：「都怪奴婢多嘴，姨娘千萬別為此事著急啊。」

宋姨娘將手指放在嘴裡吸了吸，苦笑道：「夫人的娘家能為夫人撐腰，紀姨娘有玉嬪娘娘撐腰，我的娘家倒好，我未嫁人時，他們待我如奴婢，現在我已為鄴朝宰相的妾了，他們又只想著利用我，可是我卻不能反抗。難道就因為我是庶出，這一輩子都抬不起頭？」

碧兒哭道：「要不姨娘以後不要聽大老爺和舅爺的話了，逢年過節的也就是帶著少爺們去走一趟，姨娘不要怕他們，反正一年到頭也沒見幾面的。」

宋姨娘幽幽地嘆氣沒說話，因為她知道自己做不到，她的性子就是懦弱。

徐澄回到錦繡院時，小廚房裡已是香氣一片。大家見他回來了便趕緊擺飯菜，李妍不動聲色地坐在位子上，沒有上前迎徐澄，也沒叫他，甚至沒看他一眼，而是伸手幫綺兒一起擺盤。

綺兒趕緊將夫人手裡的盤子接下來。「夫人小心，盤子燙手，您別碰。」綺兒先為李妍盛了一碗湯，然後才來為徐澄盛湯，臉上沒一點笑意。

徐澄兀自坐下，抬頭一瞧，發現不僅綺兒面無表情，崔嬤嬤更是灰著臉，就連晴兒也嘟著嘴站在一邊。他不禁發笑。「夫人，今日是怎麼了，妳屋裡的人跟誰鬧氣了？」

李妍見徐澄明知故問，假意微微笑著。「老爺，她們哪裡是跟誰鬧氣，只不過聽崔嬤嬤講了個段子，說有個達官貴人家裡妻妾成群，還在外面買院子養著不知來歷的女人，妻妾們是一句話都不敢說，只敢暗地裡抹淚。她們聽了覺得當女人真的不容易，有些傷懷而已。」

綺兒端了銀盆過來，讓徐澄洗手。徐澄一邊搓著手，一邊笑問：「那夫人呢，沒有傷懷嗎？」

李妍搖頭，淡淡地說：「只不過一個段子罷了，又何必呢？我剛才忙著看林管事寫的採買單子，顧不上傷懷這個。」

徐澄審視一番李妍的表情，若有所思地笑了，沒再說什麼，開始用膳。他還時不時往李妍碗裡挾菜，李妍就那麼默默吃著他挾的菜，也不道謝。

用膳過後，徐澄完全沒有要走的意思，他見李妍拿著一本書坐在火盆旁翻看著，他便把綺兒、晴兒和崔嬤嬤全都支出去，然後牽著李妍的手，將她拉到榻上坐下，讓她倚靠自己。

李妍眼睛仍盯著書看，頭都不願抬，很隨意地說：「雖處臘月寒冬，但屋子裡的暖炕還是十分舒適的，適宜午後小憩，老爺還是上炕躺一會兒吧。」

徐澄將她手裡的書抽了出去，翻看一下書的封面，嘴角上揚，調侃道：「夫人何時喜歡看《鶯鶯傳》這種書了？我記得夫人幾年前曾說很不喜歡看這種男女私授的故事。」

「以前是以前，如今是如今。何況這種事不是時常會發生的嗎？你昨日還說有待字閨中的姑娘千里迢迢去尋她心中仰慕之人呢。」李妍說話時想奪徐澄手裡的書，徐澄卻長手一伸，把書扔到了書桌上，不讓她看了。

李妍眉頭微蹙，鼓著腮幫子，仰頭看著他。

徐澄伸手捏了捏她的臉頰。「我喜歡妳這般吃醋卻又不哭不鬧的模樣。」

李妍橫了他一眼。「倘若我是男人，我也喜歡啊，男人不都如此想的？身為我後宅的女人，妳可以吃醋，但絕不能在我面前耍脾氣；妳可以憤怒，但明面上妳必須保持分寸，表現得落落大方，該伺候我的時候還得伺候，不能出差錯，更不能哭哭鬧鬧惹得盡人皆知，對嗎？」

徐澄嗤笑一聲。「夫人對此還頗有見解，真是越發惹我喜歡了。」

李妍嘴角一抽。「別耍我了，你以為你兩頭都哄著，便能相安無事了？我是沒什麼，就怕人家姑娘心裡委屈。我可不是強迫自己不哭不鬧，我是本來就不想將此事放在心上，沒必要徒增煩惱。老爺是天，我等該仰望，哪裡敢心生不滿？」

徐澄神色卻凝重起來，十分認真地說：「夫人有這等見解，可否為我解惑？」

「老爺何惑之有？在我眼裡，老爺向來都是明察秋毫的。」

李妍見他還真的有些迷惑，難道她的猜測是對的，那個女人對他來說真的是別有用處？

徐澄苦笑一聲。「夫人還真會說笑，我若事事都能明察秋毫，就不會置徐家如此境地了，再不力挽狂瀾的話，徐家幾代怕是要斷在我的手裡了。」

他見李妍聞言驚愕，忙安慰道：「這只不過是我做最壞的猜想，夫人莫慌。伴君如伴虎，到最後總有被老虎咬的時候，夫人應該懂得此理。只不過這個汪瑩瑩頗讓我費解，對她此舉的目的我竟然猜不出一二……」徐澄將汪瑩瑩的事都跟李妍說了，一字不漏。

徐澄見李妍略微吃驚，笑道：「咱們不是說好了，要恩恩愛愛、同心同德。妳想知道的事，只要我能說的，我都會告訴妳。」

李妍有些感動，點了點頭，然後思索起汪瑩瑩的行為來。徐澄能將這些事完全坦白於她，她希望自己也能幫上忙。

以李妍看來，女人願意赴險，無非有三種目的，一是為情，或許她真的仰慕徐澄，想做他的女人，可是徐澄認為不大可能，但凡聰明的女人是不會把自己的一生交給一個不甚瞭解的人；二是為財，可她的父親是一方富賈，她並不缺財；三是為利，她能從徐澄身上得到哪些利益呢？

徐澄憂思道：「她一個小小女子，不缺吃穿不缺男人，她還有什麼不滿足？」

李妍靈機一動。「或許她是為她父親辦事呢？」

「我和她父親並不相識，也從無瓜葛，而且汪姓與鄴朝皇室乃至各大臣姓氏皆無任何關聯，以前我也沒聽說過任何汪姓人氏的事情。這些我昨日已苦思良久，仍不得其解。」

李妍又道：「那她的祖上呢？或許她本不姓汪，她爹也不姓汪呢？還有，焦陽城是否有過老爺的仇人，或者皇上的仇人？她一個女子懂得那麼多，琴棋書畫、寫詩作賦、騎術武藝樣樣不差，那定是從小就苦學的，表明她爹處心積慮教養女兒，只待有朝一日能用得上她，如此看來，她爹恨皇上或是恨老爺已經好多年了。」

徐澄神色稍變。「焦陽城乃前朝都城，九十年前，我的曾祖父與鄴始帝帶著幾十萬兵馬衝進焦陽城，斬了前朝君王的頭顱，前朝君王姓罔……」

他騰地一下站起來，一邊疾步往外走一邊說：「夫人安心歇息一會兒，待我有了頭緒定會來告訴妳的。」

罔朝自滅亡後便銷聲匿跡，一個汪姓女子若真牽扯其中，那定是有關傾覆鄴朝的大陰謀，雖然他覺得可能性很小，但不得不慎重之。

李妍沒想到胡思亂想一番，也能讓徐澄這麼謹慎。到了晚膳時分，徐澄又來到錦繡院，用過膳後，他再次把下人全都支出去。

李妍挨著他坐下了，她看出徐澄對此事十分慎重，柔聲問道：「是否有點眉目了？」

徐澄搖頭。「焦陽城距京城甚遠，我已經派人八百里加急去找韋濟大人了，讓他秘密派人查探汪家。耗費整整一下午，我從那些來自焦陽城的士卒們嘴裡打探出一點消息，都說汪家雖是一方富賈，但從不與官員來往，倒是與一些德高望重之人交往甚密。還是夫人機警，令我由汪姓想到罔姓，若真是前朝後代想光復罔朝，此事真的非同小可。」

李妍慚愧地笑了笑。「就怕我猜錯了，讓老爺枉費苦心。」

徐澄拍了拍她的手背。「夫人的猜測很有道理，即使猜錯了也無妨。夫人得知我並非喜歡此女，是否已經釋懷了，而且還歡喜得不得了？」

李妍打掉他的手，紅著臉噘嘴道：「我自始至終都很歡喜，哪裡還需要釋懷？」

「妳真是嘴硬，不過我喜歡。」徐澄一下將她攬入懷裡，兩人相依相偎。

李妍有些不適應與他這般老夫老妻的姿勢，在他懷裡扭了扭。「汪瑩瑩到底是什麼樣的女子？我倒想見她一眼，老爺嘴上雖說不喜歡，誰知道是不是真心話。」

徐澄在她鼻子上刮了刮，笑道：「調皮！妳想見她也行，正好與我演一場戲如何？」

「演戲？好啊！」李妍精神來了。「我一定演得出神入化，不讓老爺失望。」

徐澄不禁大笑。「沒瞧出來，夫人還愛演戲？」

李妍拽著他的袖子直搖晃。「快說嘛，到底演什麼戲？」

徐澄對著她耳邊說了一陣，問道：「如何，不知夫人可有為難之處？」

「老爺放心，這點小事不在話下！」李妍站了起來，朝外面招呼著。「綺兒、晴兒，快進來，給我備衣裳，我要出門。」

綺兒和晴兒趕緊跑了進來，綺兒有些慌張地說：「夫人，此時已天黑，您……您要去哪兒？」她以為李妍與徐澄鬧氣了，想出去走走。

「我要去會一會那妖精，看老爺到底中了什麼邪，竟然為了她不停數落我。晴兒，快去叫林管事派馬車！」李妍開始演戲了，把綺兒和晴兒唬得一愣一愣的。

晴兒飛快地跑了出去，綺兒找斗篷時手都是抖的，根本不敢看老爺一眼，以為他們夫妻鬧彆扭了，此時都在氣頭上呢。

徐澄故意繃著一張臉，其實心裡十分開懷，見李妍這般風風火火的，他瞧著甚是有趣。

李妍帶著綺兒、晴兒出發了，另外還帶著齊管事和幾位家丁。坐在馬車裡李妍也是一副又氣又委屈的模樣，綺兒、晴兒都信以為真，陪著她一起掉眼淚。李妍在心裡慶幸崔嬤嬤此時已回家了，否則她不知要陪著流多少淚呢。

到了那座宅院，齊管事把院門一開，李妍便氣勢洶洶地往裡面大步走，綺兒、晴兒跟在後面小跑著。來到拱門前，李妍對著兩名守衛劈頭蓋臉地罵道：「混帳東西，還不快給我開門！」

兩名守衛一陣愕然，但絲毫不敢動彈，沒有宰相的命令，他們是不能開門的。

裡面的汪瑩瑩已經打扮得十分優雅得體，正等著徐澄來聽曲呢，沒想到聽到外面一陣吵鬧。她一聽便明白了，一定是白日來過的女人心中不平，這會子來找她麻煩了，她倒是樂意奉陪，便起身出了臥房。

李妍嚷了三次，守衛都不給開門，李妍為了把戲作足，硬是抬起胳膊給了他們倆一人一掌，打得兩名守衛脹紅了臉，但仍文風不動。這時晴兒看不過去了，衝上去咬其中一人的手。

李妍就站在那兒看著晴兒咬，綺兒也沒有上前攔著，她見守衛並沒有推開晴兒，她也學著晴兒去咬另一人。

幾位家丁跟著上去撞門，齊管事被眼前的情景驚得有些發懵，轉而清醒過來，趕緊跑到府外騎上馬，準備將老爺找來，他怕夫人惹出大事。

兩名守衛疼得直咬牙，但又不敢打夫人的丫鬟，實在疼痛難忍便用力抽出手。綺兒和晴兒見他們完全不敢還手，便變本加厲，對著他們一陣捶打，嘴裡還一直嚷著。「快開門！快開門！」

幾個家丁一腳腳地踹門，恐怕再踹幾十下，門就要散架了。

汪瑩瑩先是極認真地聽著外面的動靜，見外面的人實在不像是作戲，便格格笑了起來，對小領頭說：「你再不讓外面的守衛開門，你們家夫人怕是要被逼瘋了，她不就是想見一見我嗎？看來你們家老爺壓根兒不把她放在眼裡，生怕她惹怒了我，其實我才不是那麼小氣的人呢，不就是吵架嗎？誰不會呀！」

小領頭見汪瑩瑩說得太囂張，而外面的夫人甚是可憐，硬是被兩名侍衛攔在外面，而兩個丫鬟又哭又鬧又打又咬的。他想起老爺今日詢問夫人來時的情況，但並未說夫人來了一定不能進來，何況有他們幾個在，汪瑩瑩是傷不了夫人的。

小領頭對外面的守衛嚷了一聲。「讓夫人進來！」

其實門已經踹得差不多了，再添幾腳便可以進來了，但是聽裡面的人說讓夫人進去，家丁們還是停下了。

兩名守衛是小領頭的屬下，聽小領頭發話了，他們便抬起血淋淋的手開門。

李妍見守衛的手背血肉模糊，其實很於心不忍，但沒辦法，只有這樣才能把戲作足。

李妍一進來便瞧見汪瑩瑩正迎著她呢，見了她的容貌與氣韻，李妍不得不折服，難怪此女如此大膽，連宰相都敢挑釁，確實有自信的本錢。

李妍走上前，惡狠狠地瞪著她。「別以為妳一臉狐媚樣就得意忘形，宰相府裡有位紀姨娘長得不比妳差，老爺照樣不去她的房！綺兒、晴兒，快上去撕爛她的臉！」

晴兒二話不說便衝上去往汪瑩瑩臉上撓，綺兒還有些矜持，但見夫人都下令了，她也衝上去，正要抓汪瑩瑩的頭髮時，汪瑩瑩頭一甩，身子一旋轉，然後騰空兩腿一踢，便將綺兒、晴兒踢到兩丈開外去。

小領頭立馬帶著士卒將汪瑩瑩圍住，家丁們也從院子裡找了鍬和粗棍，大有大幹一場的架式。

汪瑩瑩冷笑道：「是她們自不量力，這可不怪我。」

李妍趕緊去扶綺兒和晴兒，見她們疼得爬不起來，心裡十分愧疚。

晴兒哭著道：「夫人，這妖精有妖法，要是不將她治了，將來可是要禍害老爺和夫人的！」晴兒沒見過哪個女人這麼厲害，便認為汪瑩瑩是施了妖法。

李妍將她們先後扶了起來，再來到汪瑩瑩面前，高昂著頭說：「妳既然這麼想做宰相的女人，那也行，明日就要過小年祭灶王爺了，妳總不能一人待在這裡，沒名沒分的對妳也不好，將來若是生了一兒半女的也會被人罵作是野孩子，還不如跟著我回府，好吃好喝的待妳，盡享榮華富貴，還能日日見著老爺。」

汪瑩瑩才不想去宰相府呢，人多眼雜妨礙她辦事，何況她知道李妍的用意就是想讓她先進府，再夥同那些侍妾們慢慢謀害她。後宅裡的女人們啊，都逃脫不了那些小伎倆，她爹就有妻有妾，她早已司空見慣了。

她揚著驕傲的面孔，回道：「我會有進府的那一日，但絕不是今日，而是待老爺將府裡的妻妾們都處置了，再用八人大轎抬我進府，而且還得老爺親自來迎，且要鑼鼓喧天、鞭炮齊鳴，讓整個鄴朝都知道宰相娶的是我汪瑩瑩！」

李妍還未開口說話，晴兒便跑了過來。「呸！妳一個妖精還想老爺娶妳過門，簡直癡心妄想！夫人，妳快讓他們把這妖精抓起來，將她活活打死！」

李妍眉頭一挑。「哦？這倒是個好主意。」

她看著小領頭和兩名守衛，還有兩名士卒。「你們怎麼還不動手？」

他們確實不敢動手，老爺讓他們看著汪瑩瑩，可沒允許他們打死她。

李妍再看著家丁們，發號施令。「快上！不要留活口！」

家丁們掄起手裡的傢伙就要上，汪瑩瑩擺開手勢正要動武，卻聽得一聲——「住手！」

大家齊看向拱門，徐澄帶著齊管事進來了。

李妍故作氣惱，對著齊管事嚷道：「我讓你跟來是信任你，你怎麼通風報信，竟然把老爺找來了？」

齊管事下意識往後避了避。

徐澄對著李妍吼道：「住口！妳休得胡鬧！還不趕緊回府！」

李妍兩行眼淚奪眶而出，晴兒一下跪在徐澄面前，哭著求道：「老爺，您莫怪夫人，那個女人有妖術，剛才一下將我和綺兒踢得幾丈遠去，若不處死她，將來後患無窮！」

綺兒也爬了過來。「老爺，當真是那個女人出言不遜，惹怒夫人，夫人才讓家丁們動手的。」

徐澄陰著臉，沈聲道：「今日是怎麼回事，連妳們這些丫鬟都敢在我面前說三道四？給我滾！」

綺兒和晴兒平時最怕的就是老爺這般神情，她們嚇得趕緊爬起來往拱門外跑，好似再不跑的話，老爺很有可能抽劍砍她們腦袋似的。

徐澄又看向李妍，走過去逼視著她，一字一字地說：「妳身為夫人，帶著丫頭和家丁們來撒潑，不覺得有損妳的顏面？這事要是傳出去豈不是貽笑大方？還不快回府！」

徐澄最後一句話聲量突然加大，李妍還真被驚得身子一顫，退了幾步，又氣惱又委屈地出去了。

待拱門再次關上，李妍吁了口氣，渾身輕鬆了下來，閒庭信步往前走。

綺兒和晴兒還沈浸在被徐澄訓斥的震懾中，哭得肩膀一抖一抖的。家丁們也都紛紛扔掉手裡的傢伙，跟在後面。

直到上了馬車，綺兒和晴兒才緩過勁來，止住了哭。綺兒見李妍氣定神閒，有些捉摸不透，哽咽地問：「夫人，老爺剛才對妳說那麼重的話，妳心裡不難過嗎？」

李妍拉著她們的手，安撫道：「今日讓妳們跟著我遭罪了，即使我再難過又有何用，男人都是那樣，只見新人笑，不聞舊人哭。為了挽回老爺的心，我不但不能因此生氣，還得如往日一般待老爺盡心盡意，如此他才不忍心冷落我。倘若我跟他鬧個沒完，犯了七出之條，他真的給我一紙休書再將那妖精娶進門，那我這輩子都得以淚洗面了。」

綺兒、晴兒聽得有些呆，懵懵懂懂地點頭。

徐澄見李妍走了，便走到汪瑩瑩面前，執她之手，將她牽到臥房中，與她並排坐在榻上，有些愧意地說：「她剛才撒潑無狀，沒驚著妳吧？」

汪瑩瑩心裡一陣得意，明面上卻端著姿態，落落大方地說：「夫人如此按捺不住，我倒很能理解。一般女子，但凡遇到這種事都沒法冷靜下來，左右不過幾句喊打喊殺的，何以能驚著我？就憑那幾個家丁想將我活活打死，你家夫人也太小瞧我了。只是……沒想到你對你家夫人還挺厲害的，我就喜歡你這種一句話便能把女人收拾得服服貼貼的男人。」

徐澄提起桌上的酒壺，往杯子裡倒滿，端起來仰頭就喝。他放下酒杯便摟著汪瑩瑩的肩頭，大笑道：「相信妳也能像她那般對我服服貼貼的。」

汪瑩瑩見徐澄毫不防備，竟然隨手將她特意為他預備的酒端起來喝了，起初她還想著等會兒如何哄他喝酒，現在她是完全不需費這個心思了。

此時她心裡更加肯定徐澄不知她的根底，想來也是，事隔九十年，誰還記得早已被斬草除根的罔氏呢。她們一家在焦陽城待了幾十年，也無人知曉一星半點兒。徐澄再有能耐，也不至於達到無所不知的境界。

她推開徐澄的胳膊，柔聲細語地說：「我可不是輕浮女子，我得讓你真心真意地愛上我，而且是……一輩子。」

她起身款款來到琴前坐下，撥弄琴弦，邊彈邊唱，琴聲悠悠，歌聲悠悠，音淺卻能一聲一聲深深沁入心脾，叫人難以抗拒。徐澄聽得有些迷醉，而且越來越迷醉，嘴裡還含糊地說：「瑩瑩果真是我此生難覓之佳人，如此妙音，當真是餘音繞梁，三日不絕啊。」

他又提起酒壺，再倒滿一杯喝了，然後東倒西歪地來到汪瑩瑩身後，一下撲在她的背上。

汪瑩瑩將他拖到床上，與他並躺著，靜靜地看著他的眼睛，看他是否確確實實中了催魂藥。其實酒只是催魂藥的一部分，聽了她剛才彈的曲子後才會問什麼就答什麼。

「大人，你喜歡你的夫人嗎？」她試探地問道。

徐澄搖著頭，口齒不清地說：「不喜歡。」

「那你為何娶她？」

「父母之命不可違，李家掌西北兵權，可以做徐家的後盾。」

汪瑩瑩莞爾一笑。「你的兵馬囤於何處，是否勝過皇上？」

「最初在祈峨山，後移至五指山。若能勝過皇上，我早就揮兵圍城了，何以等到被封侯分了權，如今連軍機處都未能掌握。」

「只有五指山囤了兵馬？」

「還有龍首山、闕玉山。」

汪瑩瑩面露喜色，往後她若挑得徐澄反鄴，與皇上來一場血戰，她罔家就可以坐收漁利，再捅徐澄老巢，那天下就可以歸於罔姓了。她爹當皇上，她就是聞名天下的公主！

她撫摸著徐澄的頭髮，安撫他入眠，他明早一起來便什麼都不記得了。

這時門外一陣急敲，小領頭在外喊道：「大人！大人！」

汪瑩瑩起身開門，見小領頭帶著幾名士卒圍在門口。她皺著眉頭，小聲問道：「你家大人已經睡下了，你們為何還要來擾他？」

小領頭面露焦慮。「姑娘，我家大人還在守丁憂，不能近女色，否則會被朝中大臣彈劾，被天下人所恥笑，妳若真仰慕我家大人，就不該置他於如此尷尬之地。」

汪瑩瑩覺得徐澄一時半會兒醒不來，便擺手道：「好吧，你們將大人揹出去，動作輕點，他喝多了酒。」

小領頭帶著士卒趕緊將徐澄揹了出來，來到大院門外時，他們將徐澄放在馬車上。小領頭準備護送徐澄回府，卻見蘇柏輕輕落於他身前，他便將此事交給蘇柏了。

待小領頭一走，蘇柏便遞給徐澄一壺水。徐澄此時也睜開眼，一口氣將一壺水喝完，胃裡才舒服些。

「老爺，我見時辰差不多了，正準備去叫你，沒想到他們幾人已經把你揹出來了。」

徐澄吁了口氣，欣慰地說：「他們都是我精心調教出來的，個個都不差。」

回到徐府，徐澄讓蘇柏立馬派人去告知韋濟，讓韋濟把汪家的事上書皇上。汪瑩瑩能問出那樣的問題，他已經確定她是冏氏後代無疑了。

這樣皇上與冏氏打起來，坐收漁利的就是他徐澄了。另外，他派三百精兵偷偷將汪瑩瑩的住處包圍，讓她插翅也難飛。

安排好這些，他來到錦繡院。李妍見他這麼晚還來這裡，很是吃驚。「老爺，你回來了？時辰已晚，你怎麼沒去至輝堂歇息？」

此時綺兒、晴兒皆已歇下了，徐澄見李妍披著外衣，手裡還捧著書。他走過來將她手裡的書拿下了，然後將她摟得緊緊的。

李妍不知他這是怎麼了，她也不問他，而是靜靜地把頭靠在他結實的肩膀上，被他這麼擁著，感覺真的很踏實安穩，似乎有了她期望的那種相濡以沫，突然間就有了強烈的歸屬感。

有時候，一個默默的擁抱，其威力是無窮的。

良久，李妍才開口問道：「你打算就一直這麼抱著到天明？」

徐澄剛才一直閉目享受著，聽了此話他忍不住笑了一聲。

「夫人，剛才我留在那兒，妳不擔心？」徐澄說話時，一股熱氣噴著李妍的脖子，癢癢的。

李妍閉著眼睛呢喃道：「她雖有武藝，你也是練家子，何況還有那麼些士卒在，我不擔心。」

徐澄輕笑一聲。「不是擔心這個，難道妳不擔心我留在那兒過夜？」

「也是，她可是大美人一個，睡覺時還可以給你哼哼婉轉動聽的小曲，真是不睡白不睡啊，你幹麼要回來？」李妍嘻笑道。

「我也想啊，可是我手下那些人不停捶門，我這臉面擱不住。」徐澄一陣壞笑。

李妍揮著拳頭捶他的肩頭。「好一個大淫賊！」

徐澄任她捶打，尋著她的唇便親了上來。他力氣大，覆壓上來後李妍完全招架不住，只能由著他索取。她的唇瓣、她的舌，被他炙熱的唇緊緊包含著。

一輪又一輪地被他吮過後，李妍渾身都酥軟了，癱軟在他懷裡，由他緊緊抱著，盡情吻著。

他的喘息聲越來越粗，越來越急，他的雙手也開始在李妍身上游移。正當他準備解她的衣帶時，他的手忽然滯了一下，沒有繼續下去，嘴裡也放開李妍滑嫩的舌頭。

他坐下，還把李妍抱著坐在他大腿上。李妍的臉發紅滾燙，不太好意思瞧他，嘴唇還是麻麻的，被他吻得還沒緩過勁來。

「夫人害羞的樣子很是好看。」徐澄把她的臉扳過來，仔細端詳著。

「討厭！」李妍嘟囔了一句，眉頭微蹙，可是忍不住又笑出聲。在他面前想裝一裝矜持，卻完全裝不來，真是拿他沒轍。

徐澄的臉也是紅得通透，他剛才興致正濃，卻極力抑制自己。在李妍看來，一個男人能在緊要關頭控制住自己的慾望，那一定是個沈得住氣的人，也是個靠得住的人。

「夫人，鄴朝或許就要經歷血雨腥風了，到時候誰勝誰亡，此時還不好妄下定論。或許……我們還要過逃亡的日子，妳怕不怕？」徐澄用手繞著她鬢邊散下來的一綹頭髮，眼裡盡是溫柔。

一個錚錚鐵骨的大男人也能流露出這般柔情，還透著強烈想保護她的慾望，完全沒有平時威嚴的樣子，他是為她而這樣的，李妍徹底被他征服了，完全沒有抵抗的能力。

她搖了搖頭，認真地看著他，一字一字發自肺腑地說：「我不怕，只要能跟你在一起，足矣。」

徐澄會心一笑，又將她攬在懷裡，很滿足地說：「得了夫人這一句話，我便安心了。妳也不必擔憂，咱們先好好過年，來年京城若真有戰事，我會把妳和孩子們安頓在安全的地方。還有……從明日起，我會經常去汪瑩瑩那兒，以便穩住她，她肯定會每日放信號與她的親信聯絡，我若不去定會令她起疑，本來我可以殺了她，但她的父親得不到她的消息或許會提前發動戰事，我還未做好萬全防備，需拖延一些日子，還望夫人莫生氣，嗯……吃醋倒是可以。」

李妍嘟著嘴。「你去可以，但不許抱她，更不許親她，假裝的也不行。」

徐澄故作為難。「夫人這麼凶，不許這樣不許那樣，我會發揮失常的。」

李妍眼珠子一轉，拍拍他的肩頭，訕笑道：「不打緊，以後你每次去她那兒之前先來我這裡一趟，我往你身上撒些臭汗粉，讓她以為你從來不洗澡，對你嫌惡至極，你想近她的身都近不了！」

徐澄嗤笑。「夫人的手段果真夠絕。」

李妍從他的大腿上起了身。「你快回去睡吧，真的很晚了。明日還得早起祭灶王爺呢，起晚的話來年灶王爺就不給咱們飯吃了，那真的得逃亡了。」

徐澄站起來狠狠吮了一下她的唇瓣，才說：「妳這張嘴是越來越不饒人了。」依依不捨地出去了。

他倒是想留在這兒，可是丁憂這個規矩不得不守，若是躺在李妍身邊，他沒法控制自己。

李妍躺在炕上，許久都睡不著，回想她之前跑到汪瑩瑩那兒大鬧一場，自己想起來都忍不住發笑，確實像個不折不扣的妒婦。接著又想起剛才火熱的吻，還有徐澄看她的眼神，真的是鐵漢柔情。

不知不覺她睡著了，不知睡了多久，她又與徐澄在一起了，兩人緊緊擁抱相吻，然後脫去衣裳，她緊張害怕極了。就在徐澄要親她的胸脯之時，她忽然聽到一陣腳步聲。

「夫人，夫人。」

李妍嚇得驚坐起來，見綺兒立在她眼前，還驚恐地看著她。「夫人，您怎麼了，作噩夢了？」

李妍怔了怔，門外的亮光已經射了進來，她在心裡暗道一句——不是噩夢，是春夢。

她怎麼能作這種夢，簡直太丟臉了，要是徐澄知道了，還不知要怎樣取笑她呢。當然，她是不會讓他知道的。

綺兒見李妍滿臉通紅，她走過來摸摸李妍的額頭。「哎呀，夫人的頭好燙！雪兒，快端水進來，夫人作噩夢都嚇得發熱了。晴兒，快去請曾大夫！」

李妍忙道：「綺兒莫慌，我沒有不舒服，只不過是被子捂得太緊了，有些熱而已。晴兒，妳進來。」

晴兒正要跑出去，見夫人喊她，她又進來了，著急地問道：「夫人不會是因昨日之事被那個妖精給氣的吧？」

「我哪有那麼不禁氣，那個妖精休想氣著我。等會兒就要早祭灶王爺了，妳先去看看膳堂的大灶房是否佈置好了，要是還沒佈置好，妳就在那兒幫忙，嬤嬤得先祭完她自己家的灶王爺才能過來。林管事年紀大了，有些事都記不得了，昨日他採買時，把單子的最後五樣都忘了。為了來年咱府平平安安，能吃上安逸的飯，可得將灶王爺供好了，不要馬虎了事，另外還得祭太夫人的靈牌，妳要親自去一趟翠松院，看祭品是否準備齊全了。」

「是。」晴兒忙活去了。

第十三章

以前李妍一直以為祭灶王爺是過小年晚上的事，可是這裡早晚都得祭，而且一日三餐必須一家老小圍桌坐著吃，菜品、果品、糕點都要十分豐盛，這樣來年才會是個好年頭，不致挨餓。

綺兒伺候李妍穿衣洗漱，再為她梳妝，等這些都忙妥當了，李妍想起自己這裡的小廚房也很重要，她與徐澄一日三餐都要在這兒吃的，可不能忽視。

她便尋思著去膳堂大灶房祭過後，要讓徐澄陪她祭錦繡院裡的小灶房。還有，她想試探一下徐澄是否願意依著她這個小心思，從中看出他是不是真心疼她。

過沒多久紀姨娘與宋姨娘便過來請安了，再與李妍一道前往膳堂。

紀姨娘見李妍氣色還不錯，感到納悶，昨夜迎兒明明見晴兒哭喪著臉，說是從楊府那邊過來的，應該是受了老爺和那個姑娘的氣。

她跟在李妍旁邊，讚道：「夫人果然大氣量，昨夜受了驚，今日照樣能容光煥發地早祭灶王爺，妳這般氣勢哪裡是那個不知來歷的妖精能比的，她遲早會遭報應，確實不必放在心上。」

李妍哼道：「昨夜沒能將她活活打死，算她命大，妳放心，她威風不了幾日的。」

紀姨娘心裡一驚，夫人定是氣壞了，說起話來聲音雖輕分量卻極重，比以前狠辣多了。看來，她若想懷上徐澄的孩子，沒有絕好的計謀是行不通的，現在的夫人是不會輕易讓妾室懷上老爺的孩子。

宋姨娘上前攙扶李妍，溫婉地說：「紀姨娘說得是，夫人的品貌又有幾個人能比的？不要說一個沒名沒分的姑娘了，哪怕是仙女下凡，老爺不過是新鮮個幾日而已，過後就會忘掉的。」

李妍忍不住暗笑，這兩個人現在倒是會拍馬屁，昨夜她回來時，她們心裡還不知怎麼笑話她呢，恐怕認為她身為夫人跑去楊府鬧，丟人現眼了吧。

李妍應付地笑了笑。「那個姑娘啊，說她是妖精都抬舉她了，相貌雖說不錯，但與雁秋妹妹相比還是遜色一些，而比起宋姨娘的溫柔嫻靜，她差的可不是一星半點兒。她也就是會些哄男人的招數罷了，說什麼琴棋書畫樣樣精通，其實也就是撥幾根琴弦再亮上幾嗓子而已，上不了檯面的。妳們倆是人中嬌鳳，老爺是不會薄待妳們的，待丁憂守過了，來年定會常去妳們房裡，妳們要繼續為老爺生兒育女，讓咱府的人丁興旺起來。」

她嘴上雖這麼說，心裡卻在想，現在徐澄是她一個人的了，她們想再爬上徐澄的床，門兒都沒有！

紀姨娘不用說，徐澄若不是利用她，早就將她處置了。這個宋姨娘雖沒做什麼錯事，但徐澄對她已經沒有絲毫興趣。

走正路她們是行不通的，想走歪路邪路，她李妍絕不會讓她們得逞。

待她們三人一路到了膳堂，發現徐澄已經先一步到了。

徐澄剛才還擺著張冷峻的臉，這時見了李妍，立馬帶上一絲笑意，將李妍牽到他身旁。

緊接著孩子們也都到了，一家人按照長幼尊卑給灶王爺上香，然後每人選一盤菜或果子、糕點端到灶王爺面前就行了。

此儀式畢，一家子再去祭太夫人的靈位，這裡更是肅穆，大家連咳都得忍著。

大家跟著徐澄一起跪一起拜，來回折騰了三回合，總算是禮畢。

之後大小主子們圍著一張大圓桌坐下了，桌上擺著豐盛的早膳。待徐澄第一個舉起筷子，並挾了一口菜，其他人才敢開始吃。

也不知是徐澄在的緣故，大家都這般嚴肅，還是祭灶王爺本就該鄭重，孩子們都默默吃著，一句話也不敢說，連吃的時候都小嘴抿著，生怕發出聲音。

紀姨娘倒還敢時不時抬頭瞧徐澄一眼，那眼神既期待又哀愁，而宋姨娘壓根兒不敢抬頭，一直悶頭吃著。

李妍可受不了這憋悶的氣氛，她剝了一顆水煮蛋給徐澄，嘴裡還說道：「老爺，早膳要多吃些，這樣一整日都有精神。」

徐澄沒想到她竟當著這麼多人的面為他剝雞蛋，伸手接了過來，僵硬的表情也緩和下來。「好，夫人也要多吃些。」

李妍微笑點了點頭。

就這麼簡單的一來一去，其他人都看傻了。

紀姨娘心裡哼笑，原來夫人是這麼哄老爺的，哪怕老爺的臉繃得跟冰塊似的，也能迎難而上，遞上嫩滑的雞蛋。

宋姨娘瞧著嫉妒，她也想啊，可是老爺坐得離她那麼遠，她想挾個菜都沒法。其實她也知道自己那點膽子，哪怕老爺坐在她身邊，當著這麼多人的面，她也不敢有任何舉止。

珺兒和驍兒見爹娘這麼有默契，小臉上都帶著甜笑。

馳兒、驕兒眼巴巴地瞅著，心裡煞是羨慕，而駿兒、玥兒都繃著臉，假裝什麼都沒聽見，低頭一個勁兒地吃。

李妍再給珺兒和驍兒剝了蛋，還給他們挾了菜。

兩個孩子喜氣地說：「謝謝母親。」

李妍在想，既然祭灶王爺，那就得一家子其樂融融的，若一頓早飯吃得跟上刑似的，灶王爺見了都會悶得慌。

紀姨娘、宋姨娘快要坐不下去了，感覺她們倆就像外人似的，而李妍與徐澄、徐珺、徐驍才是一家四口，其他人都是來陪看的。

徐澄放下筷子，其他人也都趕緊放下。這頓早膳總算是結束了，李妍、徐澄和兩個孩子吃得還算開心，其他人的臉漸漸黑了起來。

這時崔嬤嬤已從她的小家裡趕來，李妍吩咐她與綺兒、晴兒先去錦繡院準備小廚房裡的菜品和糕點。

徐澄一聽便知李妍的意思。「夫人這是要祭妳的小灶王爺？」

李妍笑著點頭。「老爺可得同往，你也是在我那兒吃飯的。」

徐澄爽快答應道：「好，既然夫人喜歡，我又何樂而不為呢？」

李妍再叫上珺兒、驍兒，一家四口齊向錦繡院走去，紀姨娘與宋姨娘都黑著臉回去各自的閣院。

徐駿卻帶著妹妹，還有宋姨娘的兩個兒子去後院的沁園玩了，說小池子裡結了厚厚的冰，可以在上面滑著玩。

李妍與徐澄帶著孩子祭了小灶王爺後，珺兒、驍兒便在錦繡院外面玩，他們聽僕人說其他孩子們都去了沁園，他們喜歡熱鬧，也跟著往後院去了，伺候他們的下人們也都跟了上去，怕他們摔著磕著。

李妍在屋裡隱約聽到外面的人說孩子們在冰上滑著玩，她有些不放心，起身要跟著一起去。

崔嬤嬤說：「夫人別擔心，丫頭和小廝、婆子們一共去了十幾個呢，他們會護著少爺、小姐們的，往年每到這個時候他們都要在上面玩耍。」

李妍仍心裡慌慌的，執意要去。「我也想去沁園逛一逛呢，早膳吃得有點多，遛食兒嘛。」

崔嬤嬤便跟著李妍一起去了，徐澄則坐在李妍的書桌前看書，一心想著排布的兵馬，也就沒跟著去。

來到沁園，李妍遠遠就聽到孩子們的歡聲笑語，特別是驍兒，他正興奮地喊道：「好玩好玩，再用力推我，我要滑快一點！」

李妍循聲過去，卻聽到「啊」的一聲，緊接著孩子們一陣驚呼，還聽到珺兒慘叫道：「弟弟！弟弟！」

李妍嚇得臉都白了，她一陣疾跑，來到小池邊，見冰塊破了一個大口子，驍兒只露出兩隻手在水面上掙扎。其他人都不會水，眼睜睜地看著不敢跳下去救。

李妍慌忙脫掉厚重的外衣，甩掉了鞋，撲通一聲跳了下去。

她會水的，可從來沒在大冰窟裡游泳過啊，頓覺渾身刺骨，像有千千萬萬個冰刀子在身上割一般。

李妍凍得僵硬了，渾身使不上一點勁，只是麻木地托著驍兒，另一隻手搭在旁邊還未破碎的冰沿上，腦子裡已是渾沌一片，很不清醒。

「夫人，快抓住木棍！夫人，快啊！」岸上的人一陣喊叫。

珺兒已經哭成淚人兒，不停地喊母親和弟弟。

徐駿、徐玥雖面露驚恐，但都一聲未出。倘若夫人和驍兒再也起不來了，他們心裡反而踏實些，因為這對母子是他們最恨的人。

他們認為李妍是不會水的，她跳下去只會陪著兒子一起送命。可沒想到李妍卻一把抓住木棍，由著崔嬤嬤等人往岸上拉。

李妍抓住木棍後意識已十分模糊，只能感到身子好像往前移。她沒有一絲力氣，卻憑本能將驍兒托在肩膀上。

她以為，自己要死了，腦海裡浮現著徐澄的身影，她是那麼的不捨，想伸手抓住他，卻累得抬不起胳膊了。隨後，她的意識完全潰散了。

不知過了多久，她卻能睜開眼睛，醒了過來。

「夫人！」一聲沈重的呼喚進入耳際，這聲音是那麼熟悉、那麼焦急。

李妍不由得微微笑了，雖然頭重腳輕，身子乏得很，想說話都張不開嘴，但是她看清了眼前的人，徐澄。

徐澄見李妍醒來了，既驚喜又心疼，握著她冰涼的手，不停揉搓著。「夫人，妳怎的那麼傻，一點也不知道疼惜自己，就那麼跳進冰窟裡，妳不怕丟了性命？幸好靠岸的冰塊都碎了，他們才得以將妳拉上岸，否則……妳已經見不到我了。」

徐澄有些埋怨她不該不愛惜自己，可是看她這麼虛弱，哪裡忍心怪她。

李妍想起驍兒，使出渾身的勁才能發出一點聲音。「驍兒、驍兒在哪兒？」

徐澄忙安撫道：「他沒事了，妳別擔心，有好幾位大夫守著他。」

其實驍兒仍昏迷不醒，雖然還有呼吸，但他在冰水裡的時間太長，大夫們說他性命或許可保，但要等個一、兩日才能醒來，而且體質肯定會深受影響，以後想要有副強健的身子得費苦功了。

李妍聽說驍兒沒事了，身子頓時爽利許多，在冰窟裡救人總歸是件很了不起的事，她覺得自己太勇敢了。

徐澄誇道：「夫人簡直比戰場上的戰士還要驍勇。」

他真懂李妍的心，這句話一下就滿足了她的自豪感。

這時崔嬤嬤湊了過來，老淚漣漣地說：「夫人，您剛才可把我們嚇壞了，您要是……要是有個三長兩短，我和綺兒、晴兒也活不去了……」

這時綺兒端過來一碗細熬的燕窩粥，她的兩眼哭得紅腫，她要過來餵李妍，徐澄先把李妍扶起來靠坐著，然後把綺兒手裡的碗接了過來。

他要親自餵李妍吃。

他還把崔嬤嬤和綺兒及請來的幾位大夫都揮了出去，嫌他們站在這兒擾了李妍的清靜。

「老爺，還是我自己來。」李妍發出的聲音又低又弱，她確實沒有力氣，怕是端不住碗，可是徐澄餵她，她又有些不好意思。

「妳別說話，乖乖吃就是了。」徐澄餵了她一口燕窩粥，餵的時候動作輕輕柔柔的，然後很安靜地看著她吃。

雪兒和紫兒在外面熬藥，有些煙飄進屋裡。徐澄用袖子揮了揮煙，不讓煙飄到李妍面前，並沈聲對外面說：「把爐子挪遠一點兒，就不怕燻著夫人？」

她倆沒考慮到這個，聽老爺這麼一說，嚇得趕緊先把外間的門關上，再將爐子抬遠一點。因為爐邊太燙，兩人手都燙紅了。

恰巧這時紀姨娘和宋姨娘來了，她們一起來看望夫人，之前她們來過一趟，那時李妍還沒醒來，好幾位大夫在裡面候著，徐澄也急得團團轉，見她們來了，還將她們趕出去。

現在聽說夫人醒來了，她們又來了，不是她們想來，而是不敢不來。

沒想到這次來，便見到下人們和大夫都站在院子裡或耳房裡，無人敢進夫人寢房，還見雪兒、紫兒慌慌張張地燙了手，看來老爺是不讓任何人進去了。

她們猶豫再三，不知該不該進去。

崔嬤嬤從耳房裡走出來，沒好氣地說：「老爺在餵夫人喝粥，妳們還是不要進去的好，夫人還虛弱得很，禁不起吵鬧。」

紀姨娘、宋姨娘聽聞老爺竟餵夫人喝粥，頓時雙眼圓睜。她們進府這麼些年，可從來都沒見過老爺餵過誰，這場面也太稀罕了。

她們還真想進去親眼瞧瞧，看老爺此時會是哪般姿態，是細心溫柔呢，還是含情脈脈？她們實在想像不出老爺溫柔或深情的表情，一定很讓人迷醉吧。

紀姨娘見崔嬤嬤沒個好臉，便上前說：「崔嬤嬤，我們不過是想去看夫人好些沒，是不會吵著她的，倘若我們不去問個好，豈不是失了妾室該守的本分？」

紀姨娘才說完，宋姨娘又說：「是啊，餵夫人喝粥這等事哪能由老爺來做呢，應當由我們進去伺候才對。」

崔嬤嬤見宋姨娘說話，就更生氣了。「要不是三少爺、四少爺跑去池塘邊玩，驍少爺也不會跟著去。」

宋姨娘脹紅了臉，焦急地駁道：「崔嬤嬤，此事妳可千萬不要這般說，這不是把事怪罪到馳兒和驕兒頭上去了？他們小小年紀懂什麼，又不是他們帶頭去沁園的。要是老爺也跟著這麼認為，馳兒、驕兒豈不是無緣無故跟著受罰？明明是駿少爺和二小姐先去的，這與他們沒一丁點干係。」

宋姨娘眼淚都要出來了，生怕徐澄怪罪她的兒子。當時聽說驍少爺掉進冰窟，她都嚇掉了魂，生怕自己的兒子也出了事，當她跑過去見他們嚇得鑽進伺候他們的兩位嬤嬤懷裡，她心裡還在埋怨徐駿呢，是他最先帶著徐玥去沁園的。

經宋姨娘這麼一說，崔嬤嬤心裡一驚，想起上回夫人的飲食不對味之事，那時她就懷疑駿少爺居心叵測，後來無法追究，此事也就算了，覺得他一個小孩子也幹不出過於陰毒的事來。

倘若這次是駿少爺有意把大家引過去，那他……崔嬤嬤越想越覺得後怕。

這時的浩海軒已是一片寂靜，寂靜到無人敢呼吸。

徐玥坐在那兒戰戰兢兢，徐駿則是坐著發呆。銘順跪在下面頭磕著地，一直沒敢抬頭。

如此沈寂了良久，徐駿突然對銘順大吼道：「誰讓你做出這等事的？我當時還以為是徐驍倒楣踩破了冰才掉進去的，沒想到竟然是你！你什麼時候膽子變得這麼大，難道不應該告訴我一聲？我是你的主子，你知道不知道?!」

銘順聲淚俱下。「少爺……少爺平時不是說，再也不想看到夫人和驍少爺嗎？還說苦於得不出一個好計策，奴才就……就……」

「可是此計你成了嗎？成了嗎?!他們不但活得好好的，現在還留下了被人猜疑的把柄，是我先帶著他們幾個去沁園的。你若是之前告訴我和玥兒，我們就不會去。只有他們幾個去了，哪怕出了事，我們兄妹也能撇清，你怎的這麼蠢笨，你真的該死！」

徐駿氣得狠狠地踢了銘順一腳，銘順被踢得往後一倒，仰躺在地，又趕緊爬起來跪在徐駿面前，哭道：「當時我叫三少爺、四少爺去，他們聽那些老嬤嬤的話不肯去，奴才就尋思著若是您和二小姐都去了，他們倆肯定也會去，這樣驍少爺才能被引去。奴才當時還在想，要是您倆沒去，出了事後他們也會認為是您和二小姐故意不去的。少爺和二小姐在府裡如今是孤苦無依，無論出了什麼事，他們都會懷疑到您們頭上來，奴才又覺得此計必定能行，因此……奴才該死！奴才該死！少爺您打死我吧。」銘順死命磕頭，眼淚、鼻涕一大把。

徐駿又狠狠踢他一腳。「你個混帳、你個蠢貨，你……你……」

他越想越氣，對著銘順一陣猛踢。

徐玥剛才一直在發抖，此時見她哥沒完沒了地踢銘順，又於心不忍。「哥，你別怪銘順了。他哪裡知道夫人還會水啊，說來奇怪，夫人怎麼可能會水？」

徐駿自己也踢累了，一下癱坐在地上，無奈地說：「有什麼好奇怪的，夫人小時候在鄉下長大的，鄉下的孩子都會去河裡洗澡，妳怎麼就斷定她不會水？」

徐玥也坐在地上陪著她哥一起哭。「要是夫人沒有過來，此計就真的成了，現在咱們該怎麼辦？」

徐駿思慮了一陣。「罷了罷了，只要咱們咬緊牙不承認，爹也不會拿咱們怎麼樣的。」

徐玥膽小，聲音顫抖地問：「要是爹派人查到是銘順提前弄破了冰怎麼辦？爹肯定會認為是你指使他幹的。」

徐駿這時也冷靜下來。「爹怎麼會知道？銘順不是說他昨夜裡去弄的？大晚上的誰會去沁園，不會有人知道的，妹妹勿憂。」

徐玥還是止不住哭。「哥，我還是怕，要是爹真的知道了，會不會不要我們了，或是……以家法處死我們，我真的好怕，哥……哥……」

徐駿抱住妹妹，安慰道：「妹妹不要怕，有哥哥在呢。此事是銘順做的，咱們事前都不知道，爹又怎麼會知道？他不會不要我們的，虎毒還不食子呢，爹是不會處死親生骨肉的。妳先回妳那兒去，銘順的事不要跟奴才們說，到時候爹要是問妳的話，妳就說妳什麼都不知道，記住了？」

徐玥哭著點頭，在徐駿的懷裡待了一會兒，然後抹著淚走了。

錦繡院裡，徐澄將一小碗粥都餵完了，李妍覺得這是她吃過最美味的粥了。

徐澄拿巾子為她細擦了嘴。「吃飽了嗎？」

李妍傻笑著點頭。「飽了。驍兒身子怎麼樣了，能起得來炕嗎？」

徐澄避而不答，用手理著她散亂的頭髮，溫柔地說：「驍兒有妳這樣的娘真是他的福氣，相信他大難不死必有後福。妳也是，以後肯定會得福的。」

「要是我命中本沒福呢？」李妍故意瞎問。

徐澄卻認真地回答：「我會盡我一生所能，為妳謀福。」

李妍聽得有些癡，被他感動得一塌糊塗，她默默點著頭，已經是無語凝噎了。

「妳躺下，好好睡一覺，待醒過來身子就會舒服很多。」徐澄扶著她躺下，再為她蓋好被子。

徐澄就這樣坐在旁邊看著她睡。李妍確實太虛弱了，身子乏得很，一會兒就睡著了。

徐澄輕輕拉上幔帳，再輕輕走出屋外，且把門關上。

來到院子裡，他囑咐任何人都不要進去打擾夫人，一個時辰後他會再過來。

他來到至輝堂，盯著牆上一幅嬉戲圖，上面有徐珺、徐駿、徐驍、徐玥，這是六年前請畫師畫的，那時候宋姨娘的兩個兒子還沒出生。

圖上畫著徐珺、徐駿、徐驍三人趴在沁園的池塘邊看金魚，小嘴都張著，像是在歡呼。李念云與章玉柳坐在邊上說著話，徐玥那時還小，坐在章玉柳懷裡，奴才們在邊上立了一排。

沒想到就是這個池塘，差點要了李妍和徐驍的命。

徐澄看了一會兒，嘆息了一聲，吩咐張春去把徐駿、徐玥叫來。

過沒多久，徐駿、徐玥被張春叫過來了，他們齊齊跪在徐澄面前。

徐駿緊繃著小臉，一副我沒做錯事的模樣。徐玥委屈地望著爹，她極力斂住情緒，但仍然是一副隨時都要哭出來的表情。

徐澄高高在上坐著，沈著臉問：「你們為何一來就下跪，心中有愧？」

徐駿仰起小臉，否認道：「我和妹妹沒做錯任何事，為何要心生愧意？但爹爹是高高在上的宰相，是養育我們的父親，而且這是爹爹第一次單獨找我們兄妹，我們誠惶誠恐，自然跪下了。」

徐澄望著這個庶長子，不禁想起當年襁褓裡那粉妝玉琢的模樣。他確實寵過這個孩子，但也只限於抱抱而已，自從這孩子長到三歲，父子間就淡漠許多。

徐澄每日都很忙碌，而徐駿三歲後便要上府內的學堂。父子之間逐漸變成只在重要的節日裡才能見上面，而互動無非是徐駿在他面前展露自己的乖巧和才華。

因為每次徐駿都得到了誇讚，他就更加懂得察言觀色，更加努力讀書寫字，更加努力迎合府裡的每一個人，尤其是他爹。

本以為如此一來爹爹會更疼他，因為他夠懂事，不像嫡子徐驍，做什麼都憑著性情來。雖然爹爹從未對他過於偏愛，但他對自己有信心，認為自己遠遠勝過徐驍，就連太夫人都是最疼愛他的。

可是最近這段日子，一切都變了。他的親生母親被發配荒蕪之地，太夫人也仙逝了，他沒有倚靠的人，而爹爹最近又與夫人走得特別親近，其他人全不在他眼裡。

他心中的恨也就越來越強烈，因為他知道自己再也不會被爹重視了。他懂得愛屋及烏的道理，爹爹既然對夫人最好，那必然就會對夫人生的孩子好，徐珺和徐驍什麼都不需做，更不需討好別人，爹爹都會疼愛他們。

而他與妹妹是爹不疼、娘又疼不著，反正討好也是白搭，他便不卑不亢起來，大不了一死。

徐澄平時看多了兒子溫順聽話的模樣，今日見他這般倔強，就知道他心裡在想什麼。「駿兒，夫人與驍兒今日差點丟了性命，你心裡很清楚其中緣由。夫人是你的嫡母，驍兒是你的弟弟，你難道不認為自己做錯了嗎？你讀了這麼多年的書，知道鄴朝律法，現在你親口告訴我，殘害嫡母與兄弟是什麼罪？」

徐駿眼淚頓湧，啞著嗓子委屈地喊道：「這事不是我做的，爹為何一口咬定我有罪？若真認定我和妹妹有罪的話，你將我們直接送去牢裡好了，或者乾脆讓承天府行刑將我和妹妹的腦袋砍了，反正我們是你的孩子，你想要就要，不想要就可以不要。你眼裡容不下我娘，將她打發了，現在又容不下我們兄妹，我們還不如死了乾淨，何必留在世上礙爹的眼。」

徐澄真想給兒子一個耳光，讓他清醒些，但最終還是忍住了。

他知道，這一切都是自己的錯，他從來沒費半點心思教育孩子，以為孩子按著本性成長即可，可沒想到徐駿早就失了本性，之前他是察言觀色而活，現在是為仇恨而活。

他儘量讓自己心平氣和。「不是我不容你娘，而是她犯了罪，任何人犯了罪都該受到應有的懲罰。你不要硬著脖子說你不必愧疚，你當真以為我不知道你讓小籬做的事？倘若真的天衣無縫，夫人為何想在自己的小廚房用膳？她沒有追究此事，是不想讓你難堪，你是我的兒子，本該堂堂正正做人，可卻走上邪道。銘順是你的奴才，他設計陷害你的嫡母與弟弟，你作為主子難道不應該承擔錯誤，沒有你平時的教唆，他能有這個膽子？」

在旁的徐玥見她爹什麼都知道了，嗚嗚哭了起來，心裡害怕極了。她沒有去尋思爹為何知道這些，只知道爹是不會輕易饒過哥哥的。

徐駿癟著嘴要哭出聲卻又極力忍住，一抽一泣說道：「爹果然是宰相，當真明察秋毫，連自己兒子都要派人監視。既然爹什麼都知道了，那肯定也聽到銘順說的那番話，爹要如何懲罰我們這對主僕，是要動用家法，還是動用鄴朝律法？」

徐澄看著被仇恨熏了心的兒子，還有膽小不懂事的女兒，心裡真是五味雜陳，這一對兒女無依無恃也挺可憐，偏偏他過去沒能多關懷他們。徐駿讀了多年的書，懂得了很多道理，如今他心裡有了仇恨，而徐玥又深受他的影響，留著這樣一對兄妹在府裡，無疑會惹事端的。他們不惹事，伺候他們的奴才也會惹事，無論是誰，處在這種境地都會心裡不安，對嫡母與嫡子的恨是抹滅不了的。

徐澄招呼蘇柏進來，吩咐道：「你安排幾個人護送他們到隱園，將他們的書籍與重要物品帶齊，他們這一去不知要多少年才回來，過些日子我會再請一個先生過去。」

蘇柏領了命，先帶人到徐駿、徐玥的住處收拾東西。

徐玥哭道：「爹，我不要去，一聽那名字就知道是個人煙稀少的地方，我害怕。」

徐駿卻道：「妹妹為何要哭，爹已經不要我們了，想把我們打發出去而已，人煙再稀少，不還有我們倆互相依偎嗎？」

徐澄不想解釋並不是他不要他們倆，而是想讓他們在那個環境淘淨浮躁、消淡仇恨的心，只有在澄明的環境裡才能養成一顆乾淨的心。

徐玥雖然止住哭聲，心裡還是不願意去的，她知道在外面過日子肯定沒有在宰相府裡好，那個隱園肯定物資缺乏，好吃的東西也少，說不定還是荒郊野外，會有野獸出沒。

其實徐澄也有些許不捨，畢竟他們是自己的親生兒女，是他教養不善才如此的。但他仍帶著清冷的腔調說：「隱園是爹修建的小園子，那裡雖然冷清，但是世外桃源，能讓人心緒沈澱下來，在那裡你們要好好讀書，閒暇之時你們也可以遊山玩水，附近還有純樸的鄉民，你們可以與他們的孩子交朋友。」

徐玥聽了，剛才那分擔憂又淡了許多，感覺那裡應該是個好玩的地方。「我和哥哥能把平時伺候我們的奴才們帶去嗎？」

「不行！我會另外派人去伺候你們。」徐澄是不會讓銘順等人跟著他們去的，否則功虧一簣，有這些奴才在，他們去隱園便毫無用處了。

徐驍可沒妹妹想的那麼簡單，依他看來，他爹不過是想將他們打發遠點，免得在府裡礙眼，而且這樣他們也害不了夫人和徐驍。還有，這個宰相府的財富恩蔭與他和妹妹怕是沒半點干係了，以後這裡也不會有人記得他們了。

他繃著臉，氣嘟嘟地拉著徐玥就往外走，徐澄在他們背後說了一句。「以後每年我會去看望你們一次，希望你們有長進，將來能成為棟梁之才，讓我這個爹因你們而自豪。」

徐駿聽了心裡有那麼一絲觸動，然後拉著妹妹頭也不回地走了。

徐澄望著他們的背影，心裡有些苦澀。但是連小孩子都知道玉不琢不成器，他這個做爹的也該磨練磨練這對兒女了，給他們換了環境，換了奴才，也換了先生，他相信將來能看到不一樣的他們。

更重要的是，年一過他就得忙大事了，不可能日日待在府裡，倘若再有下人攛掇著他們謀害夫人與徐驍，或許就沒有今日這麼僥倖了。

夫人會水這件事，他此前雖不知道，但也不打算追問此事。

他去驍兒那裡探望了一下，驍兒還是沒有醒來，但大夫們說他的脈象已經平穩了，之後他再來到錦繡院，發現紀姨娘與宋姨娘還守在院子裡沒有走。

宋姨娘一見到徐澄就跪了下來，之前徐澄離開錦繡院時，她見徐澄走得匆忙，沒敢攔住他，現在夫人還未醒，她便斗著膽子跪下了。

徐澄見宋姨娘跪下時那擔憂害怕的模樣，就知道她所為何事，徐澄也沒有心情聽她細說。「妳不必為馳兒、驕兒說情，我並沒有怪他們，妳平時閒著應當好好教養孩子，而不是在這兒胡亂揣測。」

宋姨娘連句話都未說，徐澄就已經走了，準備進夫人的屋。

紀姨娘趕忙跟了上來。「老爺，老爺！」

徐澄回頭，冷眸盯著她。「別杵在這裡了，過幾日夫人身子好了些，妳們再過來。」

紀姨娘立馬應道：「可這不是妾身該守的禮儀，妾身怕夫人心裡會怪罪的。」

「夫人心胸曠達，是不會為這點小事怪罪妳們的。」徐澄說完轉身推開屋門，走了進去，進去後又回身輕輕將屋門關上。

紀姨娘氣得臉色發白，說不出話。宋姨娘起了身，也不跟大家打聲招呼，便眼含著淚默默走了。

崔嬷嬷見這一幕心裡甭提多高興了，老爺向著夫人，她覺得自己臉上也有光。她笑咪咪地走進小廚房，叫老何和廚娘們開始準備晚膳。

老何腦子還沒轉過彎來。「崔嬤嬤是不是忘了，今日晚上還得祭灶王爺，主子們得去膳堂一起用晚膳的。」

「哪裡是我忘了，是你只對做菜精通，對其他事都不開竅。」崔嬤嬤小聲地說。「夫人和驍少爺都臥病在床，老爺難不成只和紀姨娘、宋姨娘母子們一起吃，而撂下夫人和驍少爺？一家子坐不齊，當家主母都沒能上席，老爺是不會去的。」

老何聽後醒悟過來，拍著腦袋說：「妳瞧我糊塗的，連這點都沒想到。難怪崔嬤嬤能在夫人面前伺候多年，辦事向來都是妥貼周到的，原來崔嬤嬤心思這等敏慧。」

「喲，瞧你說的，我跟了夫人這麼多年，倘若連這點都看不透，那早該滾回鄉下去了。」崔嬤嬤說著又讓晴兒去膳堂打聲招呼，叫他們別做主子們的飯菜了。

李妍還沒睡醒，徐澄就默默守在她身邊，手裡拿著一本書隨意翻看著。

這時大小姐徐珺帶著丫頭容兒、雙兒一起過來，之前她來過一趟，得知母親還沒醒，便回去了。可她心裡實在為母親的身子擔憂，這會子便又來了。

崔嬤嬤攔住她。「大小姐，夫人身子雖然虛弱了些，但無大礙的，大夫開了藥方子，都是安神進補的藥。老爺剛進去，他不讓其他人進去吵著夫人。」

徐珺聽崔嬤嬤說母親無大礙，心裡安心許多，便進耳房與崔嬤嬤坐下來說說話。

容兒是崔嬤嬤的閨女，她自然也跟了進來，還和她娘撒起嬌來。「娘，大小姐最近都不讓我跟著她去學堂，妳向大小姐求個情，讓我跟著她去好不好？」

容兒直搖晃著崔嬤嬤的胳膊，惹得崔嬤嬤臉色極難看。「妳個小丫頭片子，是我先前跟大小姐打了招呼，大小姐才不讓妳跟著去的。妳以為我不知道妳那點心思？蘇柏十年如一日都是繃著一張冷面孔，妳到底喜歡他啥？聽說他可是殺人不眨眼的。」

容兒沒想到她娘竟然當著這麼多人的面挑明她的心思，又羞又急，委屈地說：「娘，妳瞎說什麼，這與蘇柏又有何干係，我只不過想陪著大小姐而已。」

崔嬤嬤卻不依。「妳休得胡說，大小姐進了學堂讀書，妳不在小房裡待著，而跑到至輝堂前晃來晃去，妳當我不知道？既然大小姐已經不讓妳跟著去，此事就沒得商量。馬興是個實誠的孩子，平時有好吃的、好玩的都惦記著妳，待夫人身子好些了，我讓夫人為你們倆指婚如何？」

容兒大驚失色，當場跪了下來。「娘，我只把馬興當哥哥看待，我……我這輩子都不嫁人，只陪著大小姐一輩子。」

徐珺雖才十歲，但也是早慧的，她勸道：「妳還是聽妳娘的話吧，妳嫁人了也照樣可以在我屋裡伺候的，妳若是因為我而不嫁人，那就是我的罪過了。」

容兒急得眼淚都出來了，拉著徐珺的手。「大小姐，您幫奴婢一回好不好？勸勸我娘，千萬不要跟夫人說指婚的事。大小姐，奴婢求求您了。」

徐珺正為難，崔嬤嬤伸手就掌了容兒一耳光，怒道：「妳是越來越沒大沒小了，平時大小姐對妳寬厚，妳就這般不知分寸？」

崔嬤嬤轉頭又對徐珺說：「大小姐，以後您對她要嚴厲些，可別縱容了她，再這樣下去她豈不是要翻天，父母之言她不聽，竟然連主子的話也敢不聽了！」

容兒捂著臉，淚水漣漣，不敢再多說一個字，心裡苦得跟吃黃連般。她不喜歡馬興，要是夫人將她指給馬興，她還不如去死得了。

徐珺見容兒挨了打，有些心疼，正想為容兒說句好話，卻聽得她爹在裡面說：「快送水進來給夫人喝。」

綺兒趕緊倒水，崔嬤嬤也跟著進夫人的屋了，她想看看夫人是否好一些。

李妍一醒來就見徐澄守在身旁，便朝他微微一笑，正要問他剛才她有沒有說夢話，可是嗓子眼乾得疼，她指了指自己的嘴，徐澄就明白她的意思，喚人送水進來。

李妍喝了水，感覺舒服多了。徐澄見她精神好了許多，便扶她坐起來。

崔嬤嬤見夫人氣色恢復不少，十分高興，便道：「夫人，大小姐在外面候著，她都來兩趟了，急著想見您呢。」

「那還不快讓她進來。」李妍知道徐珺當時嚇壞了，得好好安撫她才是。

崔嬤嬤出去傳話，徐珺帶著容兒、雙兒進來了。徐珺先是對著徐澄叫了一聲父親，然後一下撲在李妍懷裡，嗚咽道：「母親，您嚇死孩兒了。」

李妍拍著她的背，柔聲道：「母親現在不是好好的嗎？我和妳弟弟福大命大，是不會有事的。」

徐珺憤憤地說：「肯定是徐駿害的，往年我們去那池子裡滑冰，從未見冰破過，而今年較往年更冷，下的雪更多，怎麼可能破冰？我來之前還見有人收拾徐駿和徐玥的東西，聽說父親要把他們送到偏僻的地方去，肯定是父親發現了什麼，才會這麼做的。」

李妍驚愕地看著徐澄。

徐澄覺得這事本來就不是平白無故能發生的，說出來讓大家不要瞎猜疑才好，便道：「是銘順昨夜偷偷把冰砸鬆的，駿兒、玥兒之前並不知道，他們近來雖對夫人懷恨在心，但也不敢做出這等事。只是事後駿兒竟毫無愧疚，我便讓他和玥兒搬到鄉下，並且重新發配奴才，另請先生，那個地方清靜，希望他們能好好反省。此事都已經打點好了，銘順等人到時候我會讓齊管事安排到田莊裡做事，夫人莫憂。」

李妍垂目。「就怕外人知道了，還以為我容不了他們倆……」

珺兒忙道：「母親，他們走了才好呢，否則要是銘順又尋思出什麼歹主意，這府裡還能安生嗎？他們這是罪有應得。」

李妍勸道：「此話只能在這裡說，可千萬不要說出去，都說家和萬事興，要叫外人知道咱府裡出了這事，還不知要怎麼編排。」

珺兒也是識大體的人，便點了點頭。

徐澄說道：「我已經吩咐林管事傳了下去，此事絕不能傳出宰相府，誰敢透露一字，就得重懲。咱府大多是家生子，向來懂得規範，夫人不必擔心。」

其實李妍心裡鬆了一口氣，徐駿兄妹搬出去住，她也不必提心弔膽過日子，自從上回飯菜出了問題，近來她一直小心翼翼的。只是這樣防著，這日子過得實在累得慌。

珺兒不再賴在她懷裡了，起了身坐在一旁的椅子上，這時李妍才瞧見她身後的容兒、雙兒。

「喲，這是容兒嗎？怎麼臉腫了，眼睛也紅了？」

崔嬷嬷趕緊道：「這丫頭不懂事，剛才我氣不過就打了她，夫人可別為她一個丫頭片子上心。容兒，還不快出去，妳跟進來做甚？」

容兒本來就氣不順，又擔心她娘會跟夫人說指婚的事，此時見她娘在主子們面前這麼說，一點面子都不給，她又羞又惱，掩面跑了出去。

李妍覺得容兒這一跑很危險，可別一時想不開來個自盡，便道：「綺兒，妳快去將容兒追回來，今日過小年，可不許再出亂子了。」

綺兒領命追了出去。

李妍問：「嬷嬷為何打她，她都十四、五歲了，妳還打她，叫她怎麼抬得起頭？」

「夫人，我剛才實在是氣惱了，她……她……唉！」崔嬷嬷當著老爺的面，有些話說不出口。

第十四章

崔嬤嬤這麼一嘆氣，李妍大概知道怎麼回事了，上回崔嬤嬤已經說過容兒對蘇柏有意，只是蘇柏這人實在不宜娶親，這事也就沒再提。

李妍細細尋思了一下，以容兒剛才那氣性，若是非要讓她嫁給馬興，怕是不但不能把日子過好了，到時候還會惹出事端。李妍知道小女孩的心性，心裡有了男人，倘若不能嫁他，和任何人都過不順的。

要不就乘機跟徐澄提一下？崔嬤嬤對她如此忠心，簡直勝過母親對待親生女兒了，要是容兒真有個三長兩短，崔嬤嬤一把老骨頭會受不了，李妍瞧著也揪心。

重要的是，蘇柏是徐澄的心腹，他們要是能結成一對，那也是好事一樁。以後她與徐澄之間便真的沒有隔閡了，或許將來他做什麼事都願意告訴她。

更甚者，要是哪一日蘇柏像陳豪那樣喜歡上紀姨娘或宋姨娘屋裡的姑娘，那可就後患無窮了。徐澄多年才培養這麼一個心腹，可別糟蹋了。

李妍遂問：「老爺，我能求你一件事嗎？」

徐澄眉頭一抬。「夫人這是何話，哪裡還用求，有事說出來便好。」

「我知道容兒為啥這樣，此前我就得知她中意蘇柏，可是蘇柏是什麼性子老爺比我們都清楚，所以崔嬤嬤想讓容兒嫁給馬興，馬興這孩子懂事心也細，肯定是個疼娘子的人。可是容兒一心只念著蘇柏，馬興再好她也不能把他放進心裡，若執意拗著她的心意，怕是要出事，因此……我想求老爺幫一幫這孩子，問蘇柏願不願娶容兒。在我們看來，容兒若是嫁給蘇柏，將來這日子肯定過得糟心，可這種事誰也說不好，說不定容兒哪一日能打動蘇柏呢。」

在這世上，也只有徐澄最瞭解蘇柏了。徐澄聽李妍說完，也跟著嘆了一聲。「此事很難，但我會去問一問蘇柏的意思。他自小父母雙亡，在遇到我之前，他吃過很多苦，都差點餓死了。」

崔嬤嬤聽了心驚。「蘇柏那樣一身武藝，怎麼可能沒飯吃？」

徐澄本來是很忌諱心腹與妻妾們的丫頭聯姻的，但現在他對李妍有了足夠的信任，想和她做對恩恩愛愛的夫妻，所以哪怕蘇柏真的願娶容兒也無妨。「他心性雖冷，但是正直且明是非，哪怕餓得快死了，也不願去偷去搶，只是……他曾表示此生不願娶親，他常要以身涉險，他怕自己沒能照顧好家人。我還是問一下他為好，平時他每次辦事回來都是一個人冷冷清清地過，若來年娶個親，有個知冷知熱的人在家裡，或許能把他的性子暖過來。」

崔嬤嬤聽了，忽然覺得蘇柏也不是那樣可怕，連老爺都說他好，人品應該差不到哪裡去，頂多不會疼女人。

既然容兒是個倔性子，那就問一問也行。

她向徐澄福了福身。「還讓老爺為容兒的事操心，老奴心裡真是過意不去。」

「嬤嬤多禮了，夫人還未喝藥，妳叫雪兒把藥送進來。珺兒，妳這幾日不必去學堂了，待過了正月十五再去，先生也要回家過年的。妳平時閒著就去妳弟弟那兒，多陪陪他。」

「是，父親。」徐珺跟著崔嬤嬤等人出去了。

崔嬤嬤也知道驍少爺還未醒過來，只是不敢跟夫人說罷了。她讓雪兒送藥進去後，便帶著晴兒同徐珺一道去靜風軒看驍少爺。

走到半路，崔嬤嬤見綺兒已經將容兒追了回來。她瞪著容兒生氣地說：「現在連老爺都知道妳的事了，他說會問一問蘇柏可否願意來年娶妳。若是蘇柏不肯，妳就死了這條心，知道嗎？」

容兒心裡一陣歡喜，想到娘雖反對，但最終還是沒硬攔著，而老爺夫人也都願意幫她，於是感激地說：「娘，我知道了，要是他……他真的不願要我，那我就死了這條心，再也不吵著要跟大小姐去學堂了。」

崔嬤嬤瞭解自己的女兒，見她說的應該是心裡話，氣也消了些。「嗯，這可是妳自己說的，到時候他若真不願意，妳可不許鬧。走，妳跟我們一起去看驍少爺。」

容兒直點頭，乖乖地跟在大小姐後面。

只是她們都沒有想到的是，這些竟然被假山後面的馬興聽見了。他因聽崔嬤嬤的話，平時沒事就多盯著紀姨娘和宋姨娘，剛才他見陳豪往秋水閣裡去，便跟在這裡瞧著。

當他聽崔嬤嬤說願意把容兒嫁給蘇柏，而且老爺夫人都願幫忙，他心裡一陣酸苦，手中的笤帚不小心從假山上掉了下來，嚇得崔嬤嬤等人一大跳。

崔嬤嬤見馬興魂不守舍，就知道他剛才聽了去。容兒也知道馬興的心思，她低著頭跟著大小姐一陣疾走，沒有多瞧馬興一眼。

崔嬤嬤小聲安撫馬興。「我知道你心裡委屈，但強摘的瓜不甜，只要你好好當差，夫人會重用你的，將來肯定能娶到比容兒更好的姑娘。」

馬興掩面哭了起來，渾渾噩噩地往前走了。崔嬤嬤看著他的背影，嘆了嘆氣。

如崔嬤嬤所想，這頓晚膳徐澄壓根兒就不想去膳堂吃，他見小廚房已經把飯菜準備好了，頗合心意。他獨自吃了晚膳，然後來餵李妍吃。

李妍怪不好意思的。「老爺，你是一府之主，卻親手餵我喝湯藥和吃飯，一次也就罷了，不能老這樣，叫奴才們看了笑話。」

徐澄卻認真回道：「我做事難道還要看奴才們的眼色？這才當真是笑話呢。我難得有如此空閒陪妳，妳當好好享受才是。」

李妍點頭甜笑，乖乖吃徐澄餵過來的飯菜。

用畢，李妍漱了口，忽然想起一事。「老爺今日不用去汪瑩瑩那兒？不要叫她生了疑心才好。」

徐澄莞爾。「因為夫人還沒來得及為我準備臭汗粉嘛。」

李妍臉紅，輕笑道：「你們才接觸不久，還用不著的，我相信你，待過了年我倒是要好好準備了。」

徐澄沒有應話，出神地看了李妍一陣，才說：「今晚我還真得去一趟了，過小年我能去見她，方顯我誠意，而且今日韋濟大人肯定收到了我的信，此時應該已經在暗查汪家了，為了穩住她，拖住汪家行動，還望夫人莫介意。」

李妍笑答：「我不介意，只要你介意就好，要知道去碰一個陌生女人的身子，也是需要勇氣的。」

徐澄笑著搖頭。「真是拿妳沒辦法。」

他扶李妍躺下後，命綺兒、晴兒好好守在夫人身旁，晚上要多遞水給夫人喝。綺兒、晴兒倒不知老爺等會兒要去楊府，否則得氣歪嘴，心裡肯定會想，老爺對夫人關懷備至，轉頭又去會那個妖精，這叫哪齣戲啊。

其實徐澄今晚有很多事要做，除了去楊府一趟，還得回至輝堂從暗道出門，快馬加鞭排布十分重要的事。

徐澄來到汪瑩瑩這兒，讓她頗為驚喜，歡喜地迎了上去。「大人過小年不陪著妻兒，還來到我這裡，莫非真的打算拋家棄子？」

徐澄直接倒酒喝。「這不正是妳期待的？我也想讓自己能不來的，可是綁不住這雙腿啊。」他拍著腦門說。「這裡盡是妳的音容笑貌，不見一回，今夜無法入眠了。」

汪瑩瑩嬌笑。「既然如此，你白日怎麼不來陪我？」

徐澄便把家裡的事說了，連自己夫人與兒子差點丟了命都跟她說了，汪瑩瑩對他又怎會生疑？

汪瑩瑩見他願意說家事，而且他的夫人還躺在床上，他也能抽空見她。她還真被感動了，忍不住撥琴弦彈了起來，婉轉動聽。

不過，她是不會愛上徐澄的。

徐澄喝了酒，聽了曲，又是一番迷醉。汪瑩瑩又問了徐澄好幾個問題，他都是迷迷糊糊地答，讓她掌握的與陳豪掌握的一模一樣即可。

守在這裡的士卒們又來敲門，十分堅持要揹徐澄出去。

汪瑩瑩怕自己真的動心愛上他，巴不得讓他趕緊走。

徐澄回來後便與蘇柏策馬奔騰去了藏兵處，直到次日早上才回來。徐澄首先問隨從們驍兒是否醒了，狀態如何。

張春喜色稟道：「驍少爺不僅醒了，腦子也很清醒，剛才已經喝一碗粥了，夫人還起了炕去看望驍少爺，母子倆說了好些話呢。」

徐澄神色舒緩，微帶笑容，讓張春伺候他換好衣裳，便叫張春出去了。

他看著一旁的蘇柏，想起李妍昨日說的事。「蘇柏，你跟隨我多年，除了當差，其他時候都是孑然一身，你不覺孤枕難眠嗎？」

蘇柏雖恭敬，但仍面無表情。「老爺有家有口，這幾個月來也是孤枕而眠的，我一人過日子無牽無掛，孤枕而眠實在沒什麼。」

徐澄拍了拍他的肩。「我只是暫時而已，難道你要如此一生？你父母早亡，無親無故，就沒想過要養育一兒半女，延續蘇家香火？」

蘇柏一聽到父母兩字，額上青筋跳動了兩下，延續香火？或許這也是他父母的願望。

徐澄微笑道：「珺兒房裡有位容兒丫頭十分中意你，若是不嫁給你，她怕是會要死要活的了，你可得秉持好生之德，將她娶了才好。」

蘇柏從來不笑，這時嘴角也忍不住扯了扯。「就是時常在至輝堂前走來走去的那個丫頭？」

徐澄點頭。「你覺得她如何？你若娶了她，她定會用心服侍你。你有了能說得上話的人，這日子也不會那麼冷清了，到時還有兒女喊你為爹，豈不甚好？」

蘇柏拱拳道：「還望老爺莫為在下憂心，父母之仇未報，在下實在無心想成家之事。」

徐澄感嘆。「倘若你此生都未能為父母報仇呢？」

蘇柏額上青筋又跳了一下，沒說話。

「罷了，這事我也不逼你，慢慢來。你去膳堂吃飯，我去夫人那兒。」

徐澄來到錦繡院，早膳已經擺在桌上，但是李妍坐在桌旁略顯生氣。他走了過來，挑眉問：「怎麼了，大清早的誰惹妳了？」

「你啊。」她悶悶不樂。

徐澄洗了手坐下來，端起粥碗喝了一口，笑問：「嫌我來晚了沒能親手餵妳？」

李妍被他逗得又笑了。「你還說呢，驍兒今早才醒過來，你昨日竟然讓一屋子的人都瞞我。昨日驍兒生死不明，我卻舒服地睡大覺，你說我這個母親怎麼當的？還有，你昨夜……」李妍看了看左右，讓崔嬤嬤等人先出去。

徐澄吃了一口菜，悠然地道：「夫人想問我昨夜何時回來的，臉色這麼不好，像一夜無眠的樣子，是不是幹什麼見不得人的事了？」

李妍抿了抿嘴。「我主要是為你隱瞞驍兒的事而生氣，至於汪瑩瑩……」她沒有說下去，雖然她相信徐澄什麼也沒做，可他確實像一整夜都沒睡好覺。

徐澄想真心待她，也就不瞞她了。「我請來的那幾位大夫都說驍兒無性命之憂，我又何必讓妳跟著著急，安安心心養病豈不更好？妳瞧，妳今日都能起炕了，氣色也不錯。至於昨夜之事，我與蘇柏來回夜奔兩百多里去妖山軍營了。」

「妖……妖山？」李妍壓根兒沒聽過這個地方。

徐澄壓低聲音。「此事十分機密，夫人應該知道輕重。夫人整日嚷著要我不能瞞妳任何事，現在我說了，妳可得守住。」

李妍鄭重地點了點頭。

「我早就說了，知道太多並不好，妳現在心裡有負擔了，是嗎？」徐澄眉眼稍彎，見李妍極其嚴肅的樣子，他又忍不住想笑了。

李妍端起粥碗。「以後這種事還是不要告訴我好了，我怕會說夢話。」她吃了幾口粥，笑了一笑。「咦？我已經忘了，什麼山？」

徐澄忍俊不禁，挾了一塊小菜在她的碗裡。「快吃。」

飯後，徐澄回到至輝堂，李妍整理林管事送來的採買單。要過年了，需要採買的東西很多，李妍特意在單子上加了一些為孩子們準備的過年禮物。

整理好後，她打算再去看望驍兒，崔嬤嬤卻在旁垂著頭。

李妍遂問：「嬤嬤怎麼了？」崔嬤嬤便把馬興的情形說了。

李妍凝神一陣。「嬤嬤，妳去把馬興找來，我有話要跟他說。」

過了一會兒，馬興低著頭跟著崔嬤嬤進來了，一臉頹廢。

李妍和顏悅色地說：「馬興，聽崔嬤嬤說，你喜歡容兒，想娶她為妻？」

馬興趕緊埋頭，羞得連耳根都紅了。

「你不否認，那就是承認了。你與容兒兩小無猜，若真能結成連理，我也跟著歡喜呢。之前我和崔嬤嬤已經商議過，想將容兒許配給你，還要提拔你為二管事，與林管事一起打理各項事宜。可是……容兒屬意蘇柏，我若非要將她嫁給你，她要是想不開鬧個尋死覓活，那可如何是好，你也不想見她死是不是？」

馬興不知道該說什麼，只是默默垂淚，都說男兒有淚不輕彈，只是未到傷心處，這回他真的太傷心了。

李妍嘆道：「誰不想和喜歡的人結成良緣呢，怪只怪月老，祂不好好牽線，貪懶便把這世上的姻緣線胡亂一搭。唉，容兒不喜歡你，你將她娶回去，這日子也過不好。」

馬興磕頭道：「夫人說得是，小的也知道這個理。」

「你只要做好本分，待來年我會為你找一個溫順乖巧的丫頭，到時候我親自為你們主婚如何？」

馬興聽了是既喜又憂，夫人能為他主婚，那是莫大的福氣。可是娶的只要不是容兒，他又歡喜不起來，只能磕頭謝恩。

崔嬤嬤說：「我瞧著大小姐身邊的雙兒就不錯，她平時與容兒在一起，有什麼磕磕碰碰的事她都讓著容兒，可比容兒懂事。前些日子我還問她，她說她沒有意中人，到時候夫人但凡能為她配個踏實穩重的男人，她都願意的。」

馬興與雙兒接觸不多，也就是識得她而已，對她一點都不瞭解，聽崔嬤嬤這麼說，他認命地道：「都說兒女的婚姻靠的是父母之命、媒妁之言，平時小的當崔嬤嬤如母，崔嬤嬤這麼說，小的自當領命。」

李妍見馬興很識時務，笑咪咪地說：「我果然沒錯看你，當真是個堪用的人才。明日我就招雙兒過來問話，她若不反對，過了正月就把你們的事先定下來。」

馬興跪拜道：「小的謹遵夫人安排，多謝夫人。」

此事說妥了，馬興便去了管事房。崔嬤嬤知道李妍為何要如此做，這個時候若不籠住馬興，怕他心裡生恨做出背叛之事來。

崔嬤嬤陪著李妍來到靜風軒看望驍兒。驍兒氣色雖不好，但也能坐起來陪李妍說說話。為了不打擾他歇息，李妍只與他說了幾句話，再餵他喝了藥，便回錦繡院。

徐澄最近很是繁忙，雖然大家以為他一直在至輝堂，其實他都在外面奔波。此時正是緊鑼密鼓的時候，他的兵馬若沒有排布操練好，岡氏一起兵事，說不定扛不了多久就會潰散的。

次日早上，徐澄用過早膳來到至輝堂，蘇柏就遞上一封加急信。韋濟在信中說，他派人出去截了一道從岡家發出的軍令，得知岡家已集結了前朝逃散的十幾名武將，還在西北養了二十五萬兵馬，此時正欲往京城而來。

韋濟還說，此令還不能辨出是真是假，另外他已經上摺子給皇上了，但他把二十五萬兵馬說成三萬兵馬。韋濟之所以這麼做，也是對皇上分徐澄的權而不滿，徐家幾代為鄴朝生死拚搏，皇上不該過河拆橋。

到了午時，徐澄就得知皇上已命太子親征了。若按此前，皇上必定要請徐澄運籌帷幄的，但這次皇上並沒有找他，一是認為囧氏才三萬兵馬，輕而易舉便能拿下，二是他已經分了徐澄手上的相權，讓徐澄有自知之明尋個理由自請隱退，不要干涉政事，當他的安樂侯就行。

皇上怕韋濟謊報軍情，讓太子帶著兩個大營的兵馬去了，一共有十六萬大軍。若敵軍不是三萬，而是十三萬，太子也能應對。只是皇上萬萬沒想到，囧家竟然有二十五萬兵馬，都有鄴朝的一半了。

鄴朝幅員遼闊，各邊境都有守軍，雖然一共有五十萬大軍，真正能派前線打仗的也只有一半。

其實皇上此前打算派人刺殺徐澄，一了百了。可是後來他得了多方面的消息——來自紀姨娘和他手下三千暗衛的，認為徐澄只有兩萬自保的兵馬，不過是為了防身而已，便不想殺徐澄了，畢竟鄴朝的天下有一大半是徐家祖上的功勞，倘若殺了徐澄走漏了風聲，天下人都會對皇家不滿的，或許徐澄的門生還會鼓動各方人士造反。既然徐澄只為自保，沒有其他想法，那就讓他好好當安樂侯。

另外，皇上還想讓紀姨娘繼續為他生子，到時候承繼安樂侯的一切，將來所謂的一代代安樂侯也是鄴氏的子孫了。

徐澄立馬寫一密信給他的丈人李祥瑞，讓他探一探囧氏在西北的大軍。西北遼闊，若想探得軍情怕也不是幾日能完成的。

他緊接著裝起病來，病的託辭很簡單，一是得知太子親征，沒帶上他這個智囊團裡的主力，他覺得不被皇上重用了，心裡很失落；二是日前才滅昭信王，現在又有罔氏造反，他憂國憂民。

皇上派人探密，沒探出什麼來，他又親自來看望徐澄，見他果然病得不輕，便放心地走了，賜下幾箱珍貴的補藥。

皇上一走，徐澄便讓人把李妍叫過來。

李妍當然知道徐澄是裝病，因為徐澄已經不瞞她了。她屏退所有人，來到徐澄炕前坐下。「老爺，你裝病應該不只為了讓皇上放心吧，還有其他事要做嗎？」

徐澄坐起來，面有愧意。「我不能在府裡過年了，今日已是臘月二十七，本該陪著妳和孩子們才是，但是現在形勢緊迫，我得去妖山那一帶。」

李妍十分擔心。「按老爺的意思，不久你也要帶兵打仗？」

徐澄略沈思。「此事還不好說，但妳一定要看住至輝堂，不讓任何人進來，陳豪我已經讓蘇柏把他關起來了。妳就說由妳和蘇柏在這裡伺候我，千萬不要讓人得知我不在府裡。另外，妳再抽空去汪瑩瑩那裡先穩住她，待哪一日妳收到我的密信，就派人將她殺了。」

李妍聽得心臟突突直跳。「老爺，你……你一定要保護自己，我在這裡等你。」

徐澄握住她的手，鄭重地說：「太子已經親征了，一旦他得知韋濟大人謊報兵情，皇上肯定會派人殺了我們師生倆，所以我不得不出手了。當然，太子也未必能知道，這都不好說。到時候情形危急的話，我會讓蘇柏回來將妳和孩子們帶到安全的地方。什麼都不要多想，只需等我的信，記住了嗎？」

李妍眼淚頓湧，她是真的害怕，害怕鄴朝即將面臨大動盪，誰也不知道最後被滅的是哪一方。當然，她更害怕的是，這是她最後一次見徐澄，雖然兩人相處不久，但徐澄已走進她的心扉，她對這個男人不僅有好感或是喜歡，也不只是崇拜或敬仰，而是想與他相伴一生一世。

最近每回與他相處，都是那般溫馨安穩，還有綿綿情意，那種安全感與幸福感，那種心心相印的感覺，讓她無比留戀，她想就這麼一直安安穩穩地過下去。倘若他這一去不再復返，她會怎樣？沒有徐澄，她還能開心地活下去？難道之前的溫馨，最後只會成為回憶的瞬間？

或許，不久她就要流離失所，或許還會性命不保。徐澄雖說會派人保護她，但是真正的戰事一來，會有很多無能為力的事。然而，這並不是重點，重點是……她或許會失去他！才剛愛上，就要面臨失去的可能？

李妍不禁打了個冷顫，深深的恐懼感頓時襲來。

徐澄見她滿臉是淚，也不知如何安慰。他曾說過，要與她同心同德，與她做一對恩愛夫妻，可現在卻讓她擔驚受怕，他真的好心疼，便一把將她緊緊擁在懷裡，恨不得與她一直相擁相伴。

可時間緊迫，由不得他和李妍相擁得難捨難分，過了一會兒，他輕輕拍著李妍的背。「好了，我得走了，妳放心，我怎麼走出去，就能怎樣回來，妳的男人不會那麼容易被打敗的。」

李妍含淚哂然一笑。

徐澄又道：「還有，夫人有空管管兩位姨娘，讓她們在宅院裡安安靜靜地待著，再惹出事來，妳就重罰她們，此後她們便再也不敢折騰了。」

李妍抹去淚，點頭道：「好，我聽老爺的，說來我還從沒罰過她們呢。」

「妳是當家主母，管的可不只是奴才，姨娘們也要嚴加管教的，只不過妳平時過於寬容，她們便蹬鼻子上臉，以後府裡是否安寧就看妳的了。」

徐澄任由李妍默默地給他穿上厚外衣、繫腰帶。兩人擁抱了一會兒，他便匆匆走了。

李妍坐在炕邊發呆，徐澄走了，她的心裡空落落的，害怕又無助。現在整個府都靠她一人了，到時候若是出了事，或是皇上派人圍住院子，而徐澄在外面又不知道，她該怎麼辦？

此時秋水閣的紀姨娘還啥都不知道，發牢騷道：「迎兒，妳不是有陳豪撐腰嗎，怎麼連至輝堂都進不去？」

迎兒怯懦地說：「姨娘您都進不去，奴婢就更……更進不去了，陳豪也不知去哪兒了。」

「難道要等老爺病死了，我都不能見他最後一眼？」紀姨娘氣得狠拍桌面。「夫人一人伺候老爺，倘若她餵老爺喝毒藥豈不是也無人知曉？」

「姨娘，您小聲點，這種話要是叫人聽了去會……會……」

「會什麼會？我自己再去，我還不信今日我跨不進至輝堂！」紀姨娘騰地站起來，氣勢洶洶地朝至輝堂走來，迎兒和巧兒跟在後面小跑著。

紀姨娘來到至輝堂門前，只見門的左邊由馬興帶著十幾位家丁看守，門的右邊則是朱炎帶著十幾位士卒，守得連隻蒼蠅都飛不進去。

馬興聽李妍的，哪怕天塌下來都不許讓人進去，而朱炎之前得了徐澄的令，那就是一切聽夫人的。

徐澄的隨從張春、吳青楓不知去向，或許是得了徐澄的令辦差去了，也或許和陳豪一樣被關了起來。

紀姨娘先來到朱炎面前。「平時陳豪經常與你同出同入，他去哪兒了你知道嗎？」

朱炎確實不知道陳豪去哪兒了，但憑以前老爺辦事的風格，覺得陳豪應該領命辦差去了，便道：「陳豪領老爺之命辦差去了，姨娘身為後宅之人，不應當過問。」

紀姨娘冷哼一聲。「何時輪到你來教訓我了，我當不當問是該你指責的？」

朱炎閉嘴，懶得理她。

紀姨娘又來到馬興面前，上下打量著他，揶揄道：「哎喲，狗奴才爬得太高，就不怕摔下來磕了牙？」

馬興見朱炎剛才嘴上吃虧，也不敢理她。何況夫人交代過了，任何人說風涼話他都不要回嘴，一回嘴就容易吵架，老爺在裡面需要靜養，所以他緊閉著嘴，當啥也沒聽見。

紀姨娘見馬興不理她，走過去抬手準備搧他，沒想到馬興倒是不卑不亢，身手也快，一下抓住她的手腕，將她推向一邊。「夫人說了，誰敢在至輝堂喧鬧，擾了老爺養病，就得家法伺候！」

「你個狗奴才，竟然敢推我，還家法伺候？夫人一人把著至輝堂，老爺在裡面是死是活都不知道，你們還替夫人當狗腿子，要是老爺有個三長兩短，你們吃不了兜著走！」紀姨娘尖厲叫道，她心裡實在著急，本來想過了年謀劃一下把徐澄引進秋水閣，好懷上孩子，沒想到老爺竟一病不起，她連老爺的影子都見不著。

「巧兒、迎兒，快上去打他！」紀姨娘命令道。

紀姨娘話音才落，那十幾名家丁便向前走一步，護著馬興。巧兒和迎兒只不過是弱女子，哪裡敢上前動手。

紀姨娘氣急，便哭了起來，想讓裡面的徐澄聽見。「老爺，你的身子到底咋樣了，好歹讓妾身瞧一眼啊，餵湯餵藥這種活兒也該是妾身來做的，夫人累了就讓她歇息一會兒吧。」

李妍本來坐在裡面發呆，尋思著若是遇到各種情況該如何應對，再想到寶親王妃和二爺徐澤，也不知徐澄是否給他們寫過密信，總之腦子裡亂糟糟的。

這時她聽到紀姨娘在外面吵鬧，便走了出來，將內屋的門和外屋的門一一鎖上。

紀姨娘見李妍終於出來，立即止住哭，上前說：「夫人，妾身向來敬妳，從未頂撞過妳，也未做過對不起妳的事。妳平時待妾身也不錯，總是妹妹長妹妹短的，如今老爺病了，夫人也該讓妾身進去瞧一眼不是？」

李妍很是煩心，態度也就沒有平時溫和，帶著些許不耐煩。「不是我不讓妳進去，是老爺不讓妳們進去。他身子不舒服，怕吵，不想見人。」

紀姨娘不太相信，老爺向來強健得很，怎麼可能一病便連人也見不了。「妾身好歹也是老爺的妾，以前也是與他同床共枕過的，老爺不可能真的對妾身一點念想都沒有，夫人可不能趁老爺病倒在床就私自作主不讓妾身進去。」

李妍想到徐澄說讓她管教妾室的事。她實在頭疼，不想聽紀姨娘吵鬧了，便冷臉道：「紀姨娘言語不當，以下犯上，就不要怪我不客氣了！馬興，帶人把紀姨娘關到柴房去，派人看守！」

紀姨娘驚道：「什麼？把我關進柴房?!」

李妍正色道：「沒錯，妳若敢頂嘴，我就讓馬興掌妳的嘴！」

紀姨娘似乎想動手打人，被馬興拽開了。紀姨娘真的急了，平時她儘量維持優雅姿態，這會子完全失控了，上蹦下跳了起來，嚷道：「李念云，妳以為妳是誰啊，竟然敢關我柴房？我是皇上配給老爺做貴妾的，可不是老爺花錢買來的賤妾，容不得妳如此糟踐！」

李妍眉頭一挑。「容不得？那妳也要請得來皇上這個救兵才行啊。馬興，還不快動手！」

「誰敢！」紀姨娘喝道。

有李妍撐腰，馬興才不怕紀姨娘的靠山呢，即使皇上會幫紀姨娘，但眼下她也是叫天天不靈，叫地地不應的。

馬興招呼著幾名家丁，拽著紀姨娘的左右胳膊，將她往柴房拖。

迎兒、巧兒哭著追上去，也是呼天搶地的。

李妍又命家丁。「把迎兒和巧兒帶到秋水閣，禁她們的足，派人守著。」立馬就有家丁上去抓住迎兒和巧兒了。

紀姨娘一路罵道：「李念云，枉我紀雁秋平時敬妳，妳今日竟然這般對我，就不怕將來遭報應？有本事妳就殺了我，到時候看皇上會不會砍妳的腦袋！」

「李念云，妳敢關我柴房，妳不得好死！」

「李念云，妳是不是想偷偷謀害老爺，皇上少了老爺這麼一個棟梁，妳爹在西北好謀反了？」

紀姨娘一路罵，直到被馬興推進柴房，摔了一身灰，她才惶恐起來。倘若徐澄真的死了，或是被夫人害死了，她是不是也只能等死？

她爬起來一個勁兒地撞門，外面看守的人乾脆多加一把鎖，再插一把柴刀進門縫裡，嚇得她直後退。她心裡萬分後悔，不該去至輝堂鬧的，應該直接去找皇上。

可是她哪裡知道夫人竟然會關她柴房，這是作夢也想不出的事啊。

第十五章

宋姨娘還在茗香閣低頭繡雲圖，給徐澄做的這件紫袍已經初見模樣了。這時碧兒匆匆來報，說紀姨娘被夫人關柴房了，嚇得她手中針線掉在地上。她的直覺是，夫人趁老爺病了不管事，就想乘機折磨兩個妾室，說不定還要打殺的。

「碧兒，妳快去把兩位少爺找回來，別讓他們在院子裡瘋玩，從今日起讓他們跟我住。還有，茗香閣的人誰都不許到至輝堂晃蕩，老老實實待在閣裡不要出去。」宋姨娘才剛說完，忽而又道：「不對，咱們得趕緊回宋府！」

碧兒卻苦著臉。「姨娘，咱們哪兒都去不了，夫人不讓府裡的人出去，也不讓府外的人進來，除了膳堂採買食材的和拉恭桶的可以出去，其他人一律不能出府。不過要過大年了，夫人給了那些非家生子們好些日子的假，讓他們過了正月十五再來。」

宋姨娘惶恐不安。「要是夫人想乘機害兩個少爺怎麼辦？妳快把我的幾個銀箱和首飾盒拿來！」

碧兒慌忙去搬，幾箱銀子和幾大盒首飾是宋姨娘的所有積蓄。

宋姨娘摸了又摸這些珍貴的首飾，最後蓋上蓋子，不再看了，咬牙道：「先拿三百兩銀子去膳堂通融，讓他們幫我把信送到宋府。另外再把這幾箱銀子和首飾拉到宋府，送給我的長兄，讓他想辦法來救咱們。」

碧兒倒是不糊塗。「姨娘，這個法子不可行，要是老爺的病好了，見妳帶著少爺們回娘家過年，老爺會大怒的。妳不記得章玉柳的事了？她就是以為老爺一定會死在焦陽城，才把自己害得那麼苦，姨娘可不要步她的後塵啊。」

宋姨娘心一驚，思慮半晌說：「那就讓長兄派幾十個侍衛潛進府，暗中保護咱們。」

碧兒點頭，看著眼前這些財物，有些不捨得。「姨娘，您和少爺們將來的日子還長，難道不留一點？」

宋姨娘嘆道：「要是命都沒有了，留著這些錢又有何用，就留幾樣首飾和一箱銀子吧，其他都送出去。」

「是！」碧兒趕緊出去吩咐粗使的丫頭去找兩位少爺，再進來分裝銀子。

宋姨娘提筆寫信，雖然她恨娘家，可是最終能指望的也只有自己的娘家了。

到了午時，崔嬤嬤與綺兒各自提著食盒、果盒來至輝堂。李妍為了保險起見，徐澄裝病之事並未跟她們說。

李妍只讓她們進外間，崔嬤嬤一進來就哭，但怕擾了老爺，只敢壓低聲音啜泣道：「夫人，您說老爺這是怎麼了，這些年來都沒見他病過。眼見著要過大年了，他卻一病不起。」

「老爺得的是心病，皇上分了他的權，現在也不起用他。徐家歷代都是皇上的左膀右臂，如今到了老爺，皇上卻疏遠他，叫他如何不傷心。嬤嬤也別過於憂心，老爺只不過是心裡不好受靜養幾日，可沒得什麼起不來炕的病。」

崔嬤嬤止了哭，面露喜色。「夫人的意思是老爺身子無大礙，靜養幾日就會好了？」

李妍擠出點笑容，點了頭。

綺兒也跟著歡喜起來。「奴婢趕緊回去告訴雪兒她們，免得她們這幾日哭腫了眼。」

崔嬤嬤皺眉道：「噓……妳小聲點，老爺還在裡頭呢。此事跟那些丫頭有啥好說的，別讓她們到處瞎傳，咱們自己心裡知道就是了。」

綺兒忙掩嘴，跟著崔嬤嬤一起出去了。

接下來兩日倒是清靜，沒人再來至輝堂前鬧了。李妍時而在裡面看書寫字，好讓自己靜下心來，時而出去散散心，讓馬興和朱炎帶著人看守住門就行。

到了大年三十，府裡忙著貼對聯、窗花，大紅燈籠也掛了起來，膳堂忙著做年夜飯。家生子們雖不敢像以往過年那般喧鬧，但一樣認真地佈置，一點也不敢偷懶。

李妍心裡很焦急，因為一直沒收到徐澄的密信，也不知他在外面怎麼樣了。而且徐澤還說晚上要帶家人一起過來吃年夜飯，好似對兄長的事一無所知。

李妍越想越著急，正欲出至輝堂走一走，解解悶，卻聽得暗門那裡有動靜，回頭一看，蘇柏來了。

他遞給李妍一封徐澄寫的密信。她來不及看信，便問：「老爺一切安好嗎？他身在何處？」

蘇柏回道：「老爺一切安好。」至於身在何處他卻不回答。

李妍知道從他嘴裡問不出什麼，他的嘴太緊了，哪怕無關緊要的事都不會說。

蘇柏並未立刻走，而是要出至輝堂，李妍忙問：「你要去哪兒？」

「老爺讓在下巡視一下府裡的情況，老爺排布在府外的暗衛隊昨日抓到宋府的暗衛。為了夫人和少爺、小姐們的安全，老爺讓在下再仔細查探。另外，老爺也讓在下在府裡多露露面，好讓府裡的人安心。」

李妍驚愕，宋府的暗衛？也就是說他們是宋姨娘招來的，沒想到連她也不安分了。想來也是，誰處在此境都會心慌。

幸好徐澄安排了人在府外把關，倘若這些暗衛暗藏於府，李妍在府裡是很危險的，很可能一不小心就會丟了命。

蘇柏出去了，李妍打開密信，內容很簡單——一切安好，勿憂。今夜妳去安撫汪瑩瑩，待明日她向外傳出消息，再下令讓士卒們殺了她。另，務必安心過年！

看過此信，李妍心裡舒暢了，想來自己本就不該擔心的，徐澄當了這麼些年的宰相，肯定擅長權謀之策，他自當會安排好一切。

李妍出了至輝堂，帶著喜氣回到錦繡院，試穿過年的新衣。

下人們以為老爺身子大好了，應該過幾日就會出來了，而且還看到蘇柏在府裡四處走動，就更確信老爺性命無虞了。

此時萬念俱灰的是紀姨娘，在柴房裡過了幾天邋遢日子，她快撐不住了，在柴房裡吃，再在柴房裡拉，她哪能受得了，而且看守的人並不及時把恭桶拎出去，她都熏得快岔氣了。

今日是大年三十了，李妍仍沒有放她出去的意思。她用著最後一絲力氣撞門踢門，嘴裡罵道：「李念云，快放我出去，我若死了，做鬼也不會放過妳！李念云，賤人！妳如此心狠手辣會遭雷劈的……」

看守的人將紀姨娘罵人的話都稟告給李妍，李妍聽得心裡也不好受，她不是故意要打壓妾，也不是想折磨紀姨娘，只是想讓她自明處境。

想到今日要過大年，李妍尋思了一陣，下令讓人把紀姨娘放出來，讓她回秋水閣，但仍然禁足，不能出秋水閣一步。

紀姨娘本以為回到秋水閣，就能想辦法出去，或是能送信到皇上手裡，沒想到李妍竟然派了二十幾個人將秋水閣前前後後死死守住，她什麼也幹不了。

迎兒、巧兒見紀姨娘回來了，三人哭成一團。沒了陳豪，她們根本無法向外面傳出一個字。皇上正在操勞太子的事，因為太子親征連罔氏一個兵馬也沒見著，罔氏一家也躲得無影無蹤。

皇上為此憂心，哪裡有心思想著紀姨娘，根本不知道她在徐府的遭遇。

宋姨娘與碧兒也在哭，錢財都送出去了，卻沒見暗衛潛進來保護她們，也不知道是錢財沒送到兄長手裡，還是兄長收了錢財也不派人來。

碧兒哭著哭著又安慰宋姨娘。「姨娘，夫人已經回了錦繡院，奴婢還瞧見蘇柏，老爺怕是快好了。既然夫人這幾日都沒來為難您，您也不必擔心。說來總比紀姨娘好，她被關了三日柴房，現在又被禁足。您至少可以在府內隨意走動，夫人要想害您的話，早就該動手了，不會等到現在。」

宋姨娘聽了也覺有理，又後悔起來。「難道我那些銀子首飾白花了？」

碧兒也覺得是白花了，但此時不好傷宋姨娘的心。「雖然白花了，但姨娘前兩日不也因為花了錢而安心了一些，花這些錢買兩日的安心，也不算枉花。」

宋姨娘想起來就肉痛，又是一陣哭。

到了傍晚時分，膳堂已經備好年夜飯。李妍也盛裝打扮好了，崔嬤嬤問道：「夫人，老爺連年夜飯也不出來吃？」

李妍搖頭。「老爺不來，他讓我好好陪著二爺。二爺的幾個孩子太鬧，連我都有些受不住，何況靜養中的老爺。」

「那紀姨娘……要放她出來吃年夜飯嗎？」崔嬤嬤又問。

李妍又搖頭。「放她出來做甚？她一來可別為了洩恨把飯桌給掀了。」

「夫人若是不讓紀姨娘來吃年夜飯，她怕是要對夫人恨之入骨了。待老爺出來後，要是給她解了禁，她會不會暗地裡謀害夫人？」崔嬤嬤隱隱擔憂。

「她已經對我恨之入骨了，出不出來吃年夜飯都一樣。」

「要不……夫人乾脆將她……處置了？」崔嬤嬤為夫人將來的安全著想，所以狠心說了這種話。

李妍略微沈思。「嬤嬤，此事重大，還需我慎重考慮才是，咱們先去吃年夜飯吧，孩子們都等著呢。」

「夫人說得是，好歹先吃了團圓飯再說。」

崔嬤嬤帶著綺兒、晴兒等人，簇擁著李妍向膳堂走來。

李妍來到膳堂，徐澤帶著一妻一妾和幾個孩子都過來了，一一互相行禮後，按尊卑長幼入了席。

李妍抱歉地說：「真是委屈二弟了，來我府裡卻只能在膳堂吃年夜飯，本來該去祥賀樓的。奈何老爺不肯湊這個熱鬧，一家之長不鎮席，所以只能在膳堂佈置了。」

徐澤最近也很不順，他在兵部莫名被人排擠，如今只是個閒職，每日去了也是喝茶。

他嘆氣道：「我懂兄長的心思，堂堂一朝宰相，卻被皇上架在一邊，怕是過不了多久皇上就會想辦法讓兄長自請離職，讓他做個真正的安樂侯。兄長自小酷愛讀書，琢磨治國安民之道，若是自此要賦閒在家，他都不知道該怎麼打發日子了。」

聽徐澤這麼說，李妍更加確信他對徐澄的事一無所知。看來徐澄為了保護弟弟，才不讓他知道一絲一毫的，但一定有暗中派人保護他。因為徐澄比誰都瞭解自己的親弟弟，徐澤不諳世事，也過於正直，沒有太大的抱負。他知道得越多，給徐澄帶來的麻煩就更大。

李妍心裡暗想，倘若她是徐澄，她也會這麼做。她相信，徐澄肯定也暗中派人保護徐菁。

用膳過後，李妍給在座的孩子們發了壓歲錢和過年禮物，徐澤的孩子也都有。壓歲錢和禮物也都是不一樣的，這是李妍故意的，若孩子們都一樣，以後哪怕有一丁點不一樣就攀比起來。

所以她按照尊卑給，珺兒和驍兒及徐澤的嫡女是一樣的，一人十兩金錠和一塊價值不菲的玉珮，而宋姨娘的兩個兒子和徐澤的庶子只有一兩金錠和一把小銀鎖。

孩子們雖小，但也都看得出來。他們雖然覺得委屈，可是也認清了自己的身分，以後不會事事跟嫡子嫡女比。

散了席，徐澤帶著妻妾和孩子們回去了，李妍先回到錦繡院，換了一身厚實的棉衣，再穿上斗篷，她要按照徐澄信中說的，去會一會汪瑩瑩。

崔嬤嬤一邊給李妍繫斗篷的帶子，一邊問：「夫人，紀姨娘的事……」

李妍猶豫再三。「罷了，此乃除夕之夜，不宜有血光。何況待老爺問起，我也不好解釋。把她關柴房，那是她犯了錯，這個老爺是不會怪我的，但是我若在除夕要了她的命，老爺會怎麼想我？儘管他不會為紀姨娘惋惜，也會覺得我太殘忍了，其實……我也真下不了這個手。」

崔嬤嬤一臉憂慮之色。「就怕她以後報復夫人，您不要她的命，她會要了您的命啊。她以前一直養尊處優，此次突遭關柴房，她會銘記一輩子的。」

「那就一直禁她的足，待過幾日我問問老爺的意思。人命關天，我不能私自作主。」

崔嬤嬤嘆道：「但願老爺不再讓她自由出入，否則夫人日後就沒個安寧了。」

「此事老爺心裡肯定比誰都清楚，他會明斷的。嬤嬤，妳忙活了一整日也累了，且先回去，我帶著綺兒、晴兒去楊府那邊就行。」

崔嬤嬤嘮叨道：「老爺也真是，大過年的讓您去會那個妖精做甚。」

「大過年的，總不能寒了人家姑娘的心不是？嬤嬤放心，我不會吃虧的。」李妍出了門，綺兒和晴兒跟在身後。

坐著馬車來到楊府，冷冷清清，且不要說沒有徐府那邊張燈結綵的景象，這邊連個燈籠都沒有。李妍暗道，這個汪瑩瑩還真耐得住寂寞，過這樣的年不覺得糟心嗎？

李妍一進汪瑩瑩的小院，汪瑩瑩便竄了出來，看來確實很不滿。李妍還未問她話，她倒先問起李妍來。「除夕之夜，妳來做甚？宰相大人為何這幾日都不來？」

李妍瞧著汪瑩瑩一身華麗的打扮，就知道她肯定以為今晚徐澄會來見她，她嘲諷一笑。

「姑娘盼老爺盼急了嗎？說話怎麼這般不禮貌？我又沒綁著老爺的腿，他不來與我何干？」

汪瑩瑩蛾眉一挑。「妳的意思是說……大人明明在府，就是不肯過來？」

李妍揶揄道：「他當然在府了，否則他還能去哪兒，大過年的他要接待很多賓客，十分繁忙，妳還真以為自己在他心中有多重要，每日只惦記著妳？」

汪瑩瑩格格一笑。「那妳來做甚，是來倒醋罈子嗎，還是又想讓妳的兩個丫頭上來撓我？」

綺兒和晴兒躍躍欲試，上次被她踢了一腳，她們心裡還憋著氣呢。

李妍毫不隱瞞。「就是趁老爺和二爺一起飲醉了酒，我好來看看孤苦伶仃的妳呀，何須動手，見妳這麼可憐巴巴地待在鳥籠裡，連個說話的人都沒有，我心裡就十分暢快了。」

汪瑩瑩嬌笑。「那真是讓夫人失望了，妳不見這院子裡美男環繞，我怎麼會連個說話的人都沒有，我享的可是豔福！」

李妍覺得汪瑩瑩應該沒有懷疑徐澄，所以她一再強調徐澄就在府中。說了這麼些也差不多了，便道：「既然美男環繞，妳就好好享用，最好讓老爺捉姦在床，然後砍了妳的腦袋！」

她再一甩袖。「綺兒、晴兒，我們走！」

出了院子，便把徐澄的密令給兩名守衛看，讓他們見機行事，待汪瑩瑩放出信號，他們就動手，絕不能讓她逃了出去。

汪瑩瑩見李妍等人走了，一陣感傷起來，都說每逢佳節倍思親，此夜本是一家子的團圓之夜，她卻一人過著孤寂的日子。

她本是身負父親之命而來，不應該對徐澄懷有感情，可她現在卻時常想他，這是危險的信號，她絕對不能再這樣下去了。既然她對徐澄的情況已經掌握得差不多了，應該及時脫身才是。

她快速寫了一封密信，塞在一個信號彈裡，然後朝空中拋出。她以為此信號彈沒有任何響聲，也沒有任何亮光，只有負責接應信號的人才能找到她的信，憑這幾個士卒是啥也瞧不出來的。

偏偏她不知道的是，徐澄在外派了經歷大戰的三百士卒，其中有不少人懂得這個。之後汪瑩瑩招呼著伺候她的那名溫文爾雅的士卒過來。「來，陪我喝酒！」

李妍回到錦繡院後，筋疲力盡，一躺下便睡著了。不知睡了多久，她感覺有人摟抱著她，她迷糊地睜眼一看，是徐澄。

怎麼回事，怎麼又夢見他了？

徐澄摸了摸她的臉頰，眼神極為溫存地看著她，湊唇親她。李妍暗道，完了，又要作春夢了，這是怎麼了，上回作了半截的春夢，怎麼這次又作了？

她下意識掐了掐自己，竟然還醒不過來，明明掐得很疼的。

徐澄見她掐自己的手臂，忍俊不禁，然後更是發狠地親她，簡直要把她的唇瓣碾碎，把她的舌頭吮掉。

李妍先是應著他，可是慢慢地撐不住了，好像掉進溫柔陷阱裡，再也起不來。她喜歡被他炙熱的唇包裹的感覺，喜歡被他這樣的男人疼著愛著，若這不是夢，那就更好了。

只見她胸前一陣起伏，渾身癱軟，嘴裡忍不住嚶嚶了幾聲，直到有些窒息，她才雙手輕輕推了徐澄。

徐澄放開她，帶著些許沈醉又帶著一絲壞笑。「原來夫人也有嬌媚的時候。」他說話時手還放在李妍的胸上揉捏著。

李妍把他的手拿開，嬌嗔道：「流氓！」

「流氓是什麼意思？」徐澄笑問，又伸手摸上她的胸前。

「就是大淫賊！你手往哪兒摸啊，拿開拿開！」李妍拽他的手。

忽然，李妍感覺這不像夢，一下驚坐了起來，睜大著眼睛看著徐澄，捏捏他的臉，再捏捏自己的臉。「我捏著臉疼，你呢？」

「疼啊。」徐澄一下又將她摟住，親她的臉。

這時綺兒推門進來，看也沒看炕上，便道：「夫人，奴婢端來熱水了，您要不要起炕？宋姨娘帶著兩位少爺在外面候著——」

李妍猛地一推徐澄，這真的不是夢！

徐澄知道李妍把這當成夢了，一直暗笑。

「啊！」綺兒轉身見炕上還躺著一個男人，嚇得一陣驚叫。

李妍被這陣尖叫聲嚇得直往徐澄懷裡鑽，探個腦袋問：「綺兒，怎麼了？」

綺兒仔細一瞧，發現這男人是老爺，嚇得撲通一跪。「奴婢該死！奴婢不知道是老爺，奴婢……」

李妍趕緊又逃出徐澄的懷抱，坐直了。徐澄朝綺兒擺了擺手。「妳先退下。」

綺兒又驚又喜地跑出去。「晴兒晴兒，老爺出來了，老爺在夫人的屋裡！」

徐澄掀開被子站了起來，李妍也忙起身，準備為他穿衣。

徐澄卻自己拿起袍子往身上穿。「夫人莫起身，別著涼了。我見妳剛才睡得香，再多躺會兒。」

「不了，綺兒剛才不是說了，宋姨娘帶著孩子在外面候著呢。咦，老爺，你什麼時候回來的，你的事都排布好了？焦陽城怎麼樣了？」

「夫人莫憂，一切都在我的掌控之中，待得了空我再跟妳細說。今日是大年初一，皇上肯定會派人來府裡看我，這是每年不變的規矩，我自然要回來。」

李妍見徐澄胸有成竹，便不再細問。只要他好好的，她心裡就踏實了。

宋姨娘驚聞老爺在夫人屋裡，她慌裡慌張地拜了年，再讓兩個兒子給徐澄和李妍磕了頭，就趕緊帶著他們走了。

珺兒和驍兒也相伴向李妍請安拜年，他們見父親也在，更是歡喜。他們也不急著回去，和爹娘一起用過早膳，再說說話，才依依不捨地回去。

李妍剛才看著驍兒瘦了不少，氣色也不好，憂道：「這幾日驍兒補藥吃了不少，但體質仍虛弱，說話都不太有力氣，待天暖了些，應該讓他多練練劍才好。」

徐澄點頭道：「夫人說的在理，以前我想讓蘇柏教驍兒練劍，但蘇柏實在抽不出身來，就讓朱炎有空教他吧，以前驍兒也是跟著朱炎練入門功夫的。」

「嗯，朱炎也行。」

李妍略頓了頓，又道：「老爺，紀姨娘她去至輝堂前鬧，被我關了三日柴房，昨日我讓她回到秋水閣，不過仍然禁了她的足，老爺你說……接下來是該解了她的禁，還是……」

徐澄擺手道：「不能解她的禁，等會兒宮裡就要來人，她要是出來了，肯定會當著宮裡來的人面前鬧，好讓皇上知道。只要她鬧不了，皇上是不會主動過問她的，皇上現在焦頭爛額，哪裡顧得了她。」

「好，那就一直禁著，待以後再說。」

徐澄起了身，將李妍也從榻上拉了起來。「妳跟我一起去正堂，宮裡的人應該就要到了。」

他們還未出錦繡院，在楊府守著汪瑩瑩的小領頭匆匆跑了過來。

徐澄見他神色緊張，揮退左右下人，但並沒有讓李妍迴避。

他似乎有所悟，直截了當地問：「怎麼了，汪瑩瑩逃掉了？」

小領頭臉色鬱結，雙膝一跪。「大人，屬下該死！本來她是插翅也難逃的，昨夜她把高進叫進去喝酒，高進也是有防備的，進去之前還帶了解藥，出來後也相安無事。可是不知怎的，就在凌晨時分，高進嘔吐不止，還發劍瘋，揮著劍亂砍，後被汪瑩瑩劫成人質了。哪怕足足有三百人靠近，也無從下手，當時就讓汪瑩瑩帶著高進逃了。之後我們將整座京城尋遍，也沒尋到他們，我們便一路往北追，直到現在也毫無眉目，在下就……就回來稟報。」

徐澄悶著沒吭聲。

小領頭向徐澄磕了個頭謝罪。「高進武功高強，若不是因為嘔吐和發劍瘋，汪瑩瑩是劫持不了他的。當時其他人都說乾脆放箭將高進和汪瑩瑩一起射了，可是屬下……與高進向來要好，不忍心殺他，就……」

他抽出劍，雙手呈上。「還望大人殺了我，以正軍令！」

徐澄接過劍，李妍暗驚，難道他真的會動手？但她沒有阻攔，她相信徐澄做事自有主張。

徐澄揮劍往小領頭那處一砍，李妍嚇得兩眼一閉，嘴裡忍不住「啊」的一聲大叫。

但當她睜眼時，小領頭仍然跪在那兒好好的，原來徐澄只是砍了他的袖子。

小領頭磕頭道：「大人不肯殺屬下，屬下羞愧難當！」

徐澄冷眸閃了閃，沈聲道：「你為了個人義氣而背離軍令，確實該殺，但今日是大年初一，我不想開殺戒。高進武功在你之上，智慧也不弱於你，他會被汪瑩瑩劫持，必有蹊蹺。

你且先回營，安撫軍心，此事還待以後查明。」
小領頭再磕了頭，才起身回去。
李妍來到徐澄身邊，擔憂地問：「汪瑩瑩沒死，她若是得知老爺一直在耍弄她，會不會暗殺老爺？」
徐澄搖頭道：「夫人此話差矣，汪瑩瑩這一逃，必定是去焦陽城。如今啚氏一族已逃向西北，這些日子就要起戰事，她只會待在軍營助戰，不會來此的。何況她未必知道我在騙她，這次是皇上派兵攻打，與我無關。即使往後她知道了，她也近不了我的身。要是誰都能輕而易舉刺殺我，妳早就成寡婦了。」
李妍忙道：「呸！呸！呸！大年初一的，老爺可不許說這種不吉利的話。」
徐澄淺笑。「咱們快去正堂吧。」
才到正堂，外面的小廝就來報，說太監應公公來了。
徐澄眉頭微蹙，皇上竟然派一個太監來，以前都是派寶親王或別的王爺，然後他再與王爺們一道進宮面聖。
之前他還有些猶豫，有些事不想做得太絕情，但現在意識到，自己不該有任何婦人之仁。
應公公也不像以前那般恭敬，表情淡淡的，拉長的鴨嗓說：「喲，安樂侯終於起得炕了，皇上一直憂心呢，說安樂侯要是再不濟的話，滿了百日也不需上朝了，就在家頤養天年吧。安樂侯以前操勞過甚，如今也該歇歇了。」

徐澄心裡一哼，他才三十歲，頤養什麼天年，而且應公公一口一個安樂侯，這意思再明顯不過，皇上不想再讓他當宰相了。

應公公還叫他今日別去見皇上了，徐澄誠惶誠恐地應道：「既然皇上如此繁忙，那我就不打擾了。皇上憂心國事，我卻在家享清閒，真的罪過，罪過啊。」

應公公擺手笑道：「安樂侯不必自責，身在什麼位，就操什麼心，你一心在家過年就好。」

徐澄連忙道：「公公說得是。」

應公公走後，徐澄攜著李妍來到至輝堂，將他這幾日在忙什麼說給她聽。

「夫人，剛才妳也看到了，徐家祖上幾代為鄴朝打天下，沒一個不是戰死沙場的，如今到了我這一代，卻是這般下場，要知道年前我在焦陽城也是九死一生。我不能坐以待斃了，否則皇上一個不高興，說要我的腦袋就要我的腦袋。」

李妍見徐澄肯跟她說這些，知道他已經把她看作與他同心同德的愛妻了。

她直吐肺腑之言。「老爺，你做什麼我都贊同，只是你一定要有個萬全之策，府裡這一家子的命都繫在你的手上，還有二弟一家和寶親王妃，指不定伍氏一脈也會受到牽連。」

徐澄握住李妍的手，鄭重地說：「倘若功虧一簣，夫人得和我一起上斷頭臺，妳怕嗎？」

上斷頭臺?!李妍心裡一驚，她能不怕嗎?這世上又有幾個人不怕死的?可她不好意思表現出來，淺淺笑道：「砍頭肯定會怕的，但只要與老爺在一起，死也甘心了。」

徐澄看著李妍的眼神。「夫人放心，我不會讓妳死的，我自己也不會死，咱們以後還有半輩子要過，我與妳的好日子才剛剛開始。」

李妍見徐澄這麼自信，還是有些不放心。「老爺到底掌有多少兵馬，真的鬥得過皇上?」

「兵力雖不是很強盛，但比皇上有優勢。皇上正在調集更多兵馬攻打啚氏，各邊境留守的兵力很少，而京城更是薄弱。待太子與啚氏兩敗俱傷時，妳爹派的大軍與我派去的部分兵力便能將他們合圍了。這些日子我已將京城的兵力排布好，一旦妳爹傳來消息，就可以逼宮了。」

李妍聽到逼宮二字，身子微抖，徐澄這是要當皇帝啊!「我爹不是派大軍過去助太子了?他不幫著打啚氏，這樣皇上……皇上能不疑心?皇上一疑心，肯定會在京城重排兵力的。」

徐澄笑道：「夫人多慮了，妳爹遠在西北，傳令之人在路上得費兩日，妳爹昨日才剛接到皇上的命令。按理說，他的大軍才剛啟程呢，還得過好些日子才能趕到太子那兒。只不過我提前好幾日告知妳爹，其實他的大軍昨日已經到了，正埋伏於幾十里之外。」

聽徐澄這意思，外面的事他很有把握，京城也排布好了，李妍剛才懸起來的心算是安穩落下了。要說當宰相夫人還真不容易，整日提心弔膽的，生怕哪一日就被抓去砍頭。

徐澄見李妍氣息平穩了，也知道她剛才被驚著了。他剛才握她的那隻手，又用力捏了捏。「要麼成功，要麼成仁，還望夫人與我共進退。」

李妍撇嘴道：「當然與你共進退了，我爹都聽你的安排，我不與你共進退，莫非還能自己謀事？」

徐澄笑了笑。「妳回錦繡院歇歇，我要去至輝堂，估摸著明日午時才能回來。」

李妍默默點著頭，看著徐澄遠去的背影。他的背影是那麼高大，步伐是那麼穩健有力，哪怕心中運籌著顛覆乾坤的大事，看起來也是那麼平靜，沒有絲毫浮躁，他確實是一個可以依靠的人。

而她，作為他的夫人，被他這麼細心保護著，是否也是莫大的榮幸呢？

次日，李妍一人用了早膳。

崔嬤嬤見了嘆氣。「夫人，老爺昨兒個早上才出屋，昨兒個午時就又閉關了。老爺這心結也不知何時才能解開，我瞧著夫人早膳用得沒滋沒味的，比不得年前有老爺陪著的那些日子用得盡興。」

李妍翻看著這一年來總開銷的帳本，略抬頭說：「小孩子都知道飯要搶著吃才香，一個人用膳實在沒趣味，何況前幾日葷膩吃得有些多，今兒個就喝一小碗粥倒也舒暢。老爺這心結……怕是反反覆覆得好幾個月，遲早會好的。」

綺兒端來一盤蜜棗，李妍隨手抓了一顆吃，眼睛一直盯著帳本，當她看見帳本上詳細記著府裡一年基本開銷要十多萬兩銀子時，有些被嚇住了。想來也是，光過個簡單的年就花上萬兩，孩子們過年的禮物還不算在內，單單驍兒和珺兒的玉珮便值個上萬兩。

府裡上下共一百多號人，十多萬兩或許還是節儉著花的。

李妍之所以想要看帳本，是因為大清早的齊管事和殷帳房過來了，給了她一張條子，上面有徐澄的親印及親筆字，要從庫房裡提二十萬兩銀子和一萬兩黃金，另外還提了三箱珠寶，總價值在五十萬兩以上。

當時李妍嚇懵了，所以用起膳來才沒滋沒味，她知道徐澄要拿這些錢去養兵馬、買武器，還要一大筆錢用來犒賞，既然要幹大事，那可是要花大錢的。

李妍尋思著怎樣才能快賺錢，雖然有田莊和宅院，鋪子也要開，但想掙錢還得周轉許久才行。

倘若徐澄過些日子又要一大筆錢怎麼辦，府裡的人還要過日子呢，而且府裡剩的錢財真的不多了。

原先她想到賣田莊院子，但仔細一想，萬萬不可，此事要是傳到皇上那兒，那可是不得了的事，皇上肯定能猜得出徐澄想要幹什麼。就連早上殷管家說要提的那些錢財，也得今晚上偷偷摸摸往外運，不僅掩外面人的耳目，連府內之人的耳目都要掩住，這可是生死攸關的大事，任何一個環節都不能出錯。

李妍細細看著帳本，忽然來了靈感，因為她看見帳本上還記著去年章玉柳的開銷，想起拂柳閣還封著呢，章玉柳在府裡也待了這麼些年，閣裡肯定藏了不少值錢的東西。

李妍放下帳本，伸了伸懶腰。「嬤嬤，坐多了腰骨都痠痛，要不咱們出去走走，我記得拂柳閣一直封著，何不去瞧瞧？」

崔嬤嬤扶起李妍。「林管事說拂柳閣的東西要老爺看過後才能入庫，可是老爺一直沒想起來要看，咱們能自作主張嗎？」

李妍這點自信還是有的，徐澄應該不會怪她自作主張，她這可是費盡心思為他籌錢呢。

第十六章

綺兒才為李妍找出狐皮斗篷，還未來得及為她披上，就見碧兒雙手捧著一個大錦布包袱來了。

碧兒謙和溫順地福身。「夫人萬福。宋姨娘近來閒著，為老爺做了一身袍子，她不敢上呈給老爺，只能請夫人……」

李妍讓綺兒把包袱接了下來，微微笑道：「妳回去跟宋姨娘說，這點小事不足掛齒。」

碧兒一走，一直在旁未說話的晴兒嘟著嘴不高興起來。「夫人，您也太大方了，宋姨娘想靠夫人的面子在老爺面前留下好印象，夫人幹麼順她的意。」

李妍嘆道：「妳當我願意啊，可她已經做出來了，我不幫她的話，她自己也會想辦法呈給老爺，我何不做個順手人情呢？我沒必要做個惡人叫老爺和府裡的人覺得我心胸狹隘，老爺若真念她的好，我也攔不住，老爺若是不將她放在心上，也不是一件袍子就能挽回老爺心的。」

崔嬤嬤附和道：「就是，老爺頂多能去她房裡坐一坐，或用個膳，難不成還能歇在她那兒？老爺的丁憂還守在身呢。」

李妍也覺得崔嬤嬤說得十分在理，便不再尋思這事。「咱們起身活動活動筋骨去拂柳閣看看，晴兒，妳去管事房一趟，叫林管事拿鑰匙，拆封開門。」

她們來到拂柳閣，見大門及院牆上全是積雪，無人打掃，門上生了一層鐵鏽，一股淒冷感迎面襲來。雖然章玉柳以前只不過是個妾，可她是第一個妾，又有太夫人撐腰，她的拂柳閣裝飾得不比錦繡院差多少。如今卻人去樓空……

林管事拆了封打開大門，進了院子後，發現裡面的積雪更厚，因無陽光照射，這些雪不掃出去根本融化不了。

林管事忙找了十幾名家丁，一會兒工夫就把積雪全鏟出去了。地上很濕滑，崔嬤嬤和綺兒攙扶著李妍進院子，林管事再把裡面的門一一打開。

裡面還是當初的陳設，只不過到處都落了一層薄灰。章玉柳走時，這屋裡還來不及收拾，桌子上還放著茶壺，杯子裡還剩著半杯茶。

李妍走進屋，崔嬤嬤趕緊找根絨毛撣，撣乾淨了一張椅子，才扶她坐下。

李妍剛才那麼一巡視，就發現有不少值錢的東西，光首飾盒就有五個。她將林管事打發回去，讓晴兒把馬興找來。

待馬興來了，李妍便吩咐道：「馬興、嬤嬤、綺兒、晴兒，你們可得使勁找，把值錢的都搬到我面前，等會兒咱們一起清點，待深夜裡都搬到錦繡院去。」

馬興先是出去將大門關上，然後和崔嬤嬤等人忙活起來。一開始以為所有值錢的東西也就值個萬兒八千的，但當他們仔細搜一遍後，都呆了。

先是拉出五大箱銀子，這還不覺得有什麼，緊接著翻出十箱黃燦燦的金錁子，李妍看了都有些吃驚。這些仍不算什麼，當他們再翻出幾箱古器珍寶時，大家都傻眼了，這些東西本該是庫房裡的，怎麼跑到章玉柳這兒來了？

一開始他們也以為章玉柳只有五個首飾盒，再接著翻騰時，又找出五大盒。崔嬤嬤把首飾盒蓋一一打開，讓李妍瞧。

李妍暗吸了一口氣。「這些樣樣都比我的好，她這是從哪兒弄來的？每年打首飾都是有定數的，而且絕沒有金鑲玉這種貴重的東西，還有這梅花白玉釵，我怎麼從來沒見過？」

崔嬤嬤仔細一尋思，驚道：「這可是太夫人生前的東西，當年皇上拜老爺為相，賞了好些貴重東西，這支梅花白玉釵就是老爺給太夫人的。恐怕這五大盒貴重首飾，還有這十箱金錁子，都是太夫人一生積攢下來的，當年老國公爺也得了不少皇上的賞賜，東西可全都在太夫人那兒呢。」

李妍不禁一陣心寒。「太夫人對章玉柳這般用心，她最後竟還插太夫人一刀，太夫人之所以去得那麼急，都是被她氣的。」

崔嬤嬤又翻看那幾箱古器珍寶。「這些有一大半是太夫人那兒的，還有一些是以前存庫房的，章玉柳肯定是趁夫人病的那兩個月偷偷弄過來。她真是人心不足蛇吞象，藏了這麼些東西，最後還想把整個庫房都拉出去。」

李妍也被章玉柳的貪心嚇到了，坐在那兒發愣。

崔嬤嬤又感嘆又生氣地說：「章玉柳也太貪得無厭了，老國公爺一生征戰沙場，這些東西可都是用命掙下的，她……她……」崔嬤嬤氣得都說不出話來了。

李妍嘆道：「嬤嬤別氣了，說來她也是太夫人慣的，否則何至於此？不過最後章玉柳也沒能帶走，現在不還是老爺的？」

崔嬤嬤經李妍這麼一說，那顆揪得發緊的心才放鬆下來。

李妍又道：「咱們先把這些清點一下，看到底價值多少銀兩，到時候好呈報給老爺。」

李妍不大知道這些東西值什麼價，畢竟都是古代的，而崔嬤嬤就不一樣了，她以前在李將軍府，後來又跟了李念云十二年，見過不少好東西，自然比較懂。

他們四人一一清點後，再拿紙筆記錄在冊，然後坐在一起估算，最後得出總價值。崔嬤嬤把冊子遞給李妍。「夫人，這些估摸著值五十萬兩，也不知道我們估得準不準。」

李妍微怔，這可是很大的一筆錢，徐澄若是再得了這五十萬兩，辦起事來肯定更能遊刃有餘了。她看了看冊子，見上面密密麻麻寫了好幾頁，微微笑道：「馬興，沒想到你的字寫得倒也端正。」

馬興不好意思地撓了撓頭。「這還是以前服侍驍少爺時，我在旁邊伺候跟著學了點，只是後來年紀大了，依照規矩從少爺屋裡出來，之後便沒再學，但有時候回住處會時常練一練。」

原來馬興還伺候過驍兒，難怪這麼忠心，他和崔嬤嬤可都是伺候正主子的。

李妍笑著點頭，算是讚許，再繼續看冊子上的估價，她哪裡知道估得準不準，只覺得大概差不了多少。「我瞧著都還算準，你們把那五小盒首飾放一邊，再拿五十個金錁子出來，這些我以後留著賞人，其他全都放進箱子裡，封上條。到時候我會問老爺如何處置。」

崔嬤嬤聽李妍說只留五小盒首飾和五十個金錁子，覺得太少了，而且那五小盒裡的首飾都算是普通一些的，真正珍貴的東西夫人卻一樣不留。

「夫人，留得是不是太少了？夫人屋裡的東西可還不及這裡的一成。」

李妍擺手道：「要這些又有何用，平時咱們吃穿用度哪樣都是上好的，從未短缺過。章玉柳斂這些財，不也一樣沒享用到？」

李妍不是不食人間煙火的清高女子，不可能不愛財，但她是個明白人，她不能讓徐澄小瞧了她，他對她已算是掏心掏肺了，自己又何必惦記這些身外之物，何況徐澄也不會苦著她的。

她可是當家主母，要大氣些才好，絕不能見了些錢財就亂了方寸，倘若小家子氣，最後只會像章玉柳一樣，有命斂財卻沒命花。

馬興等人見夫人絲毫不為這些東西心動，他們對李妍簡直佩服得五體投地。要說這些東西都沒個數，想拿走多少還不是夫人一句話，他們剛才在旁清點時都忍不住想入非非，哪怕隨便拿個一樣、兩樣，都是他們拿一輩子分例都攢不下的數。

李妍隨手拿幾樣首飾給崔嬤嬤、綺兒、晴兒，再拿八個大金錁子分別賞給他們。

他們見夫人不為財心動，哪裡敢要，但是李妍硬要塞給他們，說他們要是不接著她就要生氣了，還說大家早就親如一家人了，而且他們是僕人，得掙錢養家，不像她做主子的從來不缺錢花。

崔嬤嬤懂李妍的心意，就收下了，也勸馬興和綺兒、晴兒收下，他們哪裡還好意思扭捏，便痛快收下了。

李妍這才高興起來，他們能把日子過好了，她也開心。之後他們又忙活起來，把剛才拿出來清點的東西全都一一擺放進箱子，然後封上。

忙完了這些，已近午時了，李妍洗了把臉才坐下，徐澄就來了。

李妍把剛才記錄的冊子拿出來給他過目，徐澄略驚，仔細翻看冊子後，感慨地說：「有妳如此賢明又聰慧之妻，真是我的福氣。我現在確實急需要錢，但又不好把府裡的積蓄都花了，也不好動用太夫人的東西，兒子動用母親的東西，叫下人們見了都要笑話。沒想到夫人竟然急我之所急，想到把章玉柳的東西拿出來，順便還發現太夫人把她的東西全給了章玉柳，章玉柳對不起太夫人啊，要知道這些全都是……」

徐澄說到老國公，心中感慨萬千，這可都是他爹拚殺一生掙來的，再想到他爹最後死於毒箭，而且臨死時對兒女是那麼不放心，生怕他們將來沒有好下場，或許他早就猜到皇上會有過河拆橋的那一日。

他爹死不瞑目，他作為長子當時就守在身邊，又怎會不懂爹的心思。

現在，他要用他爹掙下的這些錢財，將整個江山都打下來！

他攬著李妍的肩頭。「夫人就是大氣，要是宋姨娘和紀姨娘見了這些，還不知要成啥樣呢。有了這些，我就不需再費心思籌錢了。」

李妍淡然一笑。「這有啥，又不是我開鋪子賺來的，本來就是家裡的嘛。」

用過午膳，李妍把宋姨娘做的紫袍呈了上來。

徐澄拿在手上一瞧，便問：「宋姨娘做的？」

李妍點頭，哂笑問道：「老爺如何知道，看來老爺對宋姨娘的針線還挺熟悉的。」

徐澄朝李妍瞇了瞇眼，眼裡閃過一絲狡黠，嘴角微翹而笑。「夫人吃醋了？」

李妍慌道：「怎麼可能，我犯得著嗎？只不過隨口一問而已。」

徐澄見李妍一邊否認卻一邊臉紅，覺得煞是有趣，笑著直搖頭。「夫人真是難得的性情女子，做不出遮掩之事。平時瞧著倒像穩重的當家主母，有時候又像個掩不住心事的小姑娘。」

李妍窘道：「我哪有，老爺淨拿此事羞我。」

徐澄見左右無人，便戲謔道：「那我今晚去宋姨娘那兒用膳可好？」

李妍垂眸。「你想去就去唄，她是你的妾，你想去我還能攔住你？」她站了起來，為徐澄寬衣，再為他穿上紫袍。

李妍繞著徐澄看了一圈。「這件袍子做得華麗又貴氣，而且合身得很。老爺若是穿上這件袍子去茗香閣用晚膳，陪宋姨娘說說話，她不知有多高興呢。」

徐澄卻道：「不必等到晚上，我此刻就去。」

李妍好整以暇地說：「哦，老爺已經等不及了，我去給你拿大氅。」說完就真的去拿，然後站在徐澄面前要給他穿上，很認真很淡定。

徐澄大笑，把李妍手裡的大氅往榻上一扔，走過去將她打橫抱起，在原地轉了三圈。他喜歡李妍這樣，既不假惺惺裝大方要他去妾室那兒，但也不因為吃醋就撒潑、蠻橫不講理。

「哎呀，我頭暈，快放我下來！」李妍直叫喚。好吧，她承認，她沒有浪漫細胞，真的很頭暈。

崔嬤嬤和綺兒聞聲跑進來，驚愕地看著他們。徐澄把李妍放了下來，朝她們揮袖。「這裡沒妳們的事，出去。」

她們倆面紅耳赤地出去了，好似剛才做不雅之舉的是她們。

她們出去後，李妍頭還暈著呢，她扶著徐澄的胸膛緩了緩勁，笑道：「你這一下把平時威嚴的氣勢弄丟了，以後她們怕是不懼你了。」

徐澄為她理了理剛才轉圈時散下來的一小綹頭髮，手裡的動作極輕柔。「她們是妳親近又信任的人，我要她們懼我做甚？」

他說完將李妍擁在懷裡摟住了，然後又鬆開她，把榻上的大氅穿上了。

「你要去哪兒？」李妍好奇地問。

「去茗香閣啊。」徐澄朝她意味深長地笑了一笑，出去了。

李妍結舌，他這麼鬧了一下，結果還是要去啊。

徐澄出了錦繡院，立在門口的張春、吳青楓跟了上去。他們前些日子被徐澄帶到妖山，經過好一番洗腦教育。他們平時本就忠心，只是偶爾不夠謹慎小心，這次回來，都學得跟蘇柏一樣，一整日都不說一句話。

至於陳豪，徐澄已經把他放出來了，還讓他領了別的差事。

徐澄一路向茗香閣走來，在茗香閣外掃雪的兩名粗使丫頭見到，都傻了，好久沒接待老爺，慌得不知該如何。其中一個直接跪下來，另一個飛快跑進去稟報。

宋姨娘本來是要午後小憩的，此時正由著碧兒為她脫鞋呢，突然聽聞老爺來了，她騰地一下站了起來，急三忙四地在屋裡亂轉，嘴裡吩咐道：「碧兒，快把那件湖綠色襖裙拿過來，不！先給我綰髮，綰燕尾髻！不對，還是趕緊給我抹點脂粉吧。」

碧兒一手拿脂粉盒，一手拿襖裙，聽到外面腳步聲，急道：「姨娘，啥都來不及了，還是去迎老爺為好，您這模樣已經很好了。」

宋姨娘本以為徐澄見了袍子頂多會與夫人聊幾句關於她的話，即使要來，也會過幾日的，沒想到才用過午膳就來了。

老爺連午覺都不睡就來找她，莫非非常喜歡那件紫袍？

宋姨娘忐忑不安地出了外屋，徐澄已經進了院子。宋姨娘慌得腦袋一懵，便和碧兒等人一起跪下迎接——奴才們才需要跪接的，她這失儀舉動可把碧兒嚇了一跳，只好趕緊將她拉起來。

徐澄見宋姨娘這般慌神，就知道她是個沒主見的。她的娘家和寶親王這些年背地裡走得那麼親近，勾搭在一起到底想幹什麼，他已經瞭若指掌了。

宋姨娘一直很聽娘家人的話，可幸好她又是個腦袋不靈光的，她娘家讓她辦的那些事，她是一樣也沒辦好。看來是宋謙失策了，當年他不捨得把精明一些的嫡女送過來，就怕徐澄哪一日會被皇上給治了，女兒也跟著受罪，可是弄個宋如芷過來等於白費力氣。

本來在這之前得了宋如芷的信，宋家暗派了幾十名暗衛過來，以為可以控制宰相府了，沒想到這些暗衛來這兒好幾日了，也不見有人回去報信。宋家的人頓覺不妙，已經報給寶親王了。

徐澄俯視宋姨娘，瞧了她半晌，嘆了嘆氣。「快進去，別在外面凍著了。」

就這麼一句話，宋姨娘感動得無語凝噎，由碧兒扶著跟隨徐澄進去了。

來到屋裡，宋姨娘走過來小心翼翼地伺候徐澄脫大氅，當她看見他穿著那件紫袍，激動地雙手都顫了起來。

徐澄實在不喜歡這種膽小且畏首畏尾的人，見她雙手一顫一顫的，還不如一個丫頭鎮定，不禁眉頭微蹙，在一旁的羅漢椅上坐了下來。

碧兒端來熱茶，徐澄輕呷一口。「妳近來為了做袍子，肯定熬了不少夜，不想讓妳失望，今日我就穿上了。不過……以後妳別再費心思做針線，妳是馳兒和驕兒的娘，不是繡娘，最該做的是教養好孩子，我極少見妳陪孩子讀書，這可是妳失責了。」

宋姨娘委屈地小聲回道：「妾身不識得幾個字，也不懂得如何教養孩子，只能全由著教書先生……」

徐澄聽了直擺手。「罷了罷了，妳不教也好，別越教越歪。明日菁兒要過來，本來她今日就要過來，大年初二誰都要回娘家的，但寶親王派人來說外面積雪甚厚，不讓她來了。寶親王心疼菁兒無可厚非，但太夫人仙逝不久，菁兒乃太夫人唯一的嫡女，也是我唯一的嫡親妹妹，她不來是說不過去的。我便遣人送信過去，叫菁兒明日一早務必過來。明日要行一次跪拜禮，全府上下都得去翠松院跪拜太夫人的靈位。」

宋姨娘糊裡糊塗聽著，她不知徐澄為何要跟她說寶親王妃的事，行跪拜禮之事她已知曉，徐澄沒必要再跟她說的。

徐澄又道：「據觀天象，明日過了午時可能會下近幾十年來最大的暴雪，為了菁兒安全，到時妳和夫人一起勸著她不要回去，她性子拗，又很聽寶親王的話，肯定吵著要回去。雖然依王府規矩，她不能在娘家過夜。可是不怕一萬，就怕萬一，倘若她在路上出了事，那就悔之晚矣。菁兒與夫人一向少話，但與妳還能說得上話，菁兒也知道宋家與寶親王很親近，說不定她願聽妳的。」
宋姨娘終於明白了，徐澄想讓她幫著說服徐菁，不要讓她急著回王府。
她趕緊點頭。「妾身謹記老爺囑咐，一定會留住寶親王妃的。」她覺得很是榮幸，老爺願意讓她幫著做事，而且還是夫人做不到的，她總算有點用處了。
偏偏徐澄眼神忽然凌厲起來，直盯著她的眸子，冷峻而威嚴。「往後，妳可不要再像前幾日那般衝動了，有時候沈不住氣會讓自己萬劫不復的。」
宋姨娘心裡一驚，她往外送錢財和送信的事被老爺知道了！
她羞愧難當，緊咬著唇，不敢駁一個字，身子瑟瑟發抖。
徐澄見她抖起來，又蹙眉徐道：「只要妳守本分，這一輩子都會安安穩穩的，夫人是寬厚之人，不會苛待妳。妳要切記，千萬不要生僭越之心，馳兒和驕兒永遠越不過驍兒。」
宋姨娘聽得已是一身汗了。
「馳兒和驕兒是我的兒子，我自會好好待他們，既然妳覺得力不從心，那以後教養的事就不要插手了，平時有空帶著他們玩耍就行。」
宋姨娘懵懵懂懂地點頭。
徐澄說完便穿上大氅往外走去，宋姨娘一直發怔，還沒反應過來，徐澄已經出了屋。
忽然，她緩過神，跑了出去。這時徐澄已經出院子了，她追上去問：「老爺不留在此處用晚膳嗎？」

「才剛過午時，用晚膳得等多久？」徐澄神情不悅。

宋姨娘戰戰兢兢地行了禮，垂目恭送徐澄遠走，哪裡還敢再多說一個字。

徐澄已經走得不見影了，碧兒才過來。「姨娘，您趕緊進屋吧，別凍著了。」

碧兒正要攙扶宋姨娘，宋姨娘腿一發軟，癱坐在地上。

「姨娘，您怎麼了?!」碧兒驚慌道。

宋姨娘搖頭，氣若游絲地說：「沒事，攙我進去。」

徐澄的意思再明顯不過，她無須做什麼，只需像根木頭待在府裡就行了。兒子她也不需管，自有徐澄安排，所謂的安排也永遠是在驍兒之下，將來頂多恩蔭個不痛不癢的職位，或許也會像她這樣做根木頭就行了。

說來說去，就是讓她認命，不要做任何掙扎，如此才能苟活一生。只要稍有不安分之心，那就是個死。

徐澄回到錦繡院，見李妍歪在榻上看書，他走過來把她手裡的書拿下了。「這樣看書會傷著眼睛，到時候沒準兒把別的男人認作是我了。」

李妍仍然歪著身子，嗤笑一聲。「整座京城誰能像老爺這般威風，閉著眼睛我都不會認錯。我睏得很，就拿本書看看，否則就要睡著了。」

「那妳為何不睡，平時不都會午睡半個時辰嗎？」徐澄問道。

崔嬤嬤和綺兒在旁為徐澄撣細細的雪花和脫大氅，她們聽見老爺和夫人這般對話，也暗自高興起來。老爺一時一變的，她們還真是捉摸不透，但只要老爺沒在宋姨娘那兒多待，她們就是高興的。

徐澄手一揮，她們便出去了。

李妍見她們出去了，才道：「我哪能睡，我得等著你回來啊！」

「是不是一直算我去茗香閣多久了，生怕我一去就不過來了？」徐澄揶揄道。

李妍紅著臉默不作聲，她確實沒想到徐澄這麼快就回來，來回總共也就半個時辰。她心裡當然是偷偷樂了，嘴上卻還是嘟嘟的。

徐澄拿一條裘毯蓋在她身上。「妳就這麼靠在榻上閉目小憩，我跟妳說件事。」

李妍靠在榻上，用手支著腦袋，閉著眼養神。

徐澄正欲說事，見李妍這般輕鬆自在，便輕敲一下她的額頭。「見我沒留在茗香閣，妳就這般自在起來？」

李妍輕咧嘴角，笑著點頭。

徐澄微挑眉頭。「那待我不忙了，再納幾房妾進來如何？」

李妍立馬睜大眼睛。「別逗我了，府裡的幾房妾個個美貌，你都沒心思搭理，還說什麼再納幾房妾，你這是成心不讓我舒坦。」

徐澄坐在她面前，交疊著胳膊，調侃道：「男人本就該三妻四妾嘛，夫人可不能不舒坦，妳得好好管教她們才是。」

李妍知道他在說笑，可是心情卻沈重起來。

倘若徐澄真的打敗了皇上和罔氏，就是要當皇上了，皇上可不只是有幾個小妾而已，那是後宮嬪妃無數，每隔幾年都要選一批良家美女進宮的。

徐澄到時候會只留她一人在後宮？她總有人老珠黃的時候，最後會不會被徐澄淡忘，甚至嫌棄？驍兒如今體弱，到時候徐澄若再添了幾個兒子，指不定哪日驍兒會被那些妃子謀害了。

儘管她和驍兒有娘家撐著，畢竟李將軍為徐澄打天下，他在明面上不會對她和驍兒太過分，可是背地裡那些烏七八糟的事誰又防得住，宮鬥都是殺人不見血的！

徐澄見李妍神色凝重起來，遂問：「怎麼了，妳又瞎想什麼，真的這麼怕我納妾？」

李妍哪好說他倘若真的當上皇帝的事，現在八字還沒一撇呢。

可她的心就這麼越揪越緊，縱觀上下幾千年，真的沒有幾個皇上能與髮妻過一輩子而不納妃的。

她有必要試探一下徐澄，於是坐直身，故作輕鬆地問：「你知道為何妻妾成群的男人反而得不到真感情嗎？」

徐澄被她這股認真勁逗樂了。「誰說沒有真感情，妳對我難道不是？」

「那是因為你心裡並沒有紀姨娘和宋姨娘，倘若你真的很在乎她們，我在你心裡的分量不夠重，或許我……」李妍沒說下去，但意思已經很明白了。

徐澄不傻，自然懂。

李妍認真地看著他。「男人可以三妻四妾，女人只能忠於一夫，假若我心裡有你，同時還裝著別的男人，你會怎樣？」

徐澄想說，他肯定會殺了那個男人。但忍住沒說出口，怕一說出來便帶著殺氣。

他淡然一笑。「妳這是怎麼了，我們不是已經說好了咱們夫妻之間要恩恩愛愛、同心同德，攜手共度一生的嗎？」

他還記得這些，李妍心裡暖了一點。但她沒法只看眼前，不顧往後，她不是安於現狀之人。或許有憂患意識的人會過得很累，可她憂慮的也只是這幾個月的事，並不久遠。

戰事在前，不久就要見分曉了。

李妍抿了抿嘴。「這些我都記得，我還記得你說要一生為我謀福。只是往後……或許有那麼一日，你身為最尊貴之人，可以擁有三千佳麗，而我再過幾個月就二十八歲了，半輩子都過去了，在一些小姑娘眼中，我怕已是老古董了，你還能只守著我一人？」

徐澄半晌不吭聲，最後反問了一句。「為何不能？」

「你真的願意讓我一人獨住後宮，哪怕我人老珠黃，你也不嫌棄？你能一年復一年拒絕選妃，還能抵擋住臣子們的諫言？世上沒幾個男人能抵擋得住年輕貌美的女子，沒幾個願獨守著容華不再的髮妻，你確信自己能做到？」李妍一連串發問，之後便後悔了。

她終究不是個能在感情上沈得住氣的人，她不該動真心，應該只等著徐澄打得天下，她好好做皇后就行了。可她偏偏希望徐澄只是她一個人的夫君，她不願和別的女人分享她的男人，愛情是排他的，怎麼可能容得他人插手？即使他將來有可能是帝王，她仍然有這樣強烈的想法。

只是，她想讓一個要當帝王的人做到這些，那便是妄想。

徐澄語結良久，最後給了李妍三個字。「不確信。」

他算是誠實的。

他好似一點也不生氣李妍說了這麼一堆，只是有些吃驚，覺得她總是這般出其不意，這種話別的女人是無論如何不敢說出口的，唯獨她敢，可他偏偏就喜歡她這樣。

他伸手撫了撫李妍的面頰。「妳肯吐真言我很欣慰，誰都不樂意和別人分享自己愛的人，這個我明白，只是……」他捏了一下她的下巴。「憂慮太多會催人老的。」

李妍苦笑一聲，他真能補刀，補的還是很溫柔的一刀，是啊，太過憂慮會催人老，她現在最怕的就是自己慢慢變老。

倘若自己能做到只顧權謀但不對男人抱有任何幻想該多好啊，她突然好怕失去徐澄，終於開口補救了一句。「我還是該享受著當前為好。」

徐澄點頭。「如此甚好。」

李妍不想讓自己一直糾結了。「你剛才不是有事要跟我說？」

徐澄也回過神。「現在形勢緊迫，我想讓菁兒明日回府，她留在寶親王身邊很危險，她一直沈浸在寶親王對她的寵溺中，對很多事都不明白。明日妳與宋姨娘配合著將她留下。她因章玉柳與太夫人之事，怕是對妳懷有芥蒂，她若對妳不善，妳就退避，讓宋姨娘上陣，總之一定要將她留下。本來我是可以強留她的，但這樣只會讓寶親王疑心，所以還是妳們女人家挽留更為妥當些。」

「我知道了，那二弟呢？」

「他是個明白人，我已經安排好了，莫為他憂。」

「伍氏一家呢？徐修遠每日都要去吏部的。」李妍不大知道徐澄是如何看待伍氏一家的，伍氏是他的庶母，他還有徐修遠和徐蕪這對庶弟庶妹，但平時可以看得出，他對他們真的很寡淡。

但是……他若不保護伍氏一家，到時伍氏一脈肯定會被皇上追殺掉。

徐澄想起他爹，有些心軟，可是想到徐修遠私下的某些勾當，又心硬了起來。他沈默了片刻說：「多謝夫人提醒，此事我會慎重考慮的。」

李妍哪裡知道他的內心此時是那麼的複雜，只是默默地點了頭。

徐澄再次為她蓋好衾毯。「妳再小憩一會兒，我忙去了。」

次日徐澤一家和伍氏一家都來了，稍後不久，徐菁也來了。起初徐澄還擔心寶親王不讓徐菁來，他見徐菁眼睛紅紅的，看來她在寶親王面前聲淚俱下地哀求，才得以過來。她之所以這麼想來，完全是因為她對母親深深的悼念，不為其他。

隆重的跪拜禮結束時，徐菁哭得兩眼紅腫，越是過年她越想念母親。

伍氏一家當即走了，徐澄帶著徐澤去正堂說話。

李妍和宋姨娘在旁安撫徐菁，可是徐菁一直抽抽泣泣沒個完。

李妍哽咽地道：「小妹，妳這般不節制地哭，太夫人在九泉之下也不安啊，她只有妳這麼一個親閨女，哪裡捨得妳這般難過傷身。」

徐菁只抽泣不理她。

李妍又道：「要不妳隨我去錦繡院如何，我們坐下來好好說說話，妳在寶親王府也沒幾個知心姊妹，只有丫頭作陪，怕是好久沒和誰吐過心裡話了。」

徐菁眼含淚水瞧了瞧李妍，又垂下眸。「大嫂，我不能過去了，我這就要回去，寶親王讓我速來速回，轎子還在外面候著呢。」

李妍伸腦袋往窗外瞧了一眼。「這又下起雪了，還是待雪停了再走為好。雪才鋪面，最是濕滑，抬轎的若不小心踩滑了，摔了妳可不得了。」

徐菁覺得自己和李妍沒話好說，何況寶親王在府裡等著她，她不想耽擱太久，便站起來。「大嫂，我還是得趕緊走，這雪誰知道啥時能停，回去晚了寶親王會著急的。」

這時宋姨娘趕緊站起來，拉住徐菁。「小妹，妳怎的這麼著急，老爺這些日子一直念叨著想要與妳共用一回午膳，說自從妳嫁了人就與他生分不少，心裡很是傷懷呢。」

徐菁頗為動容，定住了，但內心仍矛盾著。

李妍在旁瞧得仔細，她知道即使宋姨娘將徐菁挽留住一中午，那也是白搭，用過午膳徐菁還是要走的，而府裡的人又不能強攔住她。要知道那些在外抬轎的人可是來盯哨的，徐菁不及時回去，寶親王肯定會再派人來接。

李妍趁徐菁與宋姨娘說話之際，把崔嬷嬷叫過來耳語一陣，崔嬷嬷頗為吃驚，她雖不知道李妍為何要害徐菁，可夫人吩咐了，她就毫不猶豫地去做了。

她帶著晴兒趁人不注意，往外屋門口灑了一層厚厚的油，而且攔著所有下人，不再讓他們由此通過。

徐菁被宋姨娘勸留了一通，她猶豫再三。「要不我還是去正堂跟大哥說幾句話，大哥掛念我，其實我也挺想念他的，至於午膳就不必了，寶親王肯定會等不及的。」

宋姨娘無奈，便與徐菁一起往外走。宋姨娘還在想，既然她和夫人都挽留不住，那還是讓老爺自己努力吧，好歹她把徐菁忽悠著想去前面與他說幾句話了。

她們就這麼一前一後往外走，李妍遠遠跟在後面。

走到門口，徐菁大叫一聲，摔個四腳朝天，腦袋著地時還「砰」的一聲，摔得很重，當場昏迷過去。緊接著宋姨娘也「啊」的一聲，因為她隨後，見徐菁摔倒了，她腳下本能地使了些勁，便摔得輕些。

李妍嚇得慌忙過去扶徐菁，她不是裝的，而是真的被嚇著了，因為徐菁剛才摔得腦袋那麼一聲「砰」，真的是讓她心悸。

李妍很心慌，徐菁會不會把腦袋摔壞了？崔嬤嬤和晴兒灑的油也太厚了些。

崔嬤嬤等人也嚇懵了，趕緊招呼家丁把徐菁抬到她以前住的怡芳閣。

這時宋姨娘已經爬了起來，她沒受大傷，就是腳一崴一崴的。她對那些家丁們說：「怡芳閣都沒來得及打掃，灰塵太重，趕緊抬到我的茗香閣。」宋姨娘慌亂之中並不知是地上有油的緣故，還以為是雪太滑才摔著了。

崔嬤嬤在旁忙說：「我瞧著還是抬到夫人的屋裡好。」

宋姨娘急道：「夫人屋裡老爺時常要過去的，不要擾了老爺和夫人歇息。」

崔嬤嬤沒再說話了。

李妍也懶得管這些，徐菁去誰的屋裡不重要，現在緊要的是趕緊找大夫。她趕忙吩咐道：「嬤嬤，妳去告訴老爺；晴兒，妳把曾大夫找來；馬興，你快去把上回為我和驍兒看病的喬大夫和梁大夫找來。」

她此前已打算把喬大夫、梁大夫招進府來，他們也都答應了，本來說好過了正月十五便進府的，看來是要提前進府了。

李妍在心裡默默唸著，徐菁可千萬不要有生命危險啊，腦袋也不能摔傻了，否則她真的沒法跟徐澄交代。

第十七章

徐澄在正堂與徐澤喝茶閒坐。

徐澄隱晦地勸他最近不要去兵部點卯，既然是過年就在家歇著，反正去了也是喝茶，還叫左右的人見了心煩，何必找不自在。

徐澤笑著應了，說他這幾日就打算在家當個悠閒翁。

兄弟倆正說著話呢，崔嬤嬤慌裡慌張地跑過來，將寶親王妃摔倒且昏迷之事說了。崔嬤嬤因心有愧疚，又害怕寶親王妃真的有個三長兩短，所以稟報的聲音都是抖的。

徐澄平時很少見崔嬤嬤如此緊張，看來真的是摔狠了。他與徐澤匆匆向茗香閣走去，宋姨娘右腳一崴一崴地上前迎接。徐澄根本沒多瞧她一眼便跨進去了，徐菁靜靜地躺在炕上，頭部由曾大夫用紗布纏了厚厚一圈，上面染了一片殷紅的血。

徐澄心中滋味微苦，他看得出徐菁對寶親王的愛慕，可他卻偏偏要拆散他們這對夫妻，現在徐菁還落個不省人事，她可是他的親妹妹啊。

緊接著李妍進來了，還帶來喬大夫和梁大夫，他們倆細細為徐菁診斷。

徐澄使了個眼色，把李妍叫到外間。還未待徐澄細問，李妍就直接說了。「菁兒死活要走，宋姨娘把你都給搬出來了，菁兒仍不肯留。後來宋姨娘便帶著她去向你辭行，她那麼堅決要走，想必你也是攔不住的，所以我就讓崔嬤嬤和晴兒在門前灑了油，沒想到……會摔得這麼重。」

李妍滿眼自責，她不打算為自己辯解，事實就是如此。

徐澄卻走近她，輕拍著她的肩，安慰道：「沒事，妳不要太擔心，她若不留下，回去後只會落入虎口，這樣至少是在咱們身邊。」

「或許……她更願意待在寶親王身邊。」李妍極小聲地說。

徐澄輕嘆一聲。「我知道。」

過沒多久，跟著徐菁一起來的小廝們在門外候不住了。一位小領頭跑進府問情況，再匆匆來到茗香閣，得知情況後他非要將徐菁揹走，說王府裡有更好的大夫，還可以請御醫。

喬大夫趕緊攔住。「使不得、使不得啊！寶親王妃此症候險得很，此刻躺得正安穩，可不能挪動，否則要壞了大事！你們去外面候著，我和梁大夫要給寶親王妃下針灸！」

喬大夫將所有人都趕了出去。

小領頭有些懼怕徐澄，不敢造次，便跑回去稟告寶親王。

李妍與徐澄在外屋坐著，宋姨娘換好衣裳後在旁作陪。三人就這麼尷尬地坐了良久，宋姨娘一會兒自責說沒扶住徐菁，一會兒又說她好不容易勸得徐菁去見一見老爺，說不定就能將她留下，沒想到才出門便遇禍事。

徐澄蹙眉道：「她是打算與我說幾句話就辭行，我沒那個能耐留得下她，否則我還找妳們做甚，妳別再喋喋不休了，吵得頭疼。」

宋姨娘本還想說剛才換衣裳時，感覺有些油膩，懷疑有人害徐菁和她。可是李妍坐在旁邊聽著，徐澄又一副不耐煩的樣子，她便住了嘴。

一炷香燃過之後，喬大夫出來了。「寶親王妃到底如何還要看她能不能挺過今晚，若能挺得過，明早醒來便沒事了，假如沒能……」

「我不允許有假如！」徐澄打斷喬大夫。喬大夫縮了縮脖子，又進去了。

徐澄叫李妍和他一起回錦繡院，越是在這裡守著會越不自在。

回到錦繡院，李妍仍然輕鬆不起來，但有一事她想不明白。「老爺，菁兒的親事是誰定下的，為何要將菁兒嫁給寶親王，你當初不應該攔著嗎？」

徐澄有些黯然傷神。「這是皇上賜的婚，誰敢說個『不』字？皇上就是想牽制徐家，才讓菁兒嫁給寶親王的。只不過皇上沒能想到，連寶親王也生了異心。」

李妍一滯。「寶親王不是皇上最親的弟弟嗎？」

「寶親王是最得先帝喜愛的，先帝駕崩時寶親王還年幼，不能承繼大統，才傳位給皇上的。皇上與寶親王是嫡親兄弟，而且皇上大了寶親王許多，從小帶著寶親王玩，自然對寶親王溺愛些。但寶親王可不這麼想，甚至認為皇位本該是他的，可皇上在五年前立了自己的兒子為太子，並沒有立寶親王，他心裡就不舒坦了，便拉攏前宰相宋謙父兄幾人，想乘機行事。」

李妍暗嘆，這朝廷也真夠亂的，怎麼誰都想當皇上。

「那……老爺的事會被寶親王牽制嗎？」李妍隱隱有些擔憂。

徐澄哼笑。「就憑他與宋謙那點能耐，不足為懼。皇上此前不知道，但最近應該有所警覺，寶親王與宋謙根本沒什麼實力，皇上是不會放在眼裡的，只需動用城內的御林軍就能將他們掃蕩了。」

李妍忽然覺得這個皇上真可憐，感嘆道：「皇上沒有行動，或許是不忍見弟弟下場太慘。當皇上真是不容易，造反的人層出不窮，連溺愛的弟弟都生異心，將來老爺你……」

徐澄領會李妍的意思，朗朗道來。「我打天下不是為了當皇帝，而是我不能坐以待斃。若真能坐上寶座，我自然當仁不讓，自古以來，沒有哪個皇帝是輕輕鬆鬆就能當好的。」

李妍見徐澄信心滿滿，便不再說打擊他的話了。

徐澄擲地有聲地說：「左右不過是成與敗，成了，便盡自己所能造福百姓；敗了，也不覺得遺憾。人生在世，總得搏一回。」

李妍微微含笑沒說話，徐澄確實是真漢子，儘管他算不上鞠躬盡瘁的忠臣。

李妍以為寶親王肯定會親自來接徐菁，因為他想透過徐菁牽制徐澄。在寶親王的眼裡，他認為徐澄肯定會幫皇上的，但他還太嫩了，對徐澄的底細一無所知。雖然他與宋謙父兄幾人也有不少細作，但沒能探得一二。

沒想到直至傍晚時分寶親王都沒來，也沒派人看望徐菁，只把他府裡的一位大夫遣過來。

李妍百思不得其解，徐澄起初也不太明白，最後忽然頓悟了。寶親王已經拿捏住徐菁，他相信待徐菁一康復，他便有辦法招她回去。

徐澄忽然心生一計，一個當兄長的不該有的想法，那就是徐菁最好能昏迷兩個月，待一切塵埃落定後再醒來，這樣才能保全她。

這一晚很難熬，李妍和徐澄都沒能上炕睡覺，而是靜坐著等茗香閣傳來消息。

次日清晨，徐菁沒有像徐澄想的那樣繼續昏迷下去，她一醒來便要回寶親王府，此時她雙眼模糊連人都看不清就吵著要回去，足以看出她有多麼離不開寶親王了。

徐澄以兄長的嚴厲態度勸她不要亂動，否則眼睛就再也好不了，她才鎮定些。

徐澄繼而緩和態度，關切地看著妹妹。「妳雙眼模糊，是因為腦袋還存有瘀血，必須臥床，再每日勤喝藥，瘀血散去了才能起來走動。」

徐菁眼巴巴地望著徐澄。「大哥，我回府也能好好養病，在這兒王爺會牽掛我的。」

「寶親王已遣人過來說，待妳好全了再回去也不遲。」這是徐澄編的瞎話。

「真的？」徐菁有些不相信。

「大哥何時騙過妳？」他這是騙人心不跳臉不紅，還振振有詞了。

徐菁信了，安心躺下。

李妍放心地回了錦繡院，而徐澄開始忙碌起來，一頭鑽進至輝堂就不出來了，飯都是李妍送進去的。當然，送飯只是做個樣子，他已在外面忙得熱火朝天。

徐澄每隔三、四日才回來一趟，再順便看看徐菁。

李妍這些日子也很忙，一直和齊管事商議著開鋪事宜，裝潢鋪子與進貨已經著手準備了。正月十五已過，這兩日就可以籌備著開張。

她翻看這幾日的各項花銷，心裡略安了些，幸好都不是太大的數目，徐澄說有了從拂柳閣搜出的錢財，他手頭已經算寬裕的了。

現在鋪子開銷也都在合理數目之內，李妍見一切進行得還算順利，身心也輕鬆了些。

雖說徐澄有可能擁有天下，她無須打理這些生意，但她做好這些只不過是為了配合徐澄而已。皇上的探子那麼多，還有寶親王也派有細作，她只有一心一意打理鋪子，將他們迷惑住才好。

試想，哪有野心勃勃正欲奪天下之人，還有心思讓家裡花錢開一堆鋪子？這可是物力、財力、精力的大消耗啊。

崔嬤嬤見李妍神色輕鬆，問：「鋪子都準備就緒了，夫人打算把精力都花在這些上，不再管紀姨娘和宋姨娘了？紀姨娘這些日子可是又焦躁起來，一日三回鬧著要解她的禁呢。」

「甭理她，老爺沒開口，就不能解禁。」李妍現在根本不在乎紀姨娘與宋姨娘，而是為將來憂愁。

暫且她與徐澄確實同心同德，雖然將來……可能一切都變了。有時候她甚至希望徐澄永遠是個安樂侯，她安安心心做個侯夫人就知足了。

可是，這一切只不過臆想罷了，徐澄不是個安於現狀的人。如今鄴朝內有叛軍，外有強敵，近年來打仗已耗盡國本，民怨沸騰。可在這個緊要關頭，就在徐澄覺得再努力幾年就能讓天下太平時，皇上卻要釋徐澄的權，要他當一個安樂侯。

失了徐澄這個有力臂膀，皇上能讓天下太平嗎？能讓百姓安居樂業嗎？皇上手下若真有許多棟梁之材，也不至於這麼多年來還一直重用徐澄，因為皇上壓根兒不信任那些有才能的人。

徐澄不能眼睜睜看著鄴朝被罔氏奪去，更不能讓皇上把他祖上用血汗換來的江山毀於一旦。所以，他必定是要出手的。

當夜，陳豪偷偷進了迎兒的房間。

迎兒驚喜地與他擁抱一陣。「陳豪，你到底去哪兒了？紀姨娘最近受了好些苦，我想幫幫她，可是我一個丫頭又幫不了，你能不能……」

「不能。」陳豪未待她說完，就直截了當地拒絕。

迎兒輕咬薄唇，似有些許委屈。

陳豪解釋道：「我們的主子永遠只能是老爺和夫人。」

「可是……紀姨娘對我那麼好，若不是她，咱們也不能有今日。」迎兒覺得陳豪變了。

陳豪確實變了，因為被關的這些日子裡，徐澄找他談了幾次話，他才幡然醒悟。

「迎兒，若沒有紀姨娘，我求老爺，老爺也願意將妳許配給我的。妳只不過是被紀姨娘蒙蔽了，她只是在利用妳，再藉著妳利用我。妳若再想為她做一星半點兒的事，那就是在毀咱們倆的親事！」

最後一句猶如給了迎兒當頭一棒，她這一下被砸醒了，與紀姨娘比起來，當然還是她和陳豪的親事重要。

陳豪見迎兒似有所悟，又道：「我的主子永遠只會是老爺一人，我不能一錯再錯。妳若真想我能安好無虞地娶妳，就該好好待在府裡，不要胡思亂想。」

迎兒聽了陳豪此番話，哪裡還敢多想，陳豪走了許久，她才平復下來，暗道一句——紀姨娘，對不起，從此以後我就只聽陳豪一人的了。

五日後，李妍把所有鋪子都開起來了，茶館和戲臺子也搭起來，很是熱鬧。李妍只不過去了一回，後來就被徐澄勸住了，雖然暗地裡安排了人保護，他還是不放心。

眼見到了二月初，徐澄又好幾日沒回來。這一日，徐菁吵著要回寶親王府了，儘管宋姨娘與她親近得很，也攔不住她，最後只好把李妍叫來。

李妍一進門，徐菁就急道：「大嫂，我在這裡已經養了一個月，現在頭早已不疼了，眼睛也好了差不多，今日如何是要回去的。」

李妍笑應：「小妹是不是怕寶親王在府裡被一些小妖精勾了去？」

徐菁臉紅。「大嫂淨說笑，就憑那些小丫頭片子如何能攏住王爺的心，她們不過都是些下賤東西罷了。」

「小妹說得也是，那些上不了檯面的妾與婢不足為懼。」李妍言罷便坐下。

徐菁聽這話倒沒覺得不妥，只是在旁的宋姨娘臉紅一片，李妍說妾上不了檯面，還把妾與婢放在一起說，這不是把她也一道羞辱了，難怪李妍都不管她，看來是覺得她上不了檯面不足為懼。

李妍見徐菁急不可耐，笑咪咪地說：「瞧小妹這一臉好氣色，確實康復如初了，我也不強留妳。明日是太夫人的七七，老爺早已說好要再行一次跪拜禮，小妹如何也要待明日行了跪拜禮再走才好。」

徐菁聽了滿心歡喜。「好，我明日再走，反正不差多住一日。」

李妍知道自己說什麼都沒用，還是待明日徐澄自己想辦法吧。

到了第二日早上，徐澄帶著全府行跪拜禮，這一次是最隆重的，還請了和尚唸經。從清早忙到臨近午時，跪拜禮才結束，李妍又拜又跪，頭都暈乎了。

徐菁身子才剛好，這一番折騰下來都要由兩位丫頭攙著，否則要倒下了。

待徐菁緩過勁，徐澄把她單獨叫到一旁坐下。徐菁以為徐澄想在她走之前跟她說些體己話，沒想到他一開口便是——「小妹再也不必回寶親王府了。」

徐菁杏眼圓睜，嘴巴半張，怔了好久才說：「大哥為何要如此說？」

徐澄悶了一會兒說：「妳聽大哥的沒錯，他不是真心待妳的，只是想留妳在身邊牽制徐家，而且……我已經打算將他抓起來。」

徐菁嚇得跳起來。「大哥在胡說什麼，我不要聽！」

徐澄箝住她的手腕。「小妹，聽大哥的，將他忘了，將來大哥為妳另謀良婿。」

徐菁又哭又喊。「我為何要忘掉他？他對我很好，我不要離開他！你要敢抓他，我就……我就不認你這個兄長！」

徐菁拚命掙扎。

「他想謀反妳可知道？我必須抓他！」徐澄已經準備好一切，並不怕她知道真相。

徐菁嚷道：「大哥，你怎的如此糊塗，皇上都不重用你了，你還幫皇上做事？寶親王不過養幾個親信，怎麼就成謀反了？」

徐澄一字一字地說：「我不僅要抓寶親王，還要抓皇上！」

徐菁停止掙扎，惶恐地看著大哥，她一步步往後退，最後癱坐在椅子上，含糊地說了一聲。「我不信。」

此時門外小廝跑過來報，說寶親王來了。

徐菁忽然站起來，眼見著她要往外跑，一下被徐澄拽住了。「小妹，妳怎麼執迷不悟？」

「他是來接我的，我要跟他回去！大哥，我求你了，你放我回去吧！」徐菁哀求道。

李妍和宋姨娘也被驚動過來，徐澄把徐菁交給她們。「妳們把她帶回茗香閣，將她看好了！宋姨娘，好好勸勸她。」

宋姨娘根本不明白徐澄為何不讓徐菁回去，這時李妍已經招呼一堆家丁把徐菁硬扛到茗香閣，再讓宋姨娘安撫她。

徐菁伏在宋姨娘身上嚎啕大哭，宋姨娘只好陪著她一起哭，因為徐菁哭得壓根兒不允許宋姨娘說一句話。

李妍只是坐在外間，反正徐菁也不聽她的，她懶得進去勸。

她現在擔心的是徐澄如何面對寶親王，難道趁此把他抓起來？

她料想的沒錯，寶親王一進大門，徐澄便讓人將他押了起來，同時還派人將寶親王府與宋府全都圍得密不透風。

另外，徐澄又讓早已布好的十幾萬兵力攻城。平時守京城的只有幾萬兵力，而且許多把守的門將已經被收買了，攻到護城河邊不費吹灰之力。

而蘇柏等幾十人已經暗中潛伏於皇宮，皇宮內聽聞外面有人攻城，便混亂成一團，絕大部分的人只知道逃命，顧顧及皇上的只有那麼幾個。

大難臨頭，保命要緊。

皇上近日來一直憂心戰事，因為太子那邊形勢不好，原本只是遭遇罔氏三萬兵馬，太子很痛快地將對方打退了，可是沒想到又湧來近十萬敵軍，太子就有些撐不住了，皇上便調集各大軍前去支援，聖旨也已經發出。

而今日，皇上又接到太子密函，說那些支援大軍還要過好幾日才到，而罔氏又加派了近十萬兵馬，李祥瑞的先遣部隊幫著擋住一部分敵軍，但後援大軍仍未跟進。

他已經撐不住了。

皇上焦頭爛額，正想著要不要派徐澄帶著京城幾萬守軍支援，若動用全京城的好馬，可以組織一支輕騎隊，不需三日就能趕到太子那兒。

尋思這些，他忽然警覺起來，莫非韋濟謊報罔氏軍情？

這與徐澄是否有關係？

正在他猶疑不定時，便聽到外面嘈雜混亂的打殺之聲，蘇柏等人已與宮內的禁衛軍打殺成一片了。

宮內明明有上千禁衛軍，卻只有十幾人為皇上效力，其他人聽說外面有人攻城，已經藏的藏、逃的逃。

緊接著，成千上百的士卒圍住他的寢宮。這些士卒不是他的，是徐澄的。

皇上愣愣地站在寢宮中央，就那麼看著蘇柏等人殺掉他的禁衛軍。

他在心裡一遍一遍問自己，為何輕信徐澄不會有所圖謀，為何探子們來報都說徐澄最多只有兩萬兵馬，還說老國公手下的將領無人與徐澄暗中聯絡，那些門生也都沒有異動，他怎麼就用了這些沒用的東西？
他被騙了—被所有人騙了？
為何他沒有早點殺掉徐澄？
他作為大鄴朝的皇上為何這麼蠢！
蘇柏渾身是血地殺過來，長劍直抵皇上脖子。
皇上不想落於徐澄手中，這樣只會讓在遠方打仗的太子分心。只有自己乾脆死了，太子才不會想著來救他。
太子出征前，他跟太子說了一句話，那就是——打不贏就逃，來日方長！
他將脖子往蘇柏的劍上一抹，瞬間倒下，血染了一地。
京城已經被徐澄控制住了，這是他蓄積多年的力量，再努力了三個月的結果。
徐澄讓人把這個消息快速散布出去，太子得知父皇的噩耗，當場崩潰。他與罔氏打了這麼久的仗，雙方傷亡慘重，再經這次重擊，他的戰鬥力瞬間化為零。
太子知道大勢已去，李祥瑞現在指不定正虎視眈眈盯著他，要把他抓起來殺了呢。他帶著一小部隊尋小路逃跑，沒想到李祥瑞早埋伏了兵馬在那兒等著他。
他被活生生逮住了，李祥瑞還帶著大軍將罔氏殘餘一網打盡。
捷報傳來，徐澄坐在至輝堂發呆。此時他是既喜又悲，從來不流淚的大男人，此刻卻雙眼濕潤。

想當年，他忠於皇上，一心一意為百姓圖謀，殺奸臣、平叛逆，他從來都不手軟，只要利於大鄴朝的事，他都願意赴湯蹈火。

可是這幾年，他竟然不知不覺走上了這樣一條路，成了謀朝篡位的奸臣。本以為這些年做的準備用不上，可是皇上卻一步一步緊逼，若是沒有罔氏一事，他確實可以當個安樂侯，當然還得時刻防備著皇上派人殺他。

可是，皇上雖頗懂朝堂上的小計謀，卻沒有匡扶天下之計，朝中難得有幾位懷才之人，竟將他們排斥在外。鄴朝內憂外患，年年戰亂，在外幾位將軍大都有勇無謀，之前每回都是他徐澄運籌帷幄，才得以勝歸。

皇上近小人棄賢臣，江山遲早落入他人之手。

如今出了罔氏一事，已到了他不出手就只能等死的地步了，因為韋濟向皇上謊報軍情，陷太子於險境，他們這對師生要想活著，就只能走這步棋了。

倘若徐家列祖列宗看到今日他得到了天下，是會讚揚他，還是痛罵他，壞了君臣綱紀，辱沒了祖先？

眼睛濕潤片刻，他又恢復平靜。他徐澄才不是懦弱之人，敢作就敢當！

但他並不急於登基，而是派兵守住皇宮，將皇宮裡的妃嬪們全送到廟裡當尼姑。至於皇子、公主們都發配到北疆天寒地凍之地，永生不得回京。

那些王爺、貴族等等，他暫且將之關押起來，至於該如何處置，他心裡有了想法，但做不出來，他想徵求李妍的意見。

他來到錦繡院，李妍愁眉苦臉地說：「老爺，鋪子才剛開張，生意本來還不錯，你這一政變，百姓全躲著不敢出來，生意做不成了。」

徐澄忍俊不禁。「妳真是小家子氣，還惦記著生意。」

「我倒不是覺得開鋪子賠了錢，本來就是陪著你作戲的，只是見百姓們都不敢出門了，我心裡不是滋味。前日攻城時，一路打殺，百姓們受到驚嚇，若是老爺能給百姓們一個太平盛世就好了，他們只想平平安安過日子，吃了上頓還想吃下頓。」

徐澄靜靜望著李妍，良久才默默地點了點頭。

一般女子這時肯定會著急何時入皇宮、何時冊封皇后，而李妍卻在憂愁鋪子和百姓。有這樣的女子陪伴一生，他相信自己不會當昏君的。

李妍見他愣愣的，便問：「老爺想怎麼處理鋪子？要是我能一直打理就好了，至少每日有事做。」

徐澄淺笑。「妳放心，我不會讓妳閒著。待妳爹回了朝，一切太平之後，就該出新政了。西北打了那麼久的仗，其他地方一直供給錢糧，百姓們已是怨聲載道。妳雖然不是朝臣，治理國家或許不該聽信婦人之言，但我還是想聽一聽妳的想法，採納不採納就是我自己的事了，反正以後有妳忙活的。」

李妍聽了心裡一陣澎湃，都說女人不能干政，但徐澄想聽她的想法，至少是看重她的。

徐澄又道：「至於這些鋪子，到時候就賞給這次立大功的人，妳的父兄們，還有蘇柏、陳豪、朱炎等人。另外，還有一個人立了大功，我讓他來見見妳，他卻不肯來。」

「誰啊？」李妍好奇。「你讓他來見我做甚？」

「他是妳小時候的夥伴，妳不會把他忘了吧？」徐澄兩眼直覷著她。「真的假的？上回不是還讓妳給他寫過信？」

李妍思索半晌，才吞吞吐吐地說：「那個……蔣……蔣子恒？沒什麼好見的，我和他見了也沒話說。」

她跟蔣子恒完全不認識好嗎？她真的不想見他，到時候他說起一堆小時候的事，她只能當啞巴了，李念云的童年在她腦子裡已是一片空白，倒是對李祥瑞那個爹有著零星記憶，但也十分模糊。

徐澄見她是真的不想蔣子恒，感慨道：「他是這次攻城的統領，要不是有他鼎力相助，這次不會這般順利。這些日子他一直在妖山訓練兵卒，再日夜琢磨京城周邊的地圖，要不是因為妳，他或許不會這麼全心全意。」

李妍窘道：「怎麼可能是為我，大男人謀前程自當盡心盡力，你封他一個大將軍不就好了？」

徐澄點頭。「也好，我聽妳的。」

他這一句「我聽妳的」，倒讓李妍不好意思起來。「老爺可不要聽我的，封不封大將軍你自己決定。」

「我不僅要封他為大將軍，還要親自為他指婚。自上回妳給他寫了信，他就答應過我，事後聽我安排，由我為他指婚，妳覺得誰比較適合他？」

「這個……」李妍犯難。「我哪知道他喜歡什麼樣的女子？」

徐澄調侃道：「他喜歡妳這樣的女子。」

李妍嗔道：「老爺不許拿我說笑！」

她尋思了一下。「不知綺兒是否能入得他的眼，綺兒乖巧懂事，行止伶俐，就怕蔣子恒嫌她是個丫頭。咱消了綺兒的奴籍，讓她當平民，到時候再帶綺兒到蔣子恒面前見一見，如何？」

徐澄十分篤定地說：「他肯定樂意。」

「你如何知曉？」

徐澄嘴角帶著一絲笑意，用玩笑的口吻說：「他娶不著妳，能娶到妳的大丫鬟，對他來說也是福氣。」

李妍瞪他一眼，笑著揶揄道：「老爺又來了，是不是打翻了醋罈子？」

徐澄低頭笑了一陣，又抬起頭來，忽然神情嚴肅了。「夫人，我來此有一件十分重要之事，還望夫人幫我定奪。」

李妍立馬回絕。「別，既然是十分重要的事，還是你自己定奪為好。」

「此事我真的很想聽聽夫人的意思，就是如何處置前朝王爺，特別是寶親王，還有一些前朝年幼的小皇子和正押解在路上的前朝太子，這些都是十分棘手的人。」

徐澄目光十分認真，李妍難以迴避，便用心思考起來。按理說，只能將這些人斬草除根了，以絕後患。徐澄之所以問她，肯定是心有不忍，特別是寶親王，徐澄擔心徐菁會恨他一輩子。

李妍糾結了一會兒，道：「要麼殺要麼圈禁，流放倒也行，就怕留下後患。」

徐澄眉頭一聳。「如何圈禁，就像禁足紀姨娘那樣？」

「差不多。建高牆，將他們全都分開，長年累月獨關在小院子裡，聽不到外面的聲音，看不到外面的景象，自此與世隔絕。」

「那還不如殺了，又何必讓他們遭這個罪？」

李妍凝眸望了徐澄一眼，嘆道：「對他們來說是遭罪，對你來說，似乎能顧及一點百姓言論。你直接殺掉，有異心之人肯定會宣揚你很殘暴，不是一個好皇帝，而圈禁他們，或許百姓們比較容易接受。雖然對你來說，圈禁比殺更殘忍，但……或許他們情願被圈禁，好死不如賴活著。」

徐澄沈默不語。

「瞧，你來問我，只會給你徒增煩惱。你若不想讓他們受煎熬，也不想讓自己因他們而心生煩悶，那還不如殺了圖個自在。」

兩人正說著話呢，徐菁和宋姨娘不顧外面的人阻攔，一起哭喊著亂推亂打往裡面闖。守院門的人見她們是徐澄親近之人，不敢對她們凶，但也絕不會心軟讓她們進來，只能死死攔住。

徐澄和李妍聽到外面一陣吵鬧，便讓人將徐菁和宋姨娘放進來了。

她們倆一進來便撲通跪下。

徐澄對宋姨娘厲色道：「我讓妳看好菁兒，妳怎麼也跟著胡鬧起來？上次我去茗香閣對妳說的那些話，都忘了個乾淨？」

宋姨娘淚眼婆娑。「老爺，雖然妾身居深宅，但也知道天下已經是老爺的了，宋家老少也都被老爺關了起來，妾身並不想為宋家父子求情，妾身只是可憐自己的娘，她一生為妾，被我爹和嫡母欺壓，在府裡還不如一個得臉的奴婢。老爺能不能看在妾身的分上，不不，求老爺看在馳兒和驕兒的分上，把妾身的親娘放出來，讓她跟妾身一塊兒過日子，好不好？」

宋姨娘拚命磕頭，徐澄也不免傷懷。「好了好了，此乃小事，我會成全妳的。」

宋姨娘感激得淚如雨下。「謝老爺！謝老爺……」

徐菁卻不像方才那般痛哭，她只是紅著眼眶，咬著唇，仰頭看著徐澄。「大哥，你要殺我的夫君嗎？」

徐澄無言以對。

「大哥想讓自己的小妹當寡婦？」

徐澄直視她。「他對妳並非真心，否則妳在府裡養病這麼久，他為何不來看妳？天下好男人多的是，妳以後會有好夫君的。」

徐菁堅決地搖頭。「不，我只要寶親王，哪怕他對我是虛情假意，我也認了。我這一生，再也不可能有第二位夫君了，你若要殺掉他，那就先殺了我！」

徐澄用拳捶桌。「小妹，妳不得威脅大哥！」

徐菁一副視死如歸的神情。

李妍見這對兄妹劍拔弩張起來，忙道：「老爺，你先別動怒。」再過去將徐菁扶起來，讓她坐下。

「小妹，倘若真的把寶親王放出來，他也不可能與妳一起過安穩日子，他要是挾持妳為人質可怎麼辦？」

徐菁聽了淚雨滂沱。「大嫂，我願意做他的人質，願意讓他逃到別處過自己的小日子，甚至娶別的女人，只要他好好的，我就……就足矣。」

李妍急道：「他姓鄴，鄴朝都滅亡了，他怎麼可能安心過小日子，又怎麼可能會好好的？他只會圖謀東山再起，將來必定禍亂天下！」

徐菁恨恨地看著李妍。「大嫂說來說去，還是要殺他？」

李妍語結，殺不殺也不是她能作主的。

徐澄繃著一張臉，冷道：「小妹別再說了，我不殺他，會將他圈禁起來，以後妳若想他，可以進去看他。但這對他來說是個折磨，對妳來說更是個折磨，妳如此想不開，大哥就成全妳！」

徐澄說完，拂袖走了。

徐菁仍不滿意，追了出去。「大哥，你別圈禁他，他會尋死的，他心氣高，哪裡遭得了這個罪？大哥！大哥！」

她被守院門的人攔住了，徐澄已經走遠，就當沒聽到這些。

李妍和宋姨娘跑出來，只見徐菁絕望地癱倒在地，嘴裡還喃喃說道：「這般生不如死的日子，他如何能過得了？大哥，你為何如此心狠？」

李妍為她感到悲哀。「小妹，不是妳大哥心狠，他這是在保護妳，他怕寶親王會傷害妳！難道妳眼裡就只有寶親王一人，連自己都沒有了？既然他心裡沒有妳，妳就應該為自己而活。」

徐菁卻冷笑看著她。「原來大嫂一直在為自己而活？」

李妍眉心稍動。「我跟妳的情況不一樣。」

「因為大哥心裡有妳，而寶親王心裡沒有我？」她苦笑著問。

李妍無奈地做了個深呼吸，徐菁注定這一輩子好不了了，寶親王就是她的毒藥。她吩咐左右。「把小姐帶到怡芳閣，那裡已打掃好了。宋姨娘，妳也回去吧。」

宋姨娘剛才已經如願了，所以乖乖地走了。

徐菁則是被幾個人抬走的。

接下來幾日，徐澄苦思，想要立一個吉利且長久的國號，待李祥瑞大軍到來，他就必須入住皇宮了。皇位虛置，天下就不安定。

只是沒想到李祥瑞的大軍還未到，就先傳來密函——前朝太子一路上嘔吐不止還拉肚子，看守他的人不忍其臭，把囚車打開。因為守軍嚴陣以待，前朝太子逃不了，便跳下不遠處的懸崖！

懸崖下是深山密林，難以尋找，而且還常有野獸出沒，二十幾萬大軍搜了整整三日未果，也不知前朝太子是死了連屍首都找不到，還是被野獸吃掉了。

徐澄回函，讓李將軍帶大軍速回，莫再停留。

府裡的人知道老爺就要當皇帝了，他們也都能跟著去皇宮伺候，個個興奮不已，紀姨娘當然也知道此事，可卻心如死灰。

她是悔得腸子都要青了，要是早知道徐澄會當皇帝，她幹麼和那個姓鄴的苟合？以前與徐澄同床共枕時，她幹麼喝避子藥，否則早生了孩子。

都是姓鄴的害了她！

現在她才明白，徐澄早就知道她與姓鄴的事了，他連姓鄴的天下都能奪來，這一切做得如此周密，還能不知道這件事？所以，陳豪告訴她的那些，都是徐澄故意讓她知道的。

好一個沈得住氣的奸險之人！可悲哀的是，她並不恨徐澄。她一陣慘笑，該怎麼辦？徐澄把她扔在這裡這麼久，是不可能帶她去皇宮的，她盼著住進皇宮盼了這麼多年，結果被自己一手毀了。

或許徐澄還會殺了她，因為他從來都不是一個心慈手軟之人。

她見迎兒和巧兒在說話，便道：「迎兒，妳說……我也能跟著去皇宮嗎？會被封妃嗎？」

迎兒並不知道她與前朝皇上的事，遂道：「肯定能，這段時日老爺太忙了，顧不得您。到時候入了宮，怎麼可能把您一人留在此處？即使夫人被冊封為后是板上釘釘的事，但老爺不可能只讓宋姨娘一人為妃的。」

紀姨娘苦笑。「到時不知有多少人要向老爺進獻各色美人，老爺如何會惦記我？」

「姨娘的美貌有幾人能及？只要姨娘在老爺面前溫順聽話一些，無論寵不寵您，總歸會封您為妃，讓您做一宮之主的。」

紀姨娘點頭，心灰意冷地說：「但願能有見著老爺的機會。」

她心裡何止十遍百遍地想，若早些年為徐澄生了兒子，她有了傍身，就不會淪落到這個地步了。可是一切都不能重新來過，她真的能有翻身的餘地？

接下來的日子李妍非常忙碌，徐澄把皇宮詳圖給了她，如今各宮各殿的舊人一個都不剩，許多舊朝擺設也都撤掉了。如今整座皇宮要填充眾多奴才，要如何佈置各宮各殿，這些徐澄全都讓李妍操持。

李妍想的第一個問題是，以前的太監逃的逃、闕的闕、流放的流放，從哪兒找這麼些願意當太監的人？

第二個問題，雖然國庫存銀有幾百萬兩，但皇宮全都重新佈置，至少也得耗一百多萬兩，這可都是民脂民膏啊。

第三個問題，也是她最憂愁的問題，後宮有幾十座主院落，以前都是妃嬪住的，難道以後就只有她和宋姨娘兩個人住？徐澄之前說要把紀姨娘打發出去，真的就只剩她和宋姨娘兩個人了。

這個後宮，真的能永遠只住她和宋姨娘兩個人？而且，她都不想讓徐澄碰宋姨娘了。那麼，這幾十個主院落該怎麼辦？永遠空著？她倒是願意永遠空著，可是……徐澄可會答應？他上回說過，他不確信自己能做得到。

令李妍沒想到的是，前兩個問題解決起來並不難。

太監麼，還真有不少人願意做，特別是貧瘠的山村。馬興帶著一批人快馬加鞭去他的老家山區一帶，有些家裡窮得揭不開鍋，兄弟姊妹又很多，只要給一筆豐厚的銀子，大都是願意的，還高興地磕頭謝恩。

馬興才去三日，李妍就接到信，說不僅湊夠了太監的人數，還按照她的吩咐買了不少品行端正的丫頭做宮女。

這些山民大多很淳樸，管教起來也容易。至於宮女麼，李妍是有私心的。本來選宮女需要謹慎挑選，按照舊朝，都是從家世好的人家挑選出來的。否則要是哪一日皇上看中了某個宮女，發現是粗鄙的山民，皇上會很不悅的。

李妍覺得徐澄應該不會沾惹宮女，所以她交代馬興，若是買得來丫頭那就最好了，山裡來的丫頭心思不會太複雜，不會想著如何勾引皇上。她們大都沒見過世面，膽子小，也好調教。

第二個問題也不算難，因為徐澄並不是個愛享受之人，宮殿是否金碧輝煌他不在意，而且他也不介意沿用舊朝的東西。當李妍提出把最初的擺設還原，或是把各個宮殿裡的物事對調一下即可，這樣就可以省下大半銀子時，徐澄毫不猶豫地點頭了。

徐澄不但同意李妍的意見，還誇她賢德。省下的銀子納入國庫，若是哪裡鬧災，還能拿去救濟，這樣就得了民心，總比鋪張浪費為好。舊朝的東西也是十分珍貴精美的，確實沒必要全部撤換。

至於第三個問題，就不是李妍自己能控制的，還有待觀察後續。

所謂國不可一日無君，登基事宜已在籌備之中，徐澄定了十分簡單的國號，那就是「徐」，年號則定為澄元。

第十八章

十日後，李祥瑞帶著大軍回來了，他與徐澄會了面，一起商議著把這些兵力排布在京城不遠之處，四方都有排布，以防敵軍入侵。

最近其他各大營將領都歸順了徐澄，一是知道徐澄有當天子的智謀與氣勢，二是他們之中不少與老國公有些交情。

更重要的一點是，徐家歷代掌握軍權，只不過到了徐澄這一代，皇上有意釋徐家的兵權，才讓徐澄做文官。這些將領們對徐家還是很景仰的，鄴朝才幾十年的歷史，誰都知道這天下其實是靠徐家打下來的。

徐澄如今奪得江山，也算是實至名歸。

徐澄另派了一個大營去西北鎮守，打算讓李祥瑞留在京城養老，不必再受西北的苦寒了。

李祥瑞夫婦及兄嫂們都想見一見李妍，想到過些日子她就要當皇后了，到時候禮儀繁瑣，還不如趁冊封之前相見，這樣一家子見面才輕鬆自在，否則端著姿態根本沒法說些體己話。

徐澄便安排他們在錦繡院相見，李妍倒有些緊張。李家可以說是李念云最親近的人，見了爹娘兄嫂，她肯定得哭一哭才像話。

李妍醞釀情緒，想像是與自己的爸媽相見，才一會兒，情緒就上來了。她還怕他們會說一些過去的事她無法應答，便讓崔嬤嬤給她講了好些小時候的事。

其實時隔十二年，哪怕李妍出了錯漏，李家也會不以為意的，畢竟年數久了，誰都有忘記的時候。不要說李妍了，就怕她的兩位兄長都不記得她長什麼樣了。

李妍做足功夫，李家人一進來後，她便與李祥瑞、王氏夫婦哭成一團，好不感人。因李祥瑞與王氏走在最前頭，她不需猜也知道是爹娘，後面的兄嫂她根本不識得。

不過沒關係，她還在王氏的懷裡哭呢，她的兄嫂們就過來叫妹妹，她只顧著哭，再含糊地喊哥喊嫂就行。

李祥瑞見女兒哭得快斷腸了，他先是抹了一把老淚，再拉著李妍坐下。「念云啊，爹知道這些年妳一人在這裡孤單了些，肯定很想念爹娘，妳娘每回念及妳時都要落一回淚，今日咱們總算團聚了，這就是最大的幸事，以後李家也不必再遠離京城了，相聚的日子多的是。」

李妍用絹帕拭淚，一個勁兒地點頭。

待一家子圍桌用了午膳，李祥瑞便讓其他人等退下，只留王氏與兩位李妍根本不認識的姑娘在屋裡。

李妍原本以為這兩位姑娘是哥哥們的小妾，因為嫂子們年紀不可能這麼小，但轉念一想，爹娘完全沒有把妾留在這裡而把兄嫂們支出去的道理呀。

李祥瑞語重心長地說：「念云，待皇上登了基，妳也要冊封為后了。爹也聽說後宮各院都虛置著，到時候肯定不少人進獻美人。爹就尋思著，妳要想保住后位，就不能讓那些女人湊到皇上跟前，但皇上又不可能後宮無人，所以就找了兩個靠得住的人……」

李祥瑞還未說完，李妍就朝那兩名姑娘看去，剛才她還沒留意，現在仔細一看，確實美得很。

李妍心裡氣極，她最擔心的就是有人往徐澄身邊塞美人，這下倒好，別人還沒那個膽子呢，自家爹先幹上這事了。

兩位姑娘趕緊過來向李妍磕頭，顫著嗓子齊聲道：「奴婢見過主子娘娘。」

李妍也不好直接冷臉，但也沒叫她們起來，而是裝作很淡定地問：「爹，也不知這兩位俊俏的姑娘是哪家的，我以前好似沒見過。」

那兩個姑娘都紅著臉，埋著頭，雙手緊捏衣角，還微微顫抖。她們見眼前的李妍就是李將軍所說的皇后娘娘，都十分害怕，因為她們將來的命運都握在皇后手裡，而且僅剛才這一瞧，她們就發現李妍是個厲害的人。

李祥瑞絲毫不懂女人的心，甚至覺得，女兒這些年來能與徐澄的幾個妾相處和睦，是個寬仁賢慧的，這樣的性子肯定能容得這兩名姑娘，她們主僕齊心伺候徐澄，將來肯定能坐穩皇后之位。

他在女兒面前也不相瞞。「這兩名姑娘是爹和妳兩位哥哥在西北物色來的，已經放在家裡養了一年，都是極為忠心的。」

李妍心裡一梗，聽這意思難道是早就準備好的？不對呀，他不可能一年前就知道徐澄要謀反啊。

李祥瑞見李妍神色詫異，忙解釋道：「爹本來是準備把她們進獻給前朝皇上的，爹身在西北，為避免讓皇上生疑，就尋思著送人進去表忠心。如今用不上，就放在妳身邊好了，皇上也不是個貪女色的人，有了妳和紀姨娘、宋姨娘，再加上她們倆，估摸著也不會貪戀其他的了。」

這時王氏將李妍的手緊緊握著，眼神裡盡是慈愛，她嘆氣道：「這些年來，妳與三妾共事一夫，本來就夠苦的，若再添這兩位姑娘在皇上身邊，妳可能會更苦，可這也是沒辦法的事，妳都快二十八了，早過了兒女情長的年紀，現在要做的是如何籠絡住皇上的心。這兩名姑娘貌美、忠心且守本分，總比與陌生女人爭來鬥去為好。妳爹也說了，待上了朝，會想辦法阻止那些想進獻美人的人，妳身邊要都是自己人，這后位就穩當了。」

李妍知道王氏是苦口婆心，與李祥瑞一樣，都是望她保住后位，可別被人害得被廢，關進冷宮。

李妍望著那兩名小姑娘，個個嬌嫩得很，年紀都在十五、六上下，比紀姨娘還要年輕。沒想到從西北也能找出這等好模樣的人來，看來她以前的想法沒錯，這世上缺什麼都不缺美人。

她心裡是一萬個不樂意的，但又不好駁回李祥瑞和王氏。他們這一對夫婦還覺得這是為女兒好呢，把這兩名小姑娘當家僕養。她們此前已接受了李祥瑞的訓教，這一生一世都會把李妍當主子娘娘看待。

李妍默默地想，既然她們自稱奴僕，那就把她們當奴婢使喚好了，反正徐澄又不知道她們是李祥瑞要送給他的。

她佯裝感激道：「還是爹娘考慮得周全，女兒竟然沒想到這些呢。」

李祥瑞笑道：「這哪裡是什麼周全，哪有當爹娘的不為自家女兒著想，只要妳坐穩了皇后之位，驍兒將來順利繼位，我這一生也算是圓滿了。我跟皇上說了，我不要任何封賞，這個國丈的頭銜就已經夠我受的了，金銀珠寶一樣都不要，就每月俸祿足夠我和妳娘過日子，妳兩位哥哥都有軍職，也不缺錢花。」

李妍聽了倒也佩服，都說人為財死，鳥為食亡，哪有嫌錢多的？李祥瑞不要封不要賞，為的就是以清貧顯示忠心，讓徐澄對他放心，因為沒有錢就造不了反。他年紀也大了，活不了幾年，所以想過幾年太平日子。

如此一來，徐澄對李家更加信任了。對李妍來說，那是大好事，至少徐澄對她不會有防備。

李祥瑞帶著一家子走了，住進徐澄為李家安排的院子。

儀。

李妍把兩名姑娘交給崔嬤嬤，並囑咐崔嬤嬤教她們當奴婢的規矩，而不是當嬪妃的禮儀。

後日是徐澄登基之日，府裡的東西已陸續往皇宮裡搬了，一些小管頭和奴才們也進去不少，個個忙碌得很。

宋姨娘和紀姨娘都等著李妍發話，她們到底什麼時候能住進皇宮裡去。宋姨娘的生母也來了，這是徐澄答應宋姨娘的。

至於前朝的王爺與皇子們，徐澄一個也沒有殺，全部圈禁起來，而且還讓他們帶著妻兒一起住。若是探得他們不願與妻兒過這種高牆之內的平靜日子，一門心思想要復辟，到時候再殺也不遲。

宋家已是過氣了，沒有威望，也沒什麼勢力，就流放了。

這幾日徐澄要安排的事太多，很少與李妍見面，這日傍晚，他過來用晚膳，順便試龍袍。

或許徐澄天生有天子之相，穿上龍袍後，那股龍威不可掩擋，皇家尊貴之氣令李妍都不免往後退了幾步。

所謂龍顏不可直視，她垂眸站在一旁。

徐澄見李妍這般，嘴裡發出一聲極輕的笑，心想——明明膽子大得很，哪裡怕他一身龍袍？他張開雙臂，李妍就過來再為他脫下。

這些細節崔嬤嬤已習以為常，但那兩個新來的小姑娘卻詫異不已，為皇上寬衣不是下人們該做的嗎？怎麼竟然由未來的皇后做？

換好衣裳，徐澄揮退下人，與李妍相對著坐下。「夫人，鳳袍也已經做好了，怎麼不見妳試一試？」

李妍故意笑問：「你又沒說一定會立我為后，我哪裡敢試？」

徐澄斜睨著她。「為妳量身做的，不立妳立誰，還跟我矯情啥？」

「這還差不多，我要的就是你這句話。」李妍抿嘴一笑，尋思著心裡還存有一事，就直話直說。「咱們明日就要入住皇宮了，可是紀姨娘和宋姨娘的事，你還未安排呢？」

徐澄嘴角一扯。「不是早就說好了，紀姨娘打發出府，宋姨娘就跟著咱們一起去皇宮，待登基之後，一切事宜都安排妥當了，我對宋姨娘及馳兒、驕兒會另有安排的。」

李妍聽了暗驚，另有安排？意思大概是讓他們出宮了。

李妍知道自己應該高興，可是她又覺得不夠真實，徐澄真的只要她一人？

徐澄也知道李妍聽了肯定開心，她可是個愛吃醋的人。他站起來。「夫人早些歇息，明日事多又要受勞累了，我去會一會紀姨娘，讓她準備出府。」

李妍微笑著點頭。

徐澄來到秋水閣，紀姨娘激動得語無倫次，她以為徐澄是讓她準備跟著一起進皇宮的。

「老爺，不，皇上，妾身盼您盼得肝腸都要斷了，妾身還以為……」

徐澄抬手示意她打住，他不想聽這些。他看著迎兒道：「妳收拾好自己的東西，然後去找陳豪吧，我知道你倆早已私定終身。」

迎兒喜出望外，都忘了磕頭謝恩。

徐澄又對巧兒說：「妳去把紀雁秋的東西收拾收拾，還有妳自己的。」

巧兒喜道：「奴婢昨日就收拾妥當了。」

紀姨娘也一臉高興，只是不太明白徐澄為何直呼她的名字。

徐澄不解地看著紀姨娘，覺得她越來越蠢了，她自己幹了那樣的事，又怎麼可能進得了皇宮？

他冷著臉，看著紀姨娘不說話。紀姨娘漸漸感覺不對勁，一下跪了下來。「老爺……皇上，妾身做錯了何事？即使曾經做過錯事，夫人也懲罰過了，妾身受了近三個月的罪，難道皇上還不解氣？」

徐澄卻道：「我用不著解氣，我本來就不氣，之所以禁妳的足，是怕妳往外通風報信。當初妳進府時，還是十分溫順聽話的，雖然妳來我府是身負鄴征之命，但我瞧得出來，那時候妳並不想為他做事，而是一心一意服侍我，只是後來就……慢慢變了，既然初心已改，妳早該知道自己的下場。」

紀姨娘惶恐不安，膝行到徐澄面前，隔著很近的距離，幽望著他。「妾身從未改過初心，而是皇上……」

「叫我老爺，後日我才登基。」徐澄提醒道。

紀姨娘頓了一下，接著說：「而是老爺對妾身從來都是冷淡的，經常一個月只能見到老爺一、兩次，哪怕見了面，老爺也未曾對妾身說過幾句暖心窩的話。既然老爺知道當初妾身只想盡心伺候老爺，為何還要這般對妾身？雖然妾身這幾年做過很多錯事，但時時刻刻都希望能在老爺身邊伺候，可是老爺你不讓啊。」

紀姨娘聲淚俱下，聲情並茂，足以讓人心軟。

這些用來對付一般男子足矣，但撼動不了徐澄那顆堅定的心。他做事從來不優柔寡斷，既然說過要她出府，就絕不會再改。

他站了起來。「等會兒林管事會送妳和巧兒出府，天下之大，妳想去何方都無人攔妳，鄴征給的那些妳這一輩子都花不完，又何必非要跟著我，妳……好自為之。」

徐澄抬腿就走，紀姨娘心急，抓住他的腳踝，這下是真的哭得肝腸寸斷了。「老爺……老爺……你就原諒一次妾身吧，紀家肯定早就逃散了，妾身找不到娘家人，獨自一人在外舉目無親，即使有一輩子花不完的錢財，沒個人陪伴那日子也是孤苦的。」

徐澄回頭。「不是有巧兒陪妳嗎？」

「她……」紀姨娘難以啟齒，她要的是男人，不是丫頭。

徐澄似乎明白她的意思。「妳可以再嫁，可以有夫君，將來還會有子女，不會孤苦一生的。只是……要記住了，眼睛擦亮一點，別被男人給騙了。」

徐澄拔出腳，走了。

紀姨娘任淚流淌，她想說，她真正愛的只有他徐澄一人，別的男人慰藉不了她。可說出來又有何用，徐澄聽了也當沒聽到，反正他是要當皇上的，天下美人之多，她又算不得世上第一大美人。徐澄走了，紀姨娘哭得直顫抖，巧兒也號哭起來。

剛才徐澄在這兒巧兒還不敢哭，現在是扯開了嗓子哭，她不想跟著紀雁秋去外面啊，她也想進皇宮看一看的。

主僕兩人哭了足足一個時辰，紀姨娘實在哭累了，巧兒還在那兒哭得一聲比一聲悽慘。

「別嚎了！」紀姨娘朝她一吼。「我知道妳們都是沒良心的，迎兒得了我那麼多好處，一出秋水閣就見不著她人影了，妳也是，跟著我難道會苦著妳？我隨便一樣東西賣了都夠妳活一輩子，要是不想伺候我，現在就滾！」

巧兒不敢再哭了，跟著紀姨娘至少能穿得好、吃得飽，自己兩手空空一個人過日子，那才叫悽慘無比呢。

林管事過來了，一起幫著把紀姨娘的幾箱東西搬上馬車。

他還說：「老爺說了，這馬車和車夫也都跟隨妳去，另外還囑咐了，紀家人雖然都跑了，但院子還在，妳若不想遠走他鄉，就住娘家好了。」

紀姨娘苦笑一聲，徐澄對她終究還是有那麼一絲情意，至少沒有把她一腳踢出府，任她被豺狼叼去，她是否該感謝他呢？

巧兒聽後總算露出笑顏，紀家宅院雖不比皇宮，至少有個落腳之地。另外，在外面可比皇宮自由，說不定她還可以早早嫁人，紀姨娘或許會給她不少嫁妝呢。

紀姨娘卻猶豫回不回紀家，左右鄰居都知道她是徐澄的小妾，現在徐澄當了皇上，卻把她趕出來，以她這樣的身分，哪個男人敢娶她？

她戀戀不捨地看著秋水閣，根本不肯上馬車，最後還是被林管事和車夫拉上去的。天都黑了，再不走，還待何時？

宋姨娘見一輛馬車從她院前駛過，還聽見馬車裡有紀姨娘和巧兒的哭聲，她心裡一陣緊張，生怕徐澄也趕她出府。

碧兒在旁見了卻歡喜得不行。「姨娘，老爺把紀姨娘趕出去了，以後就少一人爭寵了，這麼一個大美人老爺都不願要，她肯定做了不要臉的事。」

宋姨娘滿臉憂慮。「宋家做了那樣的事，老爺會不會對我也……」

「姨娘想哪兒去了，您可是有子嗣的人，兩位少爺將來可是皇子，比起那個嬌弱的驍少爺都強，老爺肯定會越來越看重您的。」

宋姨娘露出甜甜的笑，已經在想像徐澄對她越來越好的情景了。當皇上的都十分重視子嗣的，她靠的就是兩個健康活潑的兒子。

徐澄回到至輝堂，埋頭看了各地報上來的情況，然後端起桌上的茶喝了一口，見蘇柏立在身側，而且神色較以往暖了許多，不再是苦大仇深的模樣，看來心情不錯。

「蘇柏，你的殺父之仇已經報了？」

蘇柏點頭。「多謝老爺給在下這個機會，在下才能得以手刃仇人。」

徐澄早就猜出誰是蘇柏的殺父仇人，只是不知其中詳情。「那你可不可以跟我細說？」

徐澄讓蘇柏到旁邊的椅子坐下，想靜靜地聽蘇柏講他那鮮為人知的故事。

蘇柏哪裡敢坐，徐澄可是後日就要登基為皇的人，只朝他作了個揖。「在下站慣了，坐著會不自在的。」

這是他第一次有傾訴的願望，臉上有了表情，心中有了情緒，原來他並非是塊千年冰，也並非是冷血獸，而是有血有肉的堅毅男人。

他站在一旁，雙眼炯炯有神，好似能看到他的童年，畫面歷歷在目。

「那年我才五歲，就每日去國子監讀書了。我爹說，我是他的長子，是長皇孫，待他繼承皇位，就封我為太子，所以我必須好好讀書。那時我年幼，根本不懂得這些，有一日賴床起晚了，怕爹知道了會責罰我，我乾脆先去找爹認錯。可是那一日，我去他的寢殿並未找著他，我就去後院找，想到平時爹跟我捉迷藏都會躲在假山洞裡，我便尋了過去，有一位伺候我的奴才一直追著我，我繞來繞去把他甩掉了，我跑到假山洞前卻發現……」

蘇柏哽咽了一下。

徐澄聽呆了，手裡的杯子一直懸著未放下，蘇柏曾是長皇孫，那他姓……鄴?!

「那時鄴征是二皇子，也就是我叔父，當時他才十九歲，便已打過不少勝仗。他平時很喜歡抱我，但那次他見了我，不但沒有抱我還伸手掐我，他掐死了我爹，還要掐我！我屏著呼吸，就那麼看著他的眼睛，他似乎一時心軟，手鬆了勁，一把將我甩進旁邊的水池裡。待我醒來，已躺在伺候我的那個奴才懷裡，住的是一間破廟。他告訴我，皇上已公告天下，說太子爺與太孫皆已染病暴亡。自那時起，我和那個奴才相守度日，為了掩人耳目，我叫他蘇叔，他叫我柏兒，蘇叔靠賣餅養活我，攢的錢用來請山裡的一位隱俠教我武功。直到我二十歲那年，蘇叔染了重疾，他在臨死前問我知不知道為何要學武功，我說知道，那就是報仇，他才瞑目。」

蘇柏講完已是兩眼濕潤，但他眨了眨，那閃閃的淚光便不見了。他朝徐澄跪拜下來。

「在下因有苦衷才隱瞞身分多年，還望大人見諒！」

其實徐澄向來極為謹慎，來歷不明的人他是不會用的，唯蘇柏除外。五年前初次見蘇柏，他餓得快斷氣了，一個身懷絕世武功之人竟淪落到餓肚子，這足以表明他是個善良的人，否則早就去偷去搶或直接殺人奪財了。

那時蘇柏徒步走了一個多月，才從晉地走到京城，身上那點錢早就花完了，他就餓了整整五日，倒在京郊外，被徐澄帶了回來。

不知為何，徐澄對他有著說不清道不明的信任，所以一直讓他當貼身侍衛。

現在想來，那日鄴征死在蘇柏劍下後，蘇柏若是想當皇帝，也是輕而易舉的事。因為誰都知道蘇柏是徐澄的影子，他說的話就是徐澄的命令，他想調兵遣將太容易了。

徐澄終於將杯子放下了，心裡不只是感動，更是欽佩，他從未如此佩服過一個人。

「鄴博，你不想為皇嗎？」徐澄似乎很隨意地問。

蘇柏釋然一笑。「大人還是叫在下蘇柏吧，在下聽順耳了。在下既已隨了蘇叔的姓，就永遠尊他為父，早在二十年前，就與鄴朝斷絕了關係。一個蘇姓侍衛，如何能為皇？」

他竟然笑了，簡直比太陽從西邊昇起稀奇。

徐澄心裡一動，如此好男兒竟然被鄴征害得在外逃亡，鄴征如此殘忍，或許早就注定要亡朝的。蘇柏五歲時，徐澄也才剛十歲，他記得當時太子鄴延及其長子鄴博染病而亡，京城一片唏噓，而徐澄的爹徐昭回來卻仰天長嘯一聲，之後便再沒作其他反應，想來他爹應該知道其中細節。

徐澄現在更加明白鄴征為何那麼溺愛寶親王了，因為他殺死了嫡親哥哥，心中有愧，便把懺悔投注在寶親王身上，以此彌補心裡的不安。

親兄弟們為了皇位互相殘殺，讓徐澄久久難以回過神來。他看著蘇柏，再想到自己幾個兒子因嫡庶有別，平時就很少在一塊兒玩，沒什麼兄弟感情，到時候待他將死之時，還不知會出什麼事呢。

徐澄長嘆一聲，還沒當皇上，就開始為兒子們將來的相處煩惱了。他揉了揉太陽穴，不再尋思那些。「你大仇已報，是不是該成家立業了？要不是鄴征，說不定今日的天下已是你的了，現在你只是一個小小的侍衛，我實在於心不忍。容兒戀你許久，你無論是娶她為妻也好，還是納妾也行，好歹得有個女人服侍，待過些日子我封你為護國大將軍如何？」

蘇柏作揖道：「還望大人莫為了在下而亂了綱紀，在下乃五品侍衛，若提拔為護國大將軍，如何服眾？將士們不服，必有後患。李大將軍和蔣子恒大人才配得上護國大將軍這個頭銜。若大人想成全在下，就讓在下繼續當大人的侍衛，在下願意一生一世護大人的安全。」

徐澄點了點頭，眼裡晶瑩閃閃，得此一人，乃終生幸事啊！

「你不肯立業，成家總不能耽誤吧？」

蘇柏嘴角微翹。「在下願聽大人的安排。」

次日，一輛輛車和一群群人從宰相府出發，浩浩蕩蕩地往皇宮而去，路兩旁全是穿著嶄新衣裝的御林軍，看上去威武雄壯，好不氣勢。

李妍坐在鳳輦車駕裡，穿著精美華服，她沒有掀簾向外看，儘管外面百姓終於出來了，還歡聲一片，她也確實想瞧一瞧熱鬧的景象。但是貴為一國之母，其儀容何等尊貴，不是隨隨便便便見得到的——這是崔嬤嬤說的。

崔嬤嬤還讓她穿鳳袍，李妍堅持不穿，不為別的，她覺得還是等明日徐澄登基再穿，因為皇上登基的最後一項就是派官冊立皇后。冊封官呈上皇后金印與冊典，她身穿鳳袍迎接，這樣才像那麼回事。

一件衣裳而已，何必急著穿。

到了皇宮，再到澄元宮，鳳輦終於停了下來。當李妍抬頭看「澄元宮」三個字時，心裡頗為感動，這必定是徐澄改的名字，雖然舊朝的東西全留著，也沒有建造任何新宮殿，但所有宮殿都換了名字，也換上新的牌匾。用舊的東西，但也要有新氣象才行。

當李妍走進澄元宮，細看著將要生活的地方時，宮外卻發生一陣騷動，徐菁不顧左右下人的阻攔，從公主儀駕上跳了下來。她要逃往人群時，被御林軍圍住了，百姓們好奇，都湧過來圍觀，造成數十人被踩傷。

此時徐澄也剛到皇宮，才在他的寢殿春暉殿的龍椅上坐下來，就聽得外面有人來報，徐澄讓人把徐菁帶了進來。

徐菁瞧著一身明晃晃龍袍的大哥，沒有賀喜，也沒有跪拜，就那麼愣愣地站著。

徐澄頗為頭疼。「小妹，就因為妳這一跳，有數十名百姓被踩傷，妳可知道？」

「皇上還真是體恤百姓，那為何不肯體恤自己的小妹？別的王爺被圈禁都帶著妻兒，為何只有寶親王獨自一人，我不是他的髮妻嗎？皇上如此不一視同仁，何以治天下？」

徐澄氣得臉色鐵青，但沒有動怒，只是淡淡地說：「為兄是在為小妹著想，不忍見妳被圈禁，更不忍見妳被寶親王虐待，或許……他還會殺了妳洩憤。」

徐菁冷笑一聲。「皇上錯了，寶親王是不會如此待小妹的，你以為他像你一樣，為了奪江山為了當皇帝，從來不疼惜女人？」

徐澄想反問一句，他何曾沒疼惜過女人，他對夫人明明很疼愛的。但心裡一細想，他也就這幾個月對李妍上了心，而且還忙著推翻鄴朝，幾乎沒怎麼陪過李妍，就沒再說話。

徐菁一臉堅決。「皇上若不肯成全小妹，寧見我們夫妻各自獨守，也不肯見我們在高牆之內歡笑一聲，那小妹就……」

她仰頭看了一下殿內的白玉龍柱，毫不畏懼地說：「小妹就在皇上的春暉殿觸柱而亡，死後魂魄也會夜夜在此淒厲號哭，讓皇上內心不安，永無寧日！」

徐澄徹底明白了，在徐菁眼裡，兄妹之情根本抵不上她對寶親王的夫妻之情，強留在皇宮，她也是要尋死的。或許女人對男人的愛，真的遠遠比男人對女人的愛要深。

他閉目揮手。「隨妳。」

徐菁得了徐澄的應允，飛快跑了出去，讓人帶她去寶親王的圈禁之所。

這一日，徐澄待在春暉殿沒再出來過。

第二日是登基大典，鑼鼓震耳，禮炮轟天，徐澄一步步走上高臺，坐上龍椅，儀仗浩蕩，氣勢威風。

文武百官跪拜之後，徐澄便對立功者行封賞。

雖然這些朝臣都是徐澄平時很信任的，但他吸取前朝教訓，不僅要大封大賞，而且絕不會釋了他們手上的權柄，讓他們覺得皇上把他們當棟梁之材看待，希望與他們共同治理天下，他們是匡輔新朝政不可或缺之人。

文武百官聽了封賞後，心滿意足，磕頭謝恩。

登基儀式很圓滿，按照舊朝例子，禮畢之前，皇上會派官宣讀冊立皇后的詔文，然後來皇后的寢宮一起用午膳。

李妍此時已穿上鳳袍，在澄元宮等著。

她本來就長得端莊妍麗，再穿這等明豔華服，一身的金絲線十分耀眼，襯托得李妍尊貴雍容，絲毫不可侵犯。

崔嬤嬤和綺兒、晴兒根本瞧不夠，圍著李妍轉了又轉。她們此前從沒見過皇后，現在一個尊貴的皇后就在眼前，當然得多瞧瞧才是，何況這還是她們再熟悉不過的主子呢。

李妍見崔嬤嬤等人都樂得滿臉開花似的，而自己卻莫名有些不安，都這個時辰了，冊封官怎麼還沒來？

此前她一直沒敢穿鳳袍，現在按照禮俗穿上了，徐澄卻不讓人來冊封，這不是丟她的臉？

李妍眉間隱隱有些愁容，她坐在妝檯前，看著鏡中精緻明媚的妝容，確實有母儀天下的尊貴之相。可是，以她的心態，能做好後宮之主嗎？

徐澄不讓人來宣讀冊封詔文，或許是他壓根兒就沒寫。一個想獨霸皇上的女人，要想立她為后，哪個男人都要三思的。

崔嬷嬷見李妍似有愁容，也跟著急起來，不停地看桌旁的漏壺刻線，都已經近午時了。

「娘娘，登基大典十分隆重，所行之事必定繁瑣，可能還要等一陣子。」

綺兒和晴兒忙跑到院子裡張望，好半晌也沒有人來。再過了一會兒，冊封官沒等到，倒是御膳房的人來了，說御膳備妥，只待皇后娘娘下令，他們便上菜。

李妍看著那張長長的檀香桌，上面雕刻著繁複的圖案，而桌正中間刻的是龍鳳交頸，象徵著皇上、皇后伉儷情深，這是為皇上和皇后共膳而特製的，也只有皇后的屋裡才能擺上這樣的桌子。

李妍出神片刻。「別叫本宮皇后娘娘，冊封未到，本宮就不是皇后，你們叫本宮為娘娘吧。都已經這個時辰了，冊封官不會來了，皇上此時應該已經回了他的春暉殿，你們把膳食都送到皇上那兒，本宮這兒只需九道菜即可。」

崔嬷嬷驚道：「娘娘不可！皇上肯定會來的，娘娘還是稍等片刻，若是直接把膳食送到春暉殿，皇上或許會……會生氣的。」

侍命的人低頭不語，綺兒和晴兒滿臉驚慌，她們的主子不當皇后難道只當妃子，那皇后由誰來當？

李妍卻擺手道：「不用等了，就按本宮吩咐的行事。」

御膳房的人惶恐不安地領命走了。

李妍又道：「嬤嬤、綺兒，妳們過來為本宮脫下鳳袍，再摘去鳳冠。」

崔嬤嬤和綺兒、晴兒嚇得齊齊跪下。

崔嬤嬤勸道：「娘娘不可，還沒有被冊封，怎麼能脫鳳袍、摘鳳冠？今日是皇上的登基之日，也是娘娘的冊封之日。這是第一日，娘娘可千萬別惹皇上生氣，只不過是晚了時辰，娘娘可要沈得住氣。」

李妍不是沈不住氣，而是猜到徐澄不可能來了，以她對徐澄的瞭解，如此大事，他怎麼可能錯過了時辰。

他肯定是在猶豫，當初她問過，是否能一輩子只守著她一人？

他的回答是——不確信。

倘若他做不到，此時急著立她為皇后，之後卻又封一堆妃子，將來後宮肯定血雨腥風。

李妍抬頭瞧了瞧立在門邊的玉瑾和玉瑜，就是她爹娘送來的那兩個小姑娘。當爹娘的都想到讓她用這兩個姑娘討好徐澄，這一切看起來是那麼自然，順應著古代的人情世故。

李妍一聲苦笑，若真要如此，她寧願不要當這個皇后。

她在內心給了自己一個時間，若是一個月內徐澄沒有冊她為后，她便先籌謀讓徐澄立驍兒為太子，並把這兩名姑娘大方送給徐澄，她再逃離出宮，過自己逍遙的日子。

天下之大，她不相信遇不到一個一生一世只願守著她的男人。她實在不願意在宮中過著與一群女人爭風吃醋的日子，光是章玉柳、宋如芷、紀雁秋這三個根本不得徐澄喜愛的人，這幾個月來都把她煩得焦頭爛額。若是徐澄真對哪個女人動了心，她怕是一日都撐不下去。

雖然她對徐澄愛已至深，但不足以讓她愛到沒了自己。

御膳房的人浩浩蕩蕩地將九十道菜送到春暉殿，他們按照李妍的吩咐，只送來九道菜到澄元宮。

偌大的一張桌子，只擺上九道菜，顯得那麼寒酸，那麼悲戚。

已到正午，李妍坐到桌旁。崔嬤嬤在旁抹淚，綺兒和晴兒在旁紅著眼眶布菜。

李妍吃了一口菜，完全不知道是什麼食材，她見盤子下面的底碟上寫的是「鴛鴦瓊絲」。她不禁苦笑一聲，這道菜還真是應景，把她的心境表達得淋漓盡致，什麼鴛鴦、什麼恩愛，既瞧不出內在，嚐起來雖然爽口也完全不知用什麼詞來形容它的滋味。

如同她與徐澄這幾月的相處，看似夫妻同心同德、恩愛如蜜，可真正回味起來，又是那麼縹緲虛幻，沒有一絲真實感。

徐澄一人坐在春暉殿的飯桌前，由太監布菜。

九十道菜，從桌頭擺到桌尾，都布出了好幾碟，他仍然沒有舉筷子。

這本該是他與李妍在皇宮裡共用的第一次膳，所以御膳房才會做得這麼豐盛。

本該隆重且溫馨的夫妻共膳就這麼被自己搞砸了，他心裡也很不好受。

本來是兩人一起吃九十九道菜，叫長長久久。現在他吃九十道，李妍才吃九道，她想表達什麼，徐澄明白了。

她如此聰慧，只不過晚了一個時辰，就讓人將這些送過來了，她知道他在猶豫什麼。

他要麼得李妍一人，要麼坐擁後宮三千佳麗。只能擇其一，不能兼選。

若是選李妍一人，李家勢力會越來越強大，雖然李祥瑞為自保不要任何封賞，可是待他徐澄死後，繼位者若不夠強悍，加上後宮無人與李妍抗衡，李家便會獨大。

若是選擇後宮三千佳麗，他可以讓後宮的女人互相制衡，哪怕生一堆兒女，會有明爭暗鬥，但最終這江山還是在姓徐的手裡，不至於易姓，也不會那麼快就改朝換代。

他考慮的不僅僅是對李妍的感情，還有這座江山將來的姓氏。

可是，倘若自己的兒子們互相殘殺，這天下姓李還是姓徐，真有那麼重要？

徐澄極為困擾，特別是看到驍兒文弱的樣子，他更是憂心。

如此美味，他卻食之無味，隨便用了一點，便讓人撤下去了。

而在澄元宮的李妍，卻逼著自己吃下兩小碗飯菜，她要好好對待自己，吃飽了喝足了，讓自己舒舒坦坦的。她不想費心思糾結徐澄為何在登基第一日就冷落她。

她不願細想，怕自己會心生恨意，畢竟這幾個月來她對徐澄是一心一意的，她也以為徐澄是獨愛她一人的。

現在她清醒過來，在此之前，徐澄可是同時還擁有三位妾室的，若不是他對她消去了防備之心，想與她做對恩愛夫妻，說不定她現在與紀姨娘、宋姨娘一樣，不被他看在眼裡。

但有一點徐澄還算好的，他沒有一面立她為后，與她耳鬢廝磨，同時又想著一堆美人。至少他忠於自己的心，也足夠尊重她。

他只不過是不確信自己能不能一生一世守著她一人。

徐澄還沒來得及午憩，便又有事要處理，當皇帝哪有那麼容易，日理萬機可不是誇張的。

這次是伍氏一家，之前徐澄已經吩咐下去了，讓徐澤搬到宰相府，只需換一個門匾。伍氏一家仍住老國公府，老國公府小一些也舊一些，畢竟院子年代已久遠，但徐澄已經封徐蕪為郡主，還為她賜了婚，被賜婚的男方還是伍氏自己提出來的，是徐蕪自己想嫁的。

如此伍氏一家總該滿足了，沒想到徐修遠仍不滿足，覺得徐澤被賜封為王爺，而他啥好處也沒得到，徐澄至少也該給他一個尚書當當吧。

徐修遠心裡嘔氣，竟然寫了一封請辭函。

徐澄也動怒了，舊朝官員撤的撤、換的換，留下的都是忠於徐家的，別人都滿意，偏偏自己的庶弟還有意見。

徐澄知道徐修遠的心思，徐修遠必定是見他當了新皇，十分注重百姓們的品評。高高在上的皇上若是對庶弟太過分，肯定會被百姓們說三道四。

徐澄還偏偏就允了他的請辭函，他可不是好欺負的，莫非自己當了皇上還得受一個庶弟威脅？

他允了徐修遠的請辭後，徐修遠便傻了眼，這個皇上還真是絲毫不顧忌，竟然連虛假的挽留姿態都不肯做。

沒有職務，就沒了俸祿，以後豈不是要吃老本？

徐澄不僅允了請辭，還下了一道聖旨，從此以後徐修遠只能賦閒在家，不能當商賈也不能再與任何官員來往。不僅他不能，就連伍氏也不能開鋪子或行其他營生。

老國公府裡也有些值錢的東西，徐澄知道他們餓不死，只是不能過得太奢華而已。這樣做並非為了懲罰他爹的小妾和庶子，而是為了不讓徐修遠誤入歧途，因為他這樣很容易被外人利用，最後夥同來反徐朝。

宋姨娘得知徐修遠的境遇後就更為自己兒子著急了，徐澄此舉擺明對庶出很輕視。李妍沒被冊封為后，宋姨娘本該高興的，可是她也沒被冊立為妃，心裡又很失落。

接連幾日，徐澄都沒有去澄元宮，更沒有去宋姨娘那兒。他這幾日十分繁忙，因為要與朝臣一起制新政，改掉舊朝的各項弊端。

其實他也想去李妍那兒，聽聽她的意見，更想看看她，他真的想她了。

太夫人的丁憂也已經過了，晚上他一人獨睡龍床，那滋味很不好受的。他想去找李妍，可最終還是忍住了，不能給她承諾，去了反而對她是一種傷害。

徐澄這種心境被身邊的太監看在眼裡，此太監是馬興信任之人，所以能來到徐澄身邊當首領太監。馬興自己可不想當太監，他還想成家立業呢，所以李妍讓他在承天府謀了個官職，另外他還私下為李妍辦差。

首領太監曲公公候立在徐澄身旁，蘇柏則站立在門邊，腰間永遠插著長劍，手握劍柄。

曲公公斗著膽子上前說：「皇上乃天子驕子，每日勤政辛苦，夜裡也沒個人侍寢。奴才瞧著……宮裡也能找出幾個貌美宮女，雖然是皇后……不……是娘娘從山裡選來的，但管教了這麼些日子，都還挺懂規矩……」

徐澄根本不容他說下去，連忙擺手，眉頭微皺道：「朕何至於需要如此粗鄙之女來侍寢？」

首領太監嚇得腿一軟，連忙退後，不敢再多言。

此夜，徐澄又是一人獨眠，他曾兩次起床想去李妍那兒，可每次走到門口又折了回來，蒙頭大睡。

這一日上朝，文武百官各抒己見，為新政提出不少意見，徐澄也很滿意。在臨近午時快下朝之際，有位出自江南之地的官員提出與新政毫無關係的意見。

「皇上自登基以來，每日埋頭理政，都沒來得及立后封妃，也未充實後宮。皇上乃九五之尊，怎能身邊連一個陪伴的美人都沒有？皇上過得如此清苦，真是叫微臣心痛啊，微臣家裡還有一妻五妾呢，皇上怎可這般苦著自己？如此一來，微臣回家都不敢見幾個小妾了。」

此言一出，不少朝臣掩嘴輕笑，他確實道出大家的心聲，皇上都沒有妃子，做臣子的回家若是有一堆小妾圍著，他們心裡也很不安的。

那位文官又道：「皇嗣不多，也該開枝散葉了，皇室繁盛起來，根基才牢固，如此才能守住江山萬萬年。微臣有幾房親戚皆已隨臣搬來京城，其中有兩位姪女長得極為水靈，也通曉琴棋書畫，一位年十五，一位年十六，本來都到了嫁人的年紀，可她們爹娘都覺無人配得上她們，所以微臣在想，若是能讓她們陪伴在皇上身邊，既是她們的福氣，她們也可以為皇上排憂解悶。」

此官怕大臣們以為他在拍馬屁，遂又道：「皇上，您若覺得臨幸微臣的姪女有所不妥，也可以派人去江南一帶挑選良家女子，微臣老家那邊盛產美女，隨便挑幾個都是賞心悅目的。皇上可萬萬不要苦了自己，哪怕為子嗣著想，也該多納幾位妃嬪，後宮各主院虛置，也不是長久之事……」

此官說了一堆，膽子還真不小，但他說出大家的心聲，倒也沒人覺得他厭惡。徐澄看著臣子們的神情，感覺他們似乎比自己還迫切。

他確實想試一下，那些所謂的美人到底能不能為他排憂解悶，能不能讓他不再想著自己的髮妻？

但他不想興師動眾去江南采選美女，想來這位文官家世清白，也無法干擾到皇室的勢力，便道：「不必派人去江南了，你把兩位姪女送進宮來，朕且看看，是否能入得了朕的眼。」

此官激動的一下跪拜在地。「謝皇上恩准。」

其他官員見他一下給皇上獻了兩位，各自心裡也都琢磨著家裡可有登得了檯面的姑娘。

李妍的兩位哥哥也跟著向皇上道賀，心裡卻鬱悶得很，明明已經安排了玉瑾和玉瑜，怎麼妹妹沒有將她們送給皇上？皇上不會是因為妹妹小氣，手裡明明有美貌姑娘卻留在自己身邊當宮女也不肯獻出來，皇上才不立她為后的？

下朝後，李氏兩兄弟立馬回家，將此事告訴李祥瑞。李祥瑞當即寫信叫人帶給李妍，催她趕緊把玉瑾、玉瑜送給皇上，若是待皇上寵了另兩位江南女子，她怕是再也當不了皇后了。

李妍收到李祥瑞的信，愣怔半晌都回不過神。皇上讓兩位江南女子進宮的事她才剛剛得知，這下李祥瑞又催她送玉瑾和玉瑜去哄徐澄，意思就是徐澄一下坐擁四位美女，要將她扔一邊了？

她快過二十八生辰了，歲數快要是這些小姑娘的兩倍，難道自己真的是人老珠黃？可是照著鏡子，明明還年輕得很。

活在古代真是可悲，要在現代，二十八歲的女人還是鮮花一朵，可是在古代男人們的眼裡，她怕已是一朵只待落入泥土的枯萎之花了。

第十九章

那位文官動作還真快，上午才剛提起此事，傍晚時分就讓人把兩位姑娘送進宮來了，恐怕是等著今夜就侍寢，好搶在別的女子前頭。

論理，進宮的女子需一個月後才能侍寢，以防這些女子身子不乾淨，帶著孽胎進來。徐澄也不是糊塗之人，他並未見這兩位姑娘，而是讓人帶她們先別居兩宮，找幾位教養嬤嬤教她們基本的宮中禮儀。

崔嬤嬤也急了。「娘娘，要不……就把玉瑾和玉瑜給皇上送過去？她們倆好歹進宮日子久些，先讓太醫仔細把下脈，就可以侍寢的。」

李妍抬頭看著崔嬤嬤。

崔嬤嬤低下頭。「娘娘，老奴也不希望皇上碰別的女人，可是……」她抹了一把老淚。「老奴是怕皇上再也不來看娘娘一眼啊。」

綺兒在旁卻道：「不急，好歹再等些日子，那兩個江南女子入宮不滿一個月，根本不能侍寢，待再過些日子皇上還不來澄元宮的話，再送也不遲的。」

崔嬤嬤道：「綺兒妳年紀小，還不懂男人的心，皇上說不定就是在等娘娘表態呢，多拖一日就多涼了皇上一分心。再消耗下去，怕是會把皇上對娘娘的那些情意全都消耗沒了。其實一、兩位美人送到皇上身邊也不打緊，重要的還是籠絡住皇上的那顆心，綺兒妳不記得楊府的那個汪瑩瑩了，皇上不也把她給忘了？」

綺兒緊咬著唇，沒再辯駁，或許男人真的是如此。

晴兒氣哼哼地跑到澄元宮外，見玉瑾和玉瑜正在為院子裡的花澆水，晴兒來到她們面前，盯著她們的臉瞧了又瞧，不也是一雙眼睛一個鼻子一張嘴嗎？也沒有哪兒長得比娘娘養眼啊，就是皮面嫩一點而已。

就因為如此，皇上就不喜歡娘娘了？

皮面嫩一些當真這麼了不得？

「晴兒，把玉瑾和玉瑜叫進來。」李妍在裡面吩咐了一句。

晴兒跺腳，娘娘真的聽進崔嬤嬤的話了？她跑進去嘟著嘴。「娘娘不要！」

李妍的心比晴兒更痛，徐澄都已經讓江南姑娘進宮了，她還在等什麼，真的以為能等得徐澄來向她表白？怕是徐澄在等她示弱吧！

只要她一日不示弱，徐澄就拖著一日不立她為后，一旦她示弱了，表態說願意與眾妃嬪共處，不獨占他徐澄一人，徐澄應該就會立刻來澄元宮，與她上演伉儷情深的戲碼了。

李妍讓情緒平復下來，再讓這顆心變冷變硬。「晴兒，妳把她們叫來，給她們穿上侍寢的蟬翼雲紗。綺兒，妳去找太醫，等會兒帶著一起去春暉殿，讓太醫當著皇上的面給她們倆把脈，她們進宮也有近二十日，只要身子是乾淨的應該把不出什麼問題。」

綺兒和晴兒兩眼淚汪汪地看著李妍，崔嬤嬤別過臉去抹淚。李妍在想，或許想當皇后的女人就得有寬厚的胸襟。給皇上送女人那是皇后必修的一門課程，這種皇后誰當誰窩囊。可千百年來，還不是一堆女人想當？說來說去，都不是為感情，而是為了利益。

雖然她現在已經不想當皇后了，但她也願意給徐澄這個面子，他想要多少女人都給他，今晚就讓他一飽豔福，反正她已不再有任何幻想。

李妍揮了揮手，綺兒和晴兒領命忙去了。

李妍又吩咐崔嬤嬤給她拿厚外衣，她要去看看驍兒。崔嬤嬤卻不從。「娘娘，等會兒皇上見娘娘把玉瑾和玉瑜送過去了，或許心裡對娘娘生了愧意，估摸著會來見娘娘的，指不定還要留宿澄元宮呢，娘娘明日再去看望皇子也不遲，這時辰不早了。」

李妍一聲冷笑。「本宮還要在這裡等皇上恩施雨露？」

「娘娘，您可千萬別跟皇上嘔氣，只要皇上來了，與娘娘在澄元宮合寢了，肯定明日就冊立娘娘為后，驍兒不也能依靠娘娘早點被立太子了？」

李妍知道崔嬤嬤這一番苦口婆心是為了她好，但她知道徐澄是不會來的。「嬤嬤，皇上今夜有兩位美人伴在左右，又怎會想著來澄元宮？」

崔嬤嬤聽著有理，就找厚外衣去了。

其實李妍之所以認為徐澄不會來，因為瞭解他的性情。倘若李妍一給他送女人，他就過來哄著，那他是多麼直接表明他之前冷落她就是為了要更多女人啊。

徐澄不是這樣的人，他臉皮沒這麼厚。

徐澄命人將江南女子安置後不久，綺兒和晴兒便擁著兩位打扮得嬌豔欲滴的女子過來了，後面還跟著張太醫——就是曾經為太夫人把脈，後被鄴征送進大牢的張太醫，徐澄現已把他放出來，仍留在宮裡當太醫。

綺兒和晴兒心有不滿，雖不敢在皇上面前有所表露，但也笑不出來，默默地把玉瑾和玉瑜推到徐澄面前，她們倆便走了。

張太醫立在旁邊，見皇上愣愣的，他也不敢說話，只是默默地為玉瑾和玉瑜把脈，把脈過後他覺得沒問題，也默默退下了。

張太醫之所以不敢說話，是因為他見徐澄黑著一張臉，伴君如伴虎，沒事可別瞎說話。

張太醫走後，就剩玉瑾和玉瑜留在徐澄的寢殿裡，太監等人都在外面候著。

她們倆見皇上一臉嚴肅，也不敢動彈，就那麼垂立在兩旁，因穿得少，身子冷得瑟瑟發抖。

徐澄心裡揪成一團，李妍竟然給他送兩位姑娘來，她是在跟他賭氣，還是真的為了當皇后而做出的妥協？他很想去見一見李妍，想看她此時是什麼心情，應該是恨透他了。想到她會傷心，他心裡也隱隱作痛。

可是，他終究還是坐在那兒沒有起身。

他冷著臉看了看左右兩位，見她們冷得發抖，隨口問道：「叫什麼名字？」

「稟皇上，奴婢玉瑾。」

「稟皇上，奴婢玉瑜。」

徐澄倒想試試自己對她們有沒有感覺。「妳們先躺上去蓋好被子，別冷壞了。」

但他自己卻靜坐在床榻前良久。

玉瑾和玉瑜穿著蟬翼雲紗，在這三月下旬還帶著微寒的夜裡，確實冷得夠嗆。現在鑽進被子裡暖著身子，沒一會兒就緩過勁來，這麼好的衾被、這麼柔軟的床，睡得很舒服。

可是一想到這張龍床可是連李妍都沒睡過的，她們又忐忑不安，雖然沒剛才那麼緊張，身子也不抖了，但這麼等著，她們有些害怕，因為皇上始終沒有回過頭來看她們一眼，他背後似乎透著一股寒氣。

再靜坐片刻，徐澄淡淡地說道：「玉瑾，妳先回去，只留玉瑜一人在此即可。」

他從來沒有被兩個人伺候的習慣，也分不清誰是玉瑾、誰是玉瑜，便隨便指了一個人的名字。

「是。」玉瑾趕緊起身，穿好衣裳退出去。

玉瑜一人躺在龍床上，就更加害怕了。

徐澄終於起身，緩緩走了過來，坐在龍床邊，兩眼直盯著玉瑜。這是一張極為陌生的臉，但真的很美，兩眼水汪汪的，那濃密的睫毛一顫一顫，面頰紅潤嬌嫩，如嬰兒般粉妝玉琢，脖頸處線條柔美，讓人見了就想咬上去。

徐澄怎麼會沒感覺，除非他不是男人。他睜眼瞧著的是眼前的美人，閉上眼腦子裡卻浮現他與李妍之前甜蜜纏綿的瞬間。

眼前的人美則美矣，確實能勾起男人的慾望，但再無其他。

而心裡的那個李妍，他的夫人，他一閉上眼便是濃情密意，她的一顰一笑都感染著他，那對會說話的眼睛含情脈脈地看著他，還有那唇角輕揚著笑意是那麼迷人。

他的心裡不禁深深觸動著，自己明明愛的是李妍，為何要與陌生女子躺在一起，只為了洩慾？

玉瑜怯怯地問：「皇上，奴婢為您寬衣可好？」

徐澄伸開雙臂，由玉瑜來為他寬衣。聞著玉瑜身上的香味，他的腦袋有些發暈，但仍下意識喊道：「且慢。」

他還是怕了，怕失去李妍，若是辜負了她，她不會再對他用情，不會再多看他一眼的。

玉瑜被「且慢」二字嚇得縮回手，跪在地上，緊張得都快窒息了。

「來人！」徐澄朝外喊了一句。

曲公公和蘇柏都進來了，他們見皇上龍袍已脫，只穿著寢衣，看似還沒有臨幸玉瑜，都有些驚訝。

「曲宣，你帶著玉瑜去湘妃宮住下，朕今日身子不適，過幾日再說。」徐澄起身來到龍案前坐下。

玉瑜慌忙爬起來，由曲公公帶著她出去。

李妍已在驍兒這裡坐了多時，她陪著驍兒一起讀書，一起寫字，心裡也一直想著對策。整整一個時辰過去了，她見驍兒也睏了，就讓他睡下。

她在驍兒床邊守了一會兒，雖然他不是自己的親生兒子，可真的放不下他。她怕自己走後，驍兒會被李家操控著去做不想做的事，也怕被宋姨娘陷害，雖然宋姨娘心思並沒有這麼壞，可她身邊那個碧兒不是個省油的燈。還有徐澄陸續要招進宮的女人，一旦哪個得了寵又生下皇子，驍兒的地位就岌岌可危。

看著驍兒柔弱得像個女孩子，她真的不放心把他留在宮裡。要麼助他當上太子，並尋得十分信任之人保護他；要麼……帶他一起出宮，不再為皇室之人，也就沒有苦惱了。

至於珺兒，倒不需要操心，公主只需嫁個好駙馬就行，沒人會想著害她。徐澄肯定會順著珺兒之意，為她選一個她自己中意的駙馬。

思定了這些，李妍回到澄元宮，卻見玉瑾已經換上宮女裝，候在門邊。

「怎麼，皇上留下玉瑜，讓妳回來了？」

「是，娘娘。」玉瑾恭敬地回答。

李妍心裡禁不住失笑，徐澄還算給她留了一點面子，沒有猴急著把兩個一起享用了。

「嗯，玉瑜比妳有福氣，不過妳也別著急，過些日子皇上會再想起妳的。出去吧，由綺兒一人伺候本宮就寢即可。」李妍不喜歡由玉瑾伺候，儘管她也十分細心周到，並不輸綺兒、晴兒。

這個時辰崔嬤嬤已經回家了，綺兒在旁為李妍鬆開髮髻，晴兒從外面小跑著進來。

「都什麼時辰了，妳怎麼還往外跑？」李妍知道晴兒莽撞的性子，不免有些著急，因為她若想出宮只有晴兒一人可帶。

綺兒是要嫁給蔣子恒的，雖然她還沒跟綺兒提及此事，但這是遲早的事。而崔嬤嬤年紀大了，有家有孩子，如今連孫子都有了，她是不可能要崔嬤嬤跟著她出宮，該讓她過安安穩穩的日子才是。

倘若自己要出宮，只能帶上晴兒了。至於錢財方面，根本不是問題，她這澄元宮裡隨便幾樣玉器古玩，就夠她一輩子花的，何況她還有兩盒子首飾，非金即玉的，她出去不愁吃不愁穿，也不會愁玩的。

晴兒見李妍似乎動怒了，撲通一下跪下來。「娘娘，剛才奴婢瞧著曲公公帶著玉瑜去了湘妃宮，看來皇上是打算冊封玉瑜為湘妃了。」

李妍的心像被刀子刺了一下，疼痛不已。「早料到的事，有什麼好奇怪的。」

晴兒不懂男女之事得多久才能完成，所以她認定皇上已經臨幸了玉瑜。「沒想到玉瑜還挺有本事，一會兒工夫就媚住了皇上，轉眼就要當妃子了。不過奴婢瞧著她平時對娘娘很是恭敬，娘娘要不要把她找來好好訓話，叫她以後小心點，別……」

「不必了，大半夜的把她叫來，皇上還以為本宮滿肚子的醋沒處倒呢。」李妍披著烏黑散髮，叫綺兒先出去，說她要好好教一教晴兒規矩，否則哪日莽撞把命都給弄丟了。

綺兒退出去了，李妍見屋裡只剩晴兒一人，其他宮女和太監都在外面候著，她覺得該跟晴兒說說自己的打算了。

晴兒苦著臉，還以為李妍要訓斥她呢。

「晴兒，起來，到我身邊。」李妍小聲招呼著。

「娘娘怎麼自稱『我』啊？您可是尊貴的娘娘啊。」晴兒來到李妍身邊。

李妍再壓低聲音將出宮的打算說了，晴兒睜圓眼睛，像在聽夢話一般。

李妍剛才在驍兒那裡就一直謀劃著出宮事宜，也不知可不可行，索性將這些也跟晴兒說了，還要晴兒發誓不能說出去。

晴兒腿都嚇軟了，差點倒下去，還是李妍扶住她。「晴兒，今日咱們還是主僕，待出了宮咱們就是相依為命的姊妹了。若妳想留在宮裡，不願同我出去，就當我什麼都沒說。」

李妍拉把椅子讓晴兒坐下，晴兒本來是不敢坐的，可是她的雙腿發軟，不坐也不行了。她與李妍面對面坐著，將手舉過頭頂發著誓。「此事奴婢絕不向第二人說起，否則天打雷劈，不得好死！但是……娘娘為何要出宮？玉瑾和玉瑜您都已經送出去了，明日一早說不定皇上就要冊封娘娘為皇后了。」

李妍將晴兒高舉的手拿下來，握在自己手裡，平靜地說：「晴兒，妳將來也是要嫁人的，若是妳的夫君今日睡這個女人，明日睡那個女人，哪怕他口口聲聲說心裡只有妳，把嫡妻的位置留給妳，妳會開心嗎？」

晴兒搖頭。「不開心，他說的肯定是哄人的假話。可是……大多數女人都是這麼過來的，娘娘要是當了皇后，就更得容下各色女人才是。但無論皇上有多少女人，她們可都得聽您的，娘娘說一不二，這不也挺好？一旦您犯了妒，皇上說不定就會廢后的，還望娘娘……莫將玉瑜的事放在心上。」晴兒知道自己說得很違心，她一個宮女都做不到不放在心上，娘娘又怎麼能做到？

李妍戳了戳晴兒的腦門。「傻丫頭，妳以為當皇后就能說一不二了？誰受皇上的寵，大家就聽誰的，皇后不過是一個擺設而已。」

「皇上其實很寵娘娘的，之前在宰相府，皇上經常陪娘娘用膳，還為娘娘挾菜，不愛笑的皇上，只有見了娘娘才眉開眼笑。雖然奴婢見皇上要了玉瑜心裡也很難受，可是……皇上就是皇上，他喜歡誰，誰也不能反對的。娘娘不聽皇上的，那還能聽誰的？」

「聽我自己的。」李妍想到自己要離開徐澄，心裡也很不捨，可是待在皇宮裡看著徐澄與別的女人親近，她更心痛。再待下去，他每臨幸一次女人，她的心也被凌遲一次，豈不是過幾日就會心痛而死？

晴兒傻傻的，不太懂李妍的心思。

「晴兒，妳不需懂，咱們一起努力，出宮去過自由自在的日子，如何？」

晴兒一個勁兒地點頭，樂呵呵地笑。「娘娘，其實奴婢也想出宮玩玩，只要娘娘放得下皇宮裡的尊貴，不留戀榮華富貴，奴婢就更放得下了。」

「妳放心，咱們出去也不會窮，能帶走的都帶走。」

李妍在心裡深深嘆了口氣，為了能活得久一些她得早些離開這裡，便吩咐道：「晴兒，明日妳就出宮找馬興，讓他提前去紫音廟安排。記住，妳跟馬興只說咱們想在外多逗留一、兩日，玩個痛快，切不可將咱們不再回宮的事透露出去！」

「是，娘娘。」晴兒來為李妍寬衣。「時辰不早了，娘娘早些歇息。」

李妍躺下後，在金黃色的帷幔裡輾轉反側，想要做到心平氣和，不是想想就能做到的。

晴兒在外屋的小床上一會兒坐起來，一會兒躺下，一會兒興奮，一會兒害怕。

次日一早，主僕倆都頂著一雙貓熊眼起來了。這個時辰崔嬤嬤也來了，她得知昨夜徐澄並未因李妍的舉動而感動，也沒急著來澄元宮與李妍合寢，便一臉失望。待得知玉瑜住進湘妃宮，她那張老臉都有些泛青了。

她瞧著李妍那雙烏青的眼圈，除了跟著嘆氣，也不知如何安慰，心裡暗暗尋思，皇上現在總該派人把皇后金印和冊典送到娘娘手裡了吧，皇上今日應該也會來看一看娘娘的，他睡了娘娘手裡的人，難道不來道個謝？

「晴兒，快擺上皇上喜歡的杯子，指不定皇上這就來了。」崔嬤嬤去旁邊的屋裡打開箱子，找出皇上最愛喝的茶葉。

晴兒心裡對皇上有了恨意，才懶得伺候皇上呢，她嘟嘴道：「我沒空，我得出宮去，娘娘說過幾日要去紫音廟拜菩薩求佛。宮裡的奴才都是新來的，娘娘說這些人未必能護得周全，得讓馬興從承天府挪一些人守衛才好。」

崔嬤嬤聽了點頭。「娘娘去拜一拜菩薩也好，多求些福回來。近來百姓們都在疑惑皇上為何還沒立后，要是娘娘去紫音廟，不知有多少人圍觀呢，確實該多派一些人保護，趕緊去吧。」

綺兒伺候李姸洗漱、綰髮，再與崔嬤嬤一起伺候她用早膳。

之後崔嬤嬤和綺兒便時不時向外張望，等著冊封官和皇上。

李姸猜測徐澄或許真的會來，但她不想見徐澄，便道：「嬤嬤、綺兒，咱們去御花園轉一轉可好？」

「娘娘，這正是關鍵時候，怎可出澄元宮？要是冊封官或皇上來了豈不是撲了個空？昨夜送玉瑾、玉瑜給皇上，不就是為了今日？」崔嬤嬤有些不明白李姸的心思，人都送出去了，玉瑜還住進湘妃宮，不就是希望皇上早點立她為后？怎麼事到節骨眼上還臨陣脫逃呢？

李姸站起來，淡淡地說：「皇上要是真有心，讓他在這裡多等一等又何妨？若是連等的耐心都沒有，那就罷了。」這只不過是應付崔嬤嬤的話罷了，無論徐澄等多久，她都不可能心軟。

崔嬤嬤心裡萬般個不願意，可是她最終還是聽李妍的。

主僕三人來到御花園，這裡奇花異草甚多，爭妍鬥豔的很是惹眼。

綺兒瞧著新鮮，她本來也是極愛花的，蹲下來瞧瞧這個，又看看那個，忍不住摘了一朵插在頭上。「皇宮裡什麼都是名貴的，就連花兒草兒都一樣。外面只有迎春花和桃花開了花苞，這宮裡竟然已是豔紅一片了，不過奴婢實在沒見識，這些花兒一樣都不識。」

李妍感慨道：「花兒都急著想讓主人青睞，便早早搶著開了。綺兒，妳已經十五歲了，也該嫁人了，妳這朵花兒也該開了。」

綺兒滿臉嬌羞。「奴婢情願是長在深山裡的花，遲些開才好，奴婢想在宮裡多陪陪娘娘。」

「妳可不許這麼沒出息，皇上之前已經說過，想把妳許配給護國大將軍蔣子恒。妳放著將軍夫人不當，給本宮當什麼宮女，妳可不許犯傻。」

「啥？護國大將軍？」綺兒又驚又怕。「奴婢只不過一個小小的宮女，怎麼能配得上護國大將軍？哪怕嫁過去也會被人瞧不起的，到時候被一堆貴妾欺負，奴婢怕是活不長了。」綺兒說著就跪了下來。

崔嬤嬤見綺兒這般驚慌，忙道：「綺兒妳可不許這般沒出息，皇上肯定是看在娘娘的分上才瞧得起妳，否則護國大將軍怎麼也要娶個名門閨秀，皇上和娘娘為妳許配人家，妳難道還要抗旨不成？」

李妍將綺兒拉了起來。「瞧把妳嚇的，放心好了，護國大將軍不會納妾的，他的後院裡肯定只會留妳一人，妳要當家做主母了，該高興才是。」

綺兒疑惑。「娘娘為何知道護國大將軍不會納妾？」

李妍踱著步子慢慢往前走。「之前他連妻都不想娶，怎麼可能還會納妾？皇上為他賜婚，他肯定感念於皇恩，會好好待妳。若妳不放心，到時候本宮讓皇上囑咐他一句，此生不得納妾，如何？」

綺兒緊跟在後，已羞得抬不起頭來，哪裡敢妄求這種事。

崔嬤嬤正要答「好」，在她開口之際，卻聽得身後有了動靜。

「如此甚好！」徐澄從後面大步跟了上來，曲公公和蘇柏及一些小太監尾隨在後。

李妍聽到熟悉的聲音，甚至是這幾日她常想念的聲音，但她沒有回頭，也沒有停步，仍然一直朝前走。

徐澄知道她不僅生氣了，甚至還對他懷著恨。他揮退所有奴才，包括崔嬤嬤和綺兒。奴才們只好遠遠退到一邊，看著李妍走向前面的亭子，徐澄隨後跟上去。

李妍穿過亭子還要往前走，袖子被徐澄一下拉住了。他繞到她面前，看著她。

李妍垂眸一眼都不想看他，轉身來到亭子裡坐下。

徐澄偏偏坐在她的對面。

李妍火了，便正眼瞪著他。他倒是不知羞，臨幸了玉瑜後就又來找她，見了她臉都不紅一下，還這麼霸道。

須臾，李妍忍住火氣，輕笑一聲，徐徐說道：「皇上一日得四美女，真是可喜可賀。只是您今日不上朝，大家可能會以為您沈迷美色，豈不是冤枉了您？」

「今日休沐，放一日假。」

他伸手握住李妍的手，李妍的手立馬往後一縮，生怕他碰到一絲一毫。

徐澄知道李妍是嫌他髒，認為他碰了玉瑜。要是以後他納十幾位妃嬪，李妍豈不是更嫌棄他？

徐澄忍不住再次伸手，硬是把李妍的手拽過來，緊緊握在手裡。

李妍一驚，死命抽手卻抽不出來，怒道：「皇上到底想怎樣？早前我就說過，若您願意一生一世只守著我一人，我才會全心全意付出感情。既然您做不到，何苦又來惹我？對，您是皇上，可以得到全天下女人的身，但您得不到任何一個女人的心，一個都得不到！」

徐澄聽她都不願自稱本宮了，看來是不想做他的女人了。

見徐澄怔怔望著她，李妍又道：「您當女人都是傻子？男人三妻四妾，皇上後宮三千，明面上聽起來那些女人個個賢慧大度，但您應該也聽過，許多女人改嫁後仍過得幸福甜蜜，都換男人了她還能過得好好的，之前的男人對她來說算得了什麼？多少後宮的女人服侍第一任皇上，還能服侍第二任，哪怕第二任皇上殺了第一任皇上，甚至她還親眼目睹，那第一任皇上在她眼裡又算得了什麼？她們為何如此，都是被男人逼的！男人不給她全身心的愛，處處留情，把她視之玩物，她為何要對其付出一生？不要以為得到女人的身就得到她的心，這只不過是男人癡心妄想罷了！」

李妍義憤填膺說了好一通，徐澄聽得滿臉脹紅，不知如何反駁。他本想說，他之所以如此，還有另一個原因，就是擔心李家會有外戚奪權的那一日，但終究沒說出口。

李妍還欲開口趕他走，卻見遠處有一位太監驚慌失措地跑過來。「皇上，不好了，菁公主她……她……」

「她怎麼了？」徐澄厲聲問道。

「菁公主她……歿了！」

徐菁被抬到皇宮裡的梨花堂，這本是為徐菁準備的寢宮，可她並未在裡面住過一夜，便跑回寶親王那兒了。

李妍跟著徐澄一起來到梨花堂。

徐澄一路上都臉帶殺氣，跟在後面的人連大氣都不敢出，生怕皇上一發怒就將誰拖下去砍腦袋。

來到梨花堂，徐澄見床上躺著一個人，臉被白布蓋了起來。

他的拳頭握得指關節咯吱咯吱作響，走過去把白布掀掉了。他見徐菁脖子又青又紫，還有勒痕，他雙目怒紅，瞪著旁邊幾位看守寶親王的守衛，吼道：「是誰每次來報都說菁公主安好無事？又是誰說菁公主與鄴徹一起用膳一起睡覺，還說他們夫妻恩愛有佳？你們都瞎了狗眼嗎?!」

那些守衛被吼得渾身顫抖如篩糠，齊齊跪了下來。

其中一位小領頭哭著說：「小的在門外見到的場景確實如此，不敢有欺君之言，菁公主每回在院子裡都是笑咪咪的，還親自為寶親王……」說到這裡小領頭抬手給自己一記重重的耳光，因為他剛才口誤仍喊鄴徹為寶親王，這是大忌諱。

他打完自己後又接著說：「菁公主親自為鄴徹洗衣做飯，鄴徹每日都會走到院子裡看一個時辰的書，他和菁公主說話語氣也很……很親密，所以小的就以為……」

小領頭還未說完，在徐菁床邊的李妍就一聲大叫，往後連退好幾大步，臉色嚇得蒼白。

李妍不是見徐菁死了嚇成這樣，而是她想知道徐菁的死因便伸手揭開徐菁的衣領，沒想到胸口竟有著猙獰的大疤痕，一看就是這幾日才剛留下的，觸目驚心。

徐澄走過來一看，伸手一拳捶散了床頭小几，木屑都濺到李妍身上，李妍本能地抬袖一擋。

緊接著徐澄快步走到蘇柏面前，猛地抽出他腰間的劍，怒氣沖天地出去了。

徐澄一邊往外走，一邊怒吼著吩咐左右的人。「找仵作來梨花堂！」

李妍這是第一次見徐澄發這麼大的火，整間屋子都快被他的怒火點燃了。親妹妹死得這麼悽慘，擱誰身上誰都要發怒。

李妍知道徐澄是殺鄴徹去了，至於徐菁到底是自己勒死自己，還是被鄴徹勒死的還不得而知，但身上的傷肯定是鄴徹燙的，好像還是用燒紅的鐵烙的，真是想想都覺得恐怖。

反正已經有人去找仵作驗屍了，李妍不想插手此事，趕緊回了澄元宮，再仔細把出宮的事謀劃一次，不得有任何意外。

徐菁為了一個男人把自己折騰至死，說來說去都是因為對鄴徹用情太深。尊貴的公主落得如此慘死，如同給李妍敲響警鐘，她可不要為了徐澄再在宮裡逗留了。

回到澄元宮，她先讓崔嬤嬤把為皇上準備的茶葉給泡了，她坐在那兒一邊喝一邊想著事情。

崔嬤嬤和綺兒立在兩旁落淚，徐菁雖與她們沒什麼感情，但也曾是徐府裡的主子，她對下人也算寬厚，很少挑下人們的毛病。

到了午時，晴兒回來了。她先是把與馬興見面的事說了，還將她聽到的恐怖的事說了，說皇上親手將鄴徹一劍穿心，熱血灑了一牆。

崔嬤嬤聽了接話道：「皇上殺得對，公主死得這麼慘，鄴徹十條命都難消皇上心頭之恨！」

此時御膳房送來午膳，李妍嘆道：「今日血光太重，剛才見了菁公主那一幕，現在又聽得一場殺戮，還如何用得了膳，都撤了吧。」

崔嬤嬤和綺兒、晴兒沒有親眼見到那些場面，還是能吃得下去的。她們輪流去御膳房用了午膳後，李妍便讓崔嬤嬤和綺兒去偏屋裡歇息，留晴兒一人在身邊。

「晴兒，之前我算了一下日子，五日後是四月初一，是很吉利的上香之日，皇上肯定會允許我們去紫音廟的。但是現在我想把日子提前，明日就出宮！」

「啊？明日？可是奴婢已經跟馬興說好是四月初一，娘娘為何這麼著急？」

「遲早是要走的，多留一日便多心煩一日，我擔心在這五日之內會發生什麼事，咱們走不了可怎麼辦？還有……我也擔心自己會突然反悔，趁此時心思已定便趕緊行動，不要再猶豫不定。」

晴兒心裡慌慌的。「明日又不是什麼大吉大利的日子，皇上會應允嗎？」

「我就說為菁公主祈福超渡，求菩薩讓她在九泉之下魂魄歸安，皇上正為菁公主的事傷心，應該會應允的。妳趕緊再去找馬興，拿菁公主之事當藉口，沒人會懷疑的。」

晴兒惶恐不安地領命出去了。

李妍躺著歇息一會兒，讓心緒平穩下來。午憩過後，崔嬤嬤和綺兒又來到李妍身邊伺候了。

李妍看著鏡中自己還算淡定的模樣。「嬤嬤、綺兒，咱們現在去一趟春暉殿，皇上應該回來了。」

崔嬤嬤一驚。「娘娘，皇上正在氣頭上呢，還是不去為好。前些日子老奴勸娘娘去皇上那兒敘敘舊情，娘娘如何都不肯去，為何今日要去呢？」

崔嬤嬤言罷，綺兒又道：「娘娘，咱們還是……還是過幾日再去，奴婢害怕。」

李妍從鏡中看著她們倆害怕的神情，輕聲道：「既然妳們倆害怕，就讓外面的小太監去找曲公公，讓曲公公去跟皇上說，咱們明日一早要出宮去紫音廟為菁公主拜菩薩祈福，也不知皇上是否應允。」

崔嬤嬤聽李妍是為了這事，神色放鬆不少。「既然是為菁公主之事，皇上沒理由不答應的。」

綺兒已經出去找小太監了。

李妍在想，不見徐澄也好，上午不是已經見過了，見了之後只會讓她又愛又恨，又何必再自尋煩惱。

一個時辰之後，皇上就派曲公公回話了，准允她們出宮為菁公主拜菩薩，並已派人安排出宮事宜。

崔嬤嬤聽了很是高興。「娘娘，有皇上派人護駕，這一路肯定能平安了。娘娘還可以為自己求個福，這些日子娘娘過得太委屈了，一定要好好求菩薩庇護娘娘，早日為后。」

李妍心裡回憶著這幾個月的時光，有些出神，應付地朝崔嬤嬤點了下頭。

到了晚上，崔嬤嬤回去了，李妍再打發綺兒去她自己的小屋做嫁鞋，還說要嫁人了得自己親手準備幾樣東西才行。

綺兒頂著一張緋紅的臉乖乖出去了。

李妍立馬吩咐晴兒。「晴兒，可以收拾東西了，只揀幾件衣裳和幾樣貴重的東西帶上就行，不要太貪心，否則拿不下反而出差錯，另外再帶些碎銀在路上花。」

「是，娘娘。」晴兒趕緊忙活起來。

李妍坐在書桌前提筆寫信，為了讓徐澄和李家人放棄尋她，也為了驍兒能安度此生，她有必要寫幾封信，待明日把信交給馬興，讓他晚一些把信轉交到皇上及李祥瑞手裡。她找了好些理由，至於能不能說服他們不去尋她，她也不太敢確定。

寫完信後已是深夜了，李妍躺在床上一面想像著宮外的生活，又一面回憶著徐澄曾經對她的好。再好又能怎樣，一切皆已成虛幻，徐澄或許早已忘了他曾經的柔情，她又何必再留戀一分？如此一想，她總算閉上眼睛睡覺了。

整個夜裡她睡了又醒，醒了又睡，折騰了幾次天色竟然開始泛白了。

澄元宮外已經站了兩排整裝待發的人，八人大轎停落在旁，兩輛馬車也在宮城外候著。為了李妍的安全，徐澄安排的只是一般的儀仗，這樣百姓們並不知道馬車裡的人是從皇宮裡出來的。

李妍簡裝素衣出來了，崔嬤嬤和綺兒以為她是為了在菩薩面前表示誠意才沒有盛裝打扮，其實李妍是覺得這身打扮到時候好行動。

晴兒拎著一個三層大食盒出來，肩上還搭著一個小包袱。

綺兒瞅了瞅晴兒，覺得似乎哪兒不對勁。「晴兒，妳怎麼穿得這麼臃腫？」

晴兒臉一紅。「今日我有點畏寒，就……就多穿了一點。」她為了藏多些值錢東西，故意穿寬鬆衣裳，往身上裹纏了好些金玉小玩意兒。

三層食盒裡只有第一層是供品，第二、三層全是貴重首飾和澄元宮裡的壓箱珍寶。

綺兒把晴兒肩上的包袱拿下來。「妳拿不下，我幫著拿這個。」綺兒還不經意捏了捏包袱。「去紫音廟幹麼還要帶衣裳？」

晴兒早就想好理由。「要是娘娘不小心弄髒了衣裳，不得換一換？」

綺兒聽了笑一笑，沒有任何懷疑。

李妍坐上八人大轎，崔嬤嬤、綺兒、晴兒在轎子兩旁走著，後面跟著兩排隊伍。來到宮城外，換上馬車，李妍讓晴兒和她同坐一車，崔嬤嬤和綺兒則坐後面的馬車。

綺兒上了馬車後，有些吃味地說：「娘娘這兩日好像對晴兒特別親近，是不是不喜歡我了？」

崔嬤嬤不以為然。「哪能呢，以前娘娘更看重妳一些，只不過妳不久就要做護國大將軍的夫人了，娘娘不好再把妳當宮女使喚，娘娘這是瞧得起妳。」

綺兒聽後覺得有理，舒心多了。

紫音廟在京城郊外，雖說不是太遠，但馬車慢慢往前徐行，以至於到了紫音廟已是巳時了。

一下馬車，晴兒就緊張起來，走路時崴了一腳，差點把大食盒摔在地上。李妍都被她驚出一身汗，幸好馬興已經過來了，李妍便讓馬興拎著食盒前往紫音廟。

晴兒手裡空空的頗不自在，便把綺兒手裡的包袱拿了過來。綺兒也沒在意，以為晴兒是為剛才差點摔掉食盒而於心不安。

進了紫音廟，李妍虔誠地上香跪拜，口裡默默唸著求菩薩護得徐菁魂魄歸安，絲毫不提自己的事，另外她還讓晴兒往功德箱裡塞了兩個金錁子。

旁邊的住持瞧見黃燦燦的金錁子，知道是遇到貴人了，待李妍也就格外熱情，讓她到後院坐一坐，還說要親自擺籤讓李妍抽，還願為她細解籤語。

李妍讓崔嬤嬤和綺兒止步，只讓晴兒跟著，馬興將第一層供品放在供檯前，然後拎著大食盒溜到後院門口，做好了一切接頭事宜。

雖然他覺得這個食盒重得不可思議，但他並不敢揭開來看，這是娘娘的東西，哪能隨意打開。

住持熱情得過了頭，給李妍講籤語時兜兜轉轉半天，確實是詳解，但是李妍壓根兒就沒心思聽。

晴兒在旁滿臉脹紅，胸前一起一伏，那顆小心臟緊張得快要跳出來了。

好不容易等住持講解完，李妍跟住持說她想從後院出去，前門太鬧了，住持聽後還親自帶她來到後院小門。

李妍和晴兒見到馬興和一輛馬車，趕緊上去了。

李妍從袖口裡掏出兩封信。「馬興，黃色信封裝的是給國丈爺的，這白色信封裝的是給蘇柏的，待午時過後你就回去，想辦法把信交給他們。」

「娘娘放心，在下現在也算是承天府的副提督了，這兩封信還是很容易送到的。咦？娘娘，您讓在下帶信給國丈爺情有可原，可是蘇柏就在皇宮裡，您想找他說話不是很容易嗎？」娘娘肯定是出去玩個一、兩日，一時興奮腦子也跟著燒糊塗了。

李妍微微一笑。「你好好送信就是，不可多問，再問的話，到時候我就不把雙兒許配給你了。」

馬興憨笑一聲。「是，娘娘。」

馬車前除了一位車夫，還有一位由馬興安排的帶刀捕快，讓他保護李妍和晴兒。

車夫揮鞭一聲「駕」，馬兒便往前跑。李妍隔著車簾對車夫說：「將馬車趕快些！」

車夫還在想，不就是出去兜風玩嘛，怎麼這麼急。想歸想，他還是狠抽了一鞭，馬兒便奔了出去。

晴兒看著李妍，有些想哭。「夫人，咱們這一走，就再也……」

李妍捂住她的嘴。「玩個兩日不就回來了，正好去看看表姊，也不知她近來過得可好。」

晴兒知道李妍是怕車夫和捕快懷疑，才不讓她說的。

李妍挑簾，看著外面陰沈沈的天色。「不會是要下雨了吧？」

晴兒控制不住淚眼汪汪。「夫人，奴婢忘了帶傘，若是真的下雨，這還怎麼玩啊？」

「沒事，未必真的會下雨，或許下一會兒就會停的。」李妍也被這陰沈沈的天色攪得忐忑不安，本覺得外面大好春光，心情大好，沒想到才剛出宮又遭遇陰雨天。

話音才落，雨滴便落了下來，砸在馬車的頂上滴滴答答。

馬興跑到紫音廟前門，讓崔嬤嬤和綺兒帶著跟隨來的人全都回去。「娘娘要在裡面聽住持講佛經，你們傍晚再來接娘娘。」

崔嬤嬤和綺兒聽了還要進去，被馬興攔住了。「娘娘說了，她想清靜清靜，好不容易得個機會能讓住持親自講佛經，你們誰都不得入內。崔嬤嬤，我已經安排了人保護娘娘，妳就帶他們且先回去吧。」

雨越下越大，崔嬤嬤和綺兒只好上了馬車，先回皇宮。

過了午時，馬興開始啟程送信，而李妍坐的馬車才往前趕五十里路，眼見著雨越下越大，馬車是跑不快了。

晴兒哭著說：「夫人，怎麼辦？咱們會不會……」

她見李妍瞪她，止住了哭，壓低聲音哽咽耳語道：「咱們會不會被抓回去，然後奴婢被砍頭，夫人被……被關冷宮？」

李妍也是心急如焚，都怪自己太著急，非得今日出宮。她再挑開簾子往外瞧了瞧，見不遠處有村落，便喊道：「把我們拉到那個村子裡，那裡有我一位舊友，正好可以去她那兒吃點東西避避雨。」

車夫和捕快坐在車外，被雨淋得都睜不開眼睛了，聽李妍這麼說，趕緊往村口趕去。

才到村口，李妍就喊停。「你們去前面葛鎮等我們吧，這雨還不知道什麼時候才停，夜裡我們倆就住在舊友家裡，她家屋子小，住不下你們，待雨停了我那位舊友會趕驢車送我們倆去葛鎮。」

李妍和晴兒跳下馬車，車夫將車簾拉掀起來蓋在自己頂上，終於可以不用淋雨了，他揮著鞭子再往前走。捕快也跳了下來，李妍以為他是要坐到馬車後面避雨，沒想到他卻跟著她和晴兒。

「這位兄弟，你別跟著我們了，我們都是女人家，你一個男人跟著也不好，你和車夫一起去葛鎮等吧。」李妍說時還從袖兜裡掏出一塊銀錠。

那位捕快雖然功夫高，但並不聰明，聽李妍這麼說，他就跑著跟上馬車，跳了上去。

馬車走了，雨已經將李妍和晴兒澆透了，晴兒放聲大哭起來。

「哎呀，妳哭什麼，咱們趕緊進村裡！」李妍拉著晴兒就往村子裡跑。

晴兒手拿大食盒又揹包袱跑不動，李妍只好把大食盒拎過來。

晴兒跑著跑著，忽然停下來。「夫人，您不是進眼前的那個村子嗎？怎麼往反方向跑？」

「別廢話了，快跟著我跑！」

跑進反方向的一個小村裡，李妍見不遠處有間破土屋，好像沒人住，便把晴兒拉了進去。

晴兒見這間破屋子連把凳子都沒有，只是地上鋪了一些乾草，頓時淒涼感襲來，又哭了起來。「夫人為啥要讓馬車走，咱們一起去葛鎮不是很好嗎？夫人難道真有什麼舊友在這附近？」

「妳傻啊，真有舊友我還拉妳進這破屋子裡做甚？雖然我已經寫信給皇上和我爹，讓他們不要來尋我，但他們未必就真的不尋。咱們若是一直坐那輛馬車，他們派人來追，咱們豈不是一會兒就被追上了？」

晴兒似有所悟。「葛鎮離這好像有上百里路，這樣他們就會追那輛馬車而不追咱們？」

李妍一邊左右看看，一邊回答。「妳還不算太蠢。」

「可是……車夫知道咱們在這裡下車，咱們現在徒步走不了多遠，不是遲早會被抓回去？」

「咱們往反方向跑，他們沒那麼容易想到來此處尋我們。不過……我們還是得轉移地方，這裡不安全。」李妍歇了幾口氣，又拉著晴兒往外跑。

這個村子就五戶人家，後面是一座深山，李妍把晴兒拉著往深山裡跑。

晴兒都快跑虛脫了，要不是李妍拉著，她早就洩氣不想跑了，抓回去砍腦袋算了。

眼見著前面有一個小山洞，李妍拉著晴兒一起躲進去了，一進山洞，兩人同時仰躺在地，哪裡還顧得乾淨不乾淨，再不喘口氣歇一歇，那是會死人的。

李妍一邊喘氣一邊想，歇過後還得轉移地方，翻過山好像是一座老城，有數萬百姓。只要躲進老城裡，哪怕有幾萬人齊來搜城，也未必能將她們搜出來。

兩人氣還沒喘勻，一個紅色身影閃了進來。

「啊！啊……」李妍和晴兒嚇得一陣驚叫，以為是遇到了女鬼。

第二十章

李妍和晴兒閉著眼睛亂喊亂叫了一陣。

接下來並沒聽到什麼動靜，李妍慢慢睜開眼睛。洞內雖然很昏暗，但李妍視力極好，她微眯著眼瞧出對方是一位著裝整齊的女子，並非女鬼。

這世上怎麼可能有鬼，剛才完全是被嚇傻了。

李妍再仔細一瞧，倒吸一口涼氣，她不是……汪瑩瑩嗎？

她竟然還沒死？對了，上回她挾持人質逃了！囝氏大軍已經一敗塗地，聽說囝氏一族也差不多滅絕了，沒想到這個汪瑩瑩簡直和貓一樣，生了九條命！

汪瑩瑩蹲下來看著李妍和晴兒，一陣冷笑。

晴兒也認出她。「妳……妳不是那個妖精汪瑩瑩嗎？」

「妖精？」汪瑩瑩不禁大笑，她身著刺眼的紅衣勁裝，頭上編了許多小辮，但沒有任何髮飾，看模樣倒挺像個女俠。「那好，就算我是妖精，妳們落在妖精手裡還能活嗎？」

她們同時看向汪瑩瑩手裡的長劍，嚇得差點昏厥過去。

李妍萬分悔恨，怎麼就忘了帶把劍出來，好歹可以防身啊。可一想到汪瑩瑩武藝高強，就覺得自己傻得沒救了，哪怕帶劍出來又能怎樣，她連劍都不會拿，難道還能與汪瑩瑩一較高下？

晴兒嚇得渾身戰慄，閉著眼睛大哭，一邊哭還一邊抖著嗓子道：「夫人，您說出宮好玩，想去哪兒就去哪兒，現在倒好，先是淋成落湯雞，又累又餓在泥巴路上跑了半日，現在又遇到妖精，怕是連命都要丟了。宮外一點兒都不好玩，我想回宮，夫人，我好想回宮……」

李妍被晴兒哭得眼睛也濕潤了，後悔把晴兒帶出來，讓她跟著受這種罪。

汪瑩瑩聽晴兒哭這麼一陣，簡直要笑壞肚子了。「出宮？妳們這是在宮裡的好日子過膩了還是怎麼著，好好地竟然跑出來玩泥巴？我正愁進不了宮呢，沒想到老天有眼，讓我遇到了妳們這兩個偷跑出來玩的活寶，哈哈……」

李妍暗想，汪瑩瑩肯定知道當初她去楊府是愚弄她，根本不是吃醋撒潑，現在落到她手裡，怕是活不長了。自己死就算了，可不能把晴兒的命也搭進去。

待汪瑩瑩終於止住笑，李妍坐起來，很誠懇地說：「汪瑩瑩，其實我與妳無冤無仇，也未曾害過妳，妳犯不著跟我過不去。若是妳真的記恨我，那妳殺我一人就行，此事與晴兒毫無關係，還請妳手下留情。」

汪瑩瑩長劍拿在手上晃來晃去，隨後架在李妍的脖子上。

晴兒哭著瞄了一眼，見汪瑩瑩要殺夫人，又是一陣慘叫。

「住嘴，再嚎我先要了妳的命！」汪瑩瑩吼道。晴兒驚得嗓子眼一堵，住了聲。

李妍閉著眼睛，感受脖子上冰冷的劍。說不害怕是假的，世上又有幾人是不怕死的。好不容易出宮了，還沒開始享受呢，倒受了好一番罪。

「汪瑩瑩，看在我們帶來的那些金玉的分上，就讓晴兒走吧。這些妳一輩子都花不完的，就在那個食盒裡。」

汪瑩瑩伸手將食盒拎了過來，打開蓋子一瞧，不禁又是一陣大笑。「徐澄難道虐待妳了？竟然做出這種雞鳴狗盜之事？哦，我知道了，一定是徐澄左擁右抱，將妳冷落了，妳便想著出宮逍遙自在？想的還真是夠天真！妳可是徐澄的嫡妻，妳出了宮還想活命？即使我不殺妳，還有人排著隊想殺！」

李妍抱著將死的心態，沒有回話。汪瑩瑩說得對，徐澄的仇人太多，即使沒遇上汪瑩瑩，她將來的日子也是凶多吉少，不可能有她想的那麼自由自在。

汪瑩瑩收起劍，挑眉道：「就當我被這些寶物收買了吧，我手裡正缺錢花呢。我殺妳有何用，還得費力氣擦劍上的血，妳們都給我起來，跟我走！」

「去哪兒？」李妍聽她說不殺自己，心裡暗喜，但還是很鎮定地發問。

「當然是我去哪兒妳們就得跟著去，我的深仇大恨還未報，妳們可是我手心裡的寶，怎麼捨得殺？快起來！」汪瑩瑩說完就往外走。

李妍知道了，汪瑩瑩要用她將徐澄釣出宮，好報罔氏一族之仇。

既然能活著，就走一步算一步吧。

見晴兒累得渾身痠疼，爬不起來，汪瑩瑩轉身吼道：「妳家夫人我可以不殺，但妳我隨時都可以殺，再磨磨蹭蹭，我手上的劍可是不長眼睛的！」

晴兒苦著臉慌忙爬了起來，只要不死就好，哪怕還有一絲力氣也得聽汪瑩瑩的。

李妍拎著食盒，晴兒肩上搭著包袱，跟在汪瑩瑩後面走著。

汪瑩瑩肯定在此潛伏許久，她對這裡的地形很熟悉，大步往前走，一下都不猶豫。

雨還在下，還越來越大，雨滴落到李妍的臉上，令她幾乎睜不開眼。更難受的是，腳下的泥巴黏在鞋底，讓每隻鞋都有好幾斤重，才剛甩掉，又黏新的一層，她們倆是徹底走不動了。

偏偏這場大雨毫不影響汪瑩瑩，她還有力氣朝她們大吼，催她們快點走，還時不時拿晴兒的性命威脅。

真是慘兮兮、悲兮兮、一路泥巴黏兮兮。

李妍發現汪瑩瑩想到山的另一邊，原來她也想去老城，只是她沒有帶著她們翻山越嶺，而是從兩座山間的一條小徑穿過去。

李妍本也想過奇招，或是趁汪瑩瑩不注意，搬起路旁大石頭砸汪瑩瑩的腦袋，或是乾脆舉起食盒砸她也行，說不定還真能將她砸暈。

可是汪瑩瑩太狡猾，她繞到李妍和晴兒的身後，一個勁兒地催她們。李妍只能束手無策了，再加上又餓又累，她渾身沒一點力氣，只能拖著兩條沈重的腿往前走。

汪瑩瑩還精神得很，可能是踏破鐵鞋無覓處，得李妍全不費功夫，她正興奮著呢。兩個弱女子想跟武藝高強的女子鬥，還是省省力氣吧。

走了一個多時辰，李妍和晴兒先後累倒，倒在泥巴裡爬不起來，由著雨水沖著她們的臉、她們的身體。

汪瑩瑩只好一手拽一個，硬是拖著她們走。

她一邊拖一邊罵。「真不知妳們腦子是什麼做的，蠢成這樣，連路都走不動還想出來混！」

李妍和晴兒有汪瑩瑩拖著，她們自己不需費力，已經沒有任何想法了，乾脆閉著眼由著汪瑩瑩想怎麼著就怎麼著。

直到天黑，她們才來到老城。汪瑩瑩雙手一鬆，把她們「啪」的一聲扔在一家小院子前的泥地上，她自己則去敲門，在敲門之前，她把長劍藏在旁邊的草叢裡。

她絲毫不擔心李妍、晴兒會爬起來逃跑，因為她知道她們倆根本跑不動。

門開了，一名老婦舉著把破油紙傘，見汪瑩瑩渾身濕透，好心地問：「這位姑娘找誰？」

汪瑩瑩甜笑道：「這位嬸嬸，我和姊姊及小妹是來尋親的。可是年數久了，我們的親戚家搬走了，我們沒有落腳之地。」她指著遠處地上的兩個人。「妳看，她們累得都走不動了。」

汪瑩瑩說著就從身上掏出一個大銀錠。

老婦瞧見地上的李妍和晴兒，覺得甚是可憐，何況眼前只是三個弱女子，老婦一點防範之心都沒有，更重要的是，有錢掙啊！

她伸手接過銀子，笑咪咪道：「快進來，我家正好有一間空屋子呢。」

汪瑩瑩走過來扶起李妍、晴兒，歡喜地說：「姊姊、小妹，咱們有落腳地了！」

李妍翻了個白眼，這個汪瑩瑩還真能裝！

老婦過來準備幫著拿食盒，卻被汪瑩瑩一手拎過去，她笑著說：「嬸嬸，我自己來。」

進了院子後，老婦把她們安排在一間小屋裡。李妍、晴兒渾身是泥，進門後想換衣裳，但帶來的全都濕透了，那老婦還找了三套花布短褂和黑褲子來。

汪瑩瑩當著她倆的面脫衣裳，李妍、晴兒忙背過身去。

她們換衣裳時，汪瑩瑩反倒不避諱，令李妍、晴兒都不好意思脫。

汪瑩瑩不耐煩道：「我又不是男人，誰愛看妳們的身子？」

李妍和晴兒也確實太累了，沒心情顧忌這些，就當著汪瑩瑩的面換了衣裳。當晴兒換衣裳時，把身上纏的布全解開了，一堆金啊玉啊散落下來，把汪瑩瑩笑壞了。「宮裡能出妳們這樣的人物，也算是奇了。」

李妍瞪著汪瑩瑩。「換作是妳，難道妳要空手出來？」

「當然不會，只是覺得妳這個丫頭可愛至極。」汪瑩瑩再瞅著晴兒，笑得喘不過氣來。

笑歸笑，她不忘將這些散下來的金玉放進食盒最上層，這些是她的了，想怎麼花就怎麼花，足足三層啊，一輩子都花不完。

換完衣裳後，李妍掃了自己、晴兒及汪瑩瑩一眼，現在她們還真像三姊妹了，都穿著一樣的衣裳，要不是五官身高不一樣，否則就成三胞胎了。

李妍和晴兒正要爬床上睡覺，老婦又端來三碗麵。

汪瑩瑩吃得吸溜吸溜作響，李妍和晴兒平時在宮裡吃的可都是高貴飯菜，如今餓狠了，這般家常的青菜麵條也能吃得下去。

吃完後，她們倆爬上床去躺下了，什麼也不管，沒一會兒就都睡著了。她們已經累到沒心思去想活命不活命的問題了，一切待緩過勁來再說。

汪瑩瑩見她們睡得像死豬，還挺佩服的，都成了她的人質，竟然一點歪心思都沒有。不過她可不是粗心大意之人，待她們醒來就精神了，或許會跟她耍心眼。

她也躺在旁邊睡了起來，她也是女人，再厲害的人一路拖著兩個人，能不累嗎？只是她睡得很淺，隨時注意她們的動靜。

李妍作夢也想不到，出宮的第一夜竟會和汪瑩瑩同床而睡，老天爺還真是會捉弄人。她睜開眼睛看著坐在床邊的汪瑩瑩，仍然不太相信這是事實。

「姊姊，睡得可好啊？」汪瑩瑩坐在邊上梳頭髮。

「妳為何帶我們住在這裡，還冒充什麼三姊妹，誰是妳姊姊啊？」

汪瑩瑩笑道：「妳以為我喜歡叫妳姊姊？這老城一共才幾家客棧，咱們三個女人豈不是目標太大？只有住在這種小戶人家裡，才是最安全的。」

李妍見晴兒還沒睡醒，趕緊拍拍她。「晴兒，快醒醒！」二對一總比一對一要強，這個晴兒怎麼還賴起床了。

「晴兒？」她納悶地再叫。

「嗯。」晴兒含糊地應了一聲。

李妍覺得不對勁，伸手一摸，滾燙滾燙，晴兒發高燒了。

汪瑩瑩忍不住發牢騷。「真是沒用的東西，淋一日的雨就病得起不來，還走什麼江湖！」

李妍焦慮起來，皺著眉頭說：「我們可不想走什麼江湖，我們只想過平民百姓的小日子。」

李妍說著就出門尋那位老婦，讓她幫忙找大夫。

回到屋後，李妍發現汪瑩瑩在門口往天上拋某樣東西，看來又在放信號，她還有同黨？罔氏哪裡死絕了，汪瑩瑩還活著不說，她的同黨也還在！

李妍端著一碗粥進屋，扶起晴兒，餵她吃點兒。

晴兒有氣無力地搖了搖頭。「夫人，奴婢怎麼能……」

晴兒還未說完，汪瑩瑩進來說：「叫姊姊！妳敢向這戶人家透露一個字，我就殺了妳！」

晴兒被威脅多了，也沒啥感覺了，只是淚光閃閃地看著李妍。

李妍見晴兒實在虛弱，堅持餵她吃，否則灑了一床都沒法睡覺了。

吃了幾口粥，晴兒就吃不下去了。「夫人……姊姊，我一點忙都幫不上，還拖累妳，妳有沒有後悔帶我出來？」

「傻丫頭，我是後悔帶妳出來，但不是嫌妳拖累，而是自責，是我害了妳。妳要是留在宮裡何須吃這般苦，說來說去還是咱們倒楣，遇到了汪……」

李妍住了嘴，瞅了汪瑩瑩一眼，她坐在床上閉眼打坐呢，莫非是在練什麼功夫？

汪瑩瑩聽她們主僕這番對話，睜開眼笑道：「對妳來說，遇到我確實很倒楣，但對我來說，簡直是大幸事一件。」

李妍哼笑一聲。「妳別太得意，妳想利用我來對付徐澄根本是癡心妄想，他現在是皇上，想要多少女人就有多少女人，若是他真的在意我，我又怎麼會出宮，又怎麼出得了宮？看來天真的不只是我，妳也差不到哪兒去。」

汪瑩瑩從食盒裡拿出一顆夜明珠把玩。「妳別以為這麼說我就會放了妳，到底有沒有用，總得試一試再說，而且……即使威脅不到徐澄，我白得這麼些寶貝也不錯。」

李妍、晴兒看著辛辛苦苦帶出來的東西就這樣由著她想拿就拿，氣得直咬唇，可是又什麼都做不了。

汪瑩瑩把玩了一陣，怕晴兒的病氣過給她，就又把夜明珠放進食盒裡，然後出去了。

這時老婦請了一位郎中過來給晴兒把脈看診，開了幾服藥就走了。

這位老婦得了銀兩十分熱情，還幫著去廚房熬藥，反正是下雨天，她也不用出去幹活。她的老伴平時是挑磚的，好不容易遇上下雨天不用幹活了，他可得好好歇息，便坐在屋裡抽旱煙不管事。

幾個兒子在城東賣豬肉，晚上才回來。

汪瑩瑩搬了張凳子坐在屋簷下看雨，這雨從昨日午後下到今日上午，仍沒有要停的意思。

李妍坐在屋裡守著已經睡著的晴兒，默默流淚。幾個月來，這是她第一次如此傷心又害怕地哭泣。在宰相府，要麼做當家主母，要麼是與徐澄甜蜜又溫馨地相處，陪著他一起經歷改朝換代，看著他坐上皇位。在皇宮，她失落過、心痛過、恨過，唯獨沒有哭過。

沒想到出宮第二日，竟然就哭得淚雨滂沱。她想家，想念二十一世紀的爸媽，更想活命，想吃了上頓還有命吃下頓……

汪瑩瑩坐在外面看雨，那老婦在旁為晴兒熬藥，她們倆就閒聊起來。老婦見這三姊妹模樣都十分端正，便道：「妳別傷心，雖然妳們如今無父無母，連親戚也找不著了，但妳們身上有銀子，只要有銀子到哪兒都能過日子。要我說，就別去找什麼親戚了，可別被他們把銀子搜刮光了又趕妳們出門。妳們就在我家住下，來日我託媒婆為妳們找個好婆家，這日子不也過了？」

李妍在屋裡正哭得傷心，被外面的老婦逗得倒想笑了，好端端地竟然扯到找婆家了。老婦熬好藥便端進屋來，汪瑩瑩也跟著進來。李妍把晴兒叫醒，再接過藥碗餵藥。晴兒病得難受，心裡也難受，眼淚不停地留。

汪瑩瑩坐下來嬌滴滴地說：「小妹，妳就別惹姊姊哭了，妳養好了身子，讓嬸嬸先把妳嫁了可好？」

晴兒癟著嘴，眼淚又要流出來了。

李妍斜眼瞪著汪瑩瑩，壓低聲音說：「妳敢！」

汪瑩瑩走過來附在她耳邊說：「不把她給嫁了，難道妳還想把她一直留著當老姑娘？」

李妍伸手將她推遠一點，她可不習慣仇人離自己這麼近。

但她根本推不動，汪瑩瑩又笑嘻嘻道：「姊姊要是想男人了，今夜我就給妳找一個，可好？」

李妍抬手要搧她，手腕卻被汪瑩瑩捉在手裡，抽都抽不出來。

汪瑩瑩轉身又出去了，和老婦聊東聊西，興致出奇的好。

李妍餵晴兒喝了藥，再扶她躺下後，她忽然覺得渾身疼痛，心窩像火燎一樣。她打開手掌一看，發現手掌顏色發青，再捋開袖子一瞧，身上也發青。她恍悟了，汪瑩瑩下了毒！

她再看晴兒的手掌、胳膊，晴兒雖病著，但膚色很正常，白白嫩嫩的，只有眼窩有點發黑。看來汪瑩瑩並沒給晴兒下毒。

晴兒小聲問道：「姊姊，怎麼了？」她掙扎著要起身。

「沒啥，妳躺好，我只是看看妳身子怎麼樣了。放心，妳氣色還不錯，應該喝幾日藥就能好全了。」李妍阻止她起身。

她出來把碗放進廚房裡，見老婦不在院子裡，應該是去了自己的屋。想來這院子裡這麼大的雨聲，老婦在屋裡也聽不見外面的說話聲，她便站在汪瑩瑩面前，惡狠狠地瞪著她。

汪瑩瑩知道李妍為何板著一張陰森森的臉，笑問：「藥性發作了？」

「到底是什麼毒藥？」李妍一字一字地問，倘若用眼光能殺人，汪瑩瑩已經死千百遍了。

汪瑩瑩伸手接著雨水，神態悠閒地說：「毒藥就是能毒死人的藥唄，妳問這麼多幹麼？反正活不長久了。」

李妍知道栽到汪瑩瑩手裡能從昨日活到今日已算萬幸，但她還是想知道自己的死期。「既然活不久，意思是還能活，到底剩幾日？好讓我有個底。」

汪瑩瑩抓起李妍的手瞧了瞧，笑著說：「以這顏色來看，也就四十多日。」

李妍怒瞪她一陣，牙齒咬得咯吱咯吱作響，可她動不了汪瑩瑩分毫，最後還是轉身進屋，坐在床邊發愣。

晴兒並沒有睡著，剛才她隱隱約約聽到外面有人說話，便問：「汪瑩瑩跟妳說了什麼，她到底想把咱們怎樣？」

李妍強撐著擠出一絲笑容。「沒什麼，她不會殺妳的，妳要好好活著，我也是。」

晴兒這才放心閉眼睡覺，只要能活著就好。

徐澄將李妍的信看了一遍又一遍，他猜想李妍應該是在騙他，說什麼她嫁給他之前在外面有喜歡的男人，現在要去尋那個人。她以為如此一來他正好死了心，可以隨心所欲地擁有那些排著隊討好他的美人了。

她甚至要求徐澄昭告天下，說她染了重疾，薨了。

可是徐澄並不相信她的話，他只知道蔣子恒一直喜歡她，可從未聽說她以前喜歡過別的男人。

他去澄元宮坐了一會兒，聽著崔嬤嬤和綺兒一陣陣哭，令他更是心痛。雖然這些日子他並沒有陪著李妍，可是一旦得知他可能再也見不到她了，他忽然感覺這日子好煎熬，說好的夫妻恩愛呢，她為何要離他而去？真的是自己辜負了她？

思慮再三，他就派人去尋李妍了。

李妍還在信中說，因為她對皇上不忠，所以她也料想到皇上不會立驍兒為太子，求皇上送驍兒到一處安穩之地，讓驍兒做他的逍遙王爺，與世無爭。

李妍知道驍兒的心性，將來做不做皇帝他並不太看重，而且他向來以真性情示人，不懂權謀，即使坐上皇位，一旦徐澄駕崩，驍兒怕是坐不穩江山的。

既然她要出宮，不能護著驍兒一生，就只希望驍兒將來能過得安穩，她相信徐澄心疼兒子，會答應她的。

她唯一沒料想到的是，徐澄占有慾很強烈，無論她心裡有沒有別的男人，他都不想失去李妍。

派出去的人搜了一夜，回來稟報，無果。

他在猶豫，到底該放手讓彼此各過各的人生，還是再加派人員尋找？若不是他心裡止不住地難過、止不住地想念，他會覺得其實這樣很好，因為他不必再擔心李家勢力強盛。他也不用擔心驍兒能不能坐穩江山，因為他完全可以答應李妍，把驍兒送到安穩之處閒度一生。

可是聽得一聲「無果」，他卻坐立不安，根本靜不下心來做任何事，以至於今日的早朝都沒能去。

他封鎖消息，說李妍只是在紫音廟聽住持講佛經。他還派人去紫音廟送銀子，讓廟裡的人也都住嘴。

之後他一人坐在春暉殿舔舐著心中的傷，李妍棄他而去的傷。

實在是忍耐不住，他又派三千人去葛鎮及李妍半路停下的那片村莊再去尋。

另外，他還派蘇柏秘密帶一群人去那座燕歌老城尋訪。

這座老城是離京城最近且人多密集之處，倘若是他，也會躲進老城裡。想來李妍若是真想藏起來，躲在某戶小院裡，那真的是無從搜尋了。

現在已臨近午時，又有一批人來報，還是無果。

這時曲公公見皇上滿面愁容，又想到他近日來一直未近女色，便自作主張去把玉瑜找了過來。「妳去皇上身邊候著，為皇上解解悶。」

玉瑜踩著極輕的步子來到徐澄身邊，柔聲說道：「玉瑜見過皇上。」

徐澄正煩悶著呢，抬頭見是玉瑜，又想到李妍是以為他臨幸了玉瑜才賭氣出走的，一腔怒火不知從何而出，朝玉瑜吼了一句。「滾！」

玉瑜嚇得往地上一跪，連滾帶爬地出去了，哭成淚人兒。

曲公公也嚇得腿軟，尋思著以後再也不敢把女人帶到皇上身邊了，皇上這脾性根本摸不準啊。

直到傍晚，蘇柏才回來稟報。「據查，有人看見三名女子在雨裡行走，方向是燕歌老城，至於落腳何處，無人知曉。在下探了一日，無果。在下猜測，娘娘和晴兒應該落腳城內，只是不知為何多出一名女子。」

眼見著已天黑，更不好查探了。

徐澄沈悶片刻，道：「明日朕親自去燕歌老城暗查。」

蘇柏驚道：「皇上怎好輕易出宮？今昔不比往日，皇上樹敵比往日更多，一旦出了宮門便凶險得很。」

徐澄站起身，一臉威嚴，字字擲地有聲。「朕是皇上，不是縮頭烏龜，怎能一直躲在深宮中。朕不僅不懼那些敗將亡徒，還要將他們一一剷除，為後代謀一個乾淨的天下，撐起一代代太平盛世，安民安國，福澤萬千百姓！」

蘇柏受其感染，抱拳道：「皇上英武！」

次日，為了不驚動朝臣百姓，徐澄上午還上了朝，與百官見了面，直到午時才脫去龍袍，假扮成蘇柏的手下，出了宮。

雨終於停了，只是路上一片泥濘，他和蘇柏等人騎著馬一路向燕歌老城而來，馬蹄深陷泥潭好幾次，待他們來到城內，夜幕已降臨。

徐澄以前雖是宰相，並不是長年在外打仗的將軍，但他年滿十三後就常去父親的軍營，學得不少東西，後來自己為官，再為宰相，更是多次親臨軍營作戰，運籌帷幄，令軍師們自慚形穢。

他騎馬走著走著，就嗅到一股隱藏暗處的殺機。

他立馬吩咐蘇柏帶兩個人先回去找蔣子恒，讓蔣子恒趕緊帶著大軍圍住燕歌，一刻都不得耽誤！

蘇柏也莫名感到緊張，領命後帶著兩個人快速消失在夜幕中。

徐澄坐在馬上，帶著幾十人在街道上慢慢前行。因天色陰沈，又是傍晚，街道上只有零星幾個收攤子的人，十分冷清。

就在這時，他忽然發現一面土牆上劃著「§」字，當下眉頭一蹙，原來他的直覺沒錯，前朝太子鄴軒來了！

鄴軒沒死！這個符號是前朝太子黨的代號，別人恐怕不知道，但他徐澄是知道的。這是前朝太子在招集擁護鄴朝的人，還有打仗走散的人。掉下懸崖他竟然沒死，也沒有被猛獸叼走，他的命還真是大！

徐澄深呼吸，要掃清想反徐復鄴的勢力，並非那麼容易。

徐澄看清環境，立馬帶著士卒們離開街道，來到一處寬闊平坦之地。倘若深入街巷，前後皆被堵，那他就插翅難逃了。

前朝太子鄴軒見徐澄竟然帶著人迅速離開街道，恨得咬牙切齒。若是徐澄再往前走一丈，便能觸到剛布下的天網，他就可以帶著手下衝上去，將徐澄活捉，並將那些士卒殺個乾淨。

沒想到徐澄卻掉頭走了，眼見他來到寬闊之處，還立在那兒等著，顯然是在等援軍。鄴軒按捺不住，帶著二十多人揮劍衝了出去，他知道不能等了，再等下去援軍一到，他根本就沾不到徐澄的一根寒毛。

難得的機會，他不想就此錯過。

只是鄴軒苦於手下太少，若能再多出二十個，就有把握將徐澄及二十幾名士卒滅了！

現在他手下人數與徐澄的勢均力敵，無論輸贏，他都要搏一搏，便咬牙衝到徐澄面前。

徐澄見鄴軒雙眼怒紅地衝到他身前，他高坐在馬上，抽出劍。「鄴軒，你不來找我，我也要去找你，不是我有多恨你，而是天下需要太平。這些年來，鄴朝從沒有安定過，每年都有人謀反，去年初還有外敵入侵，百姓都不敢生兒子了，因為長到十八歲就要上戰場，再這麼打下去，民不聊生，人丁驟降，倘若胡狄再來，哪裡還有抵抗之力？」

鄴軒冷笑一聲。「貴人真是多忘事，既然企盼天下太平，為何你自己還做出謀反之事？」

「若不是你父親欺人太甚，我何至於此？」徐澄仰嘆。「罷了，我承認，謀反之錯在我。」

鄴軒忽然反應過來，徐澄說這些是故意拖延時間呢，他差點上當了。

這時徐澄手下已與鄴軒的人馬兵刃相接。

若論武藝，徐澄自認不比鄴軒差，但他的人比鄴軒少兩個，而且鄴軒手下都是亡命之徒，也就更拚命一些。

鄴軒縱身一躍，騎上一名士卒的馬，並將馬上士卒一劍刺下。

如今兩人都騎著馬，手中執利劍，開始拚殺。

皇上親自與敵拚殺，令徐澄的手下大為驚心，又見到已有幾名士卒倒地而亡，他們知道靠援軍已經不行了，再不拚命就得葬身於此，便奮起殺敵。

他們在城東一片空地上展開廝殺，有許多百姓見到這場面，都嚇得雙腿發軟，趕緊躲了起來。

老婦家的三個兒子和兒媳已經賣淨了豬肉，正在收攤，沒承想見到這麼血腥的一幕，嚇得胡亂收了攤，趕緊跑回家，一路疾跑，頭都不敢回一下。

回到院子，他們便向爹娘說起這事，老婦聽了慌忙把院門閂死。

大兒子見了便說：「娘，人家要真打到咱家，一道破院門能擋得住？」

老婦說：「你們三兄弟不都是殺豬的？有啥好怕的？」

「娘啊，我們殺的是綁起來的豬不是人，他們個個武功高強，哪裡會怕我們手裡的殺豬刀。」

這些話都被汪瑩瑩和李妍、晴兒聽進耳裡。

汪瑩瑩起身來到外面。「這位大哥，那些人都是什麼打扮？」

老婦的大兒子搖頭，說沒看清，當時都快嚇掉了魂，哪裡有心思看人家什麼打扮，何況天色已黑。他的弟弟、弟妹們都跟著搖頭，一問三不知。

汪瑩瑩朝大門走去，老婦忙上前攔住。「姑娘啊，妳可千萬不要出門，那些人都是殺人不眨眼的！」

「大哥不是說在城東嗎？離這兒好幾里路呢，沒事，我就是想尋個高處瞧瞧熱鬧。」汪瑩瑩說著就要打開門，老婦和她的兒子們跑過來攔住了。

汪瑩瑩無奈，當著這麼多人的面，她也不好施展輕功。

老婦跑進屋裡來告訴李妍。「妳二妹太不懂事了，還想出去看殺人呢，妳趕緊勸勸她。」

李妍走了出來，慍道：「妳要是想死就趕緊出去，沒人攔妳！要想活得久一些就給我滾回來！」

說完就轉身進屋了。

汪瑩瑩被李妍凶一頓，氣得臉脹紅，跑進屋來正要發火，但又怕被老婦一家人懷疑，還是算了。

汪瑩瑩並不怕徐澄尋來，她等的就是徐澄。現在聽說外面有兩群人拚殺，她想去探一探虛實。

李妍想到自己只有四十幾日可活，已經沒什麼期待了，她為晴兒敷著濕巾子，根本不看汪瑩瑩一眼。她連汪瑩瑩是否有解藥都沒問，依她看來，所謂毒藥，根本不可能有一喝便能解毒的藥。

汪瑩瑩只好盼著老婦一家趕緊吃晚飯，吃完後他們一家就躲進屋裡睡覺去了，她再出去他們一家就沒人知道了。

半個時辰後，老婦做好晚飯，所有人都吃過後，院子裡已經十分安靜了，連豬欄裡的幾頭豬都睡下。

汪瑩瑩束好頭髮，綁好褲腿要出門了。李妍巴不得她出去被惡人殺掉才好，所以根本不管她的事。

汪瑩瑩躍出院牆後，晴兒起身要下床。「夫人，咱們趕緊逃吧，汪瑩瑩出去不知多久才回來，再不逃就沒機會了。」

李妍剛才就想到要逃跑，可現在又放棄了，因為她知道汪瑩瑩是個極為狡猾之人，她怎麼可能留給她們逃走的機會。

汪瑩瑩有同黨，此時恐怕已經守在大門外了。

晴兒見李妍沒動靜，她自己胡亂穿好衣裳，再拎著大食盒，拉著李妍往外走。才走到屋外，晴兒便一陣暈眩，她還發著燒呢，才吃三帖藥，哪那麼快就會好。

李妍知道晴兒沒見到外面有人把守是不死心的，便攙著她一起來到大門前，躡手躡腳地抽開門閂，再偷偷地跨出大門，才走兩步，一個黑衣人抽出明晃晃的長劍架在李妍脖子上。

晴兒嚇得正要大叫，被黑衣人捂住了嘴。

黑衣人並沒有要殺她們的意思，她們只好又退進院子裡。回到屋裡後，晴兒一下倒在床上，她被黑衣人嚇得快昏厥過去了。

倒在床上躺半晌，她才清醒過來。「夫人，難道咱們就逃不出汪瑩瑩的手心嗎？」

李妍握著她的手。「妳放心好了，她不會殺咱們的，要殺早就殺了。」

李妍心裡尋思著如何把晴兒放出去，讓她趕緊回宮，這樣她就能活命了，至於自己，已經無所謂了，反正時日無多。

可是如何能讓晴兒回宮也是件難事，要是徐澄真的來尋她們也好，這樣晴兒就能得救了。至於徐澄會不會被汪瑩瑩脅迫？汪瑩瑩再厲害也不可能強過手握千軍萬馬的皇上。

同時，她又不希望徐澄來找她，她不想讓他看到她不久就要死的慘狀。是自己要逃出宮的，後果她自負，她不想看到徐澄可憐同情的目光。

李妍安撫著晴兒睡了，此時她又渾身不適，頭皮發麻，身體發僵，好似血液不能流動般。她只好爬上床，同晴兒一起躺著睡下了。

汪瑩瑩帶著三名黑衣同黨來到城東，瞧見兩人在拚殺，看似都很疲憊。地上躺著幾十人，全都沒了命。

黑夜中難以認清那兩人是誰，為了近距離辨認，汪瑩瑩便加入他們倆的搏鬥。

徐澄和鄴軒正累著呢，但誰也不敢鬆懈絲毫，只要一鬆勁就有可能被對方要了命。這座老城離京城有幾十里路，蘇柏先趕回去然後再來，平時快馬加鞭也得一個半時辰，但今日一路泥濘，至少得兩個時辰以上。

徐澄一直撐著，只要能等到蘇柏，鄴軒就只有死路一條了。可是這才過去一個多時辰，他就有些撐不住了。
豈料正在危急時刻，卻突然竄進一個人！此人不是蘇柏，而是汪瑩瑩！
在徐澄認出汪瑩瑩的同時，汪瑩瑩也認出了他。
鄴軒見他們倆分了神，一劍刺來，正對著徐澄的胸膛。
汪瑩瑩恨透了徐澄，鄴軒若能一劍刺死他，她絕不攔著，甚至還想補上一劍，當下也揮劍刺來。
就在徐澄要被雙劍穿透胸膛之時，腦海裡閃過一張臉，是李妍！在將死之時，他想的不是爹不是娘，也不是兒女，更不是那些貌美女子，而是李妍。
他後悔了，可是一切都來不及了。
忽然，徐澄聽得「哐哐」兩聲，汪瑩瑩和鄴軒的劍被另一人的劍擋下了。
來的紫衣男子身手極快，而前朝太子鄴軒累得筋疲力盡，才過兩招，紫衣男子便一劍要了他的命，鄴軒倒在血泊中。
汪瑩瑩與紫衣男子過了幾招，便自知不是他的對手，她的三名同黨也衝了過來，與她一起對付紫衣男子。
徐澄這才認出紫衣男子是蔣子恒，然後與他並肩作戰，才幾十招的功夫便刺傷了汪瑩瑩的三位同黨，令他們沒有招架之力。
汪瑩瑩知道打不過了，便道：「徐澄，你們都住手，李念云在我的手裡！」

徐澄與蔣子恒同時手裡一頓，住了手。

蔣子恒之所以提前趕來並不是因為蘇柏的稟報，蘇柏自己都沒來得及趕回來呢。

他前日下午聽說李妍去了紫音廟，還留在那裡聽住持講佛經，他便想去見李妍一面。他對李妍已經沒有任何妄想了，只不過是想看看她如今過得可好，而且他下定決心，這是此生最後一次見李妍。

見過之後，他會心甘情願由皇上賜婚。

當時他趕去紫音廟已是傍晚時分，廟外候著不少人，他沒法進入，便繞到後院，翻牆進入。

儘管那位住持收了皇上派人送的銀子，她也盡力圓謊說李妍就在屋內，只不過李妍誰都不想見，只想靜心念佛。可是住持不太會說謊，也或許是被嚇住了，說話吞吞吐吐的。

蔣子恒本來不想打擾李妍，但對住持說的話起了疑心，便要硬闖後面的小屋。

廟裡全是尼姑，無人能抵擋得住一個將軍，蔣子恒衝進小屋後發現裡面根本沒人。

住持只好說實話，告訴他李妍上午便坐著馬車走了。

蔣子恒立即騎馬去尋李妍，只是當時雨勢滂沱，月亮也躲進黑雲層裡，他費了幾個時辰毫無所獲，而昨日他又尋了整整一日仍然無果。直到今日才想到來燕歌老城，沒想到卻碰到徐澄被一男一女圍住。

他便在千鈞一髮之時，救了徐澄的命。

他和徐澄聽汪瑩瑩說李妍在她手裡，都驚喜不已，總算是找到她了！

汪瑩瑩卻道：「我給她下了毒，若是沒有解藥，她四十五日內便會七竅流血而亡，所以……你們最好別想著要殺我。」

徐澄伸手掐住她的脖子，厲喝道：「妳這個蛇蠍心腸的女人，她手無寸鐵，為何要給她下毒？」

汪瑩瑩又恨又怨地看著徐澄。「你不是說過，你對你的夫人沒有一絲情意了，怎麼緊張起她來了？」

徐澄一字一字地說：「她要是真的有個三長兩短，妳也別想活了！」

汪瑩瑩快沒法呼吸了，但仍擠出幾個字。「我早就不想活了，你想掐死我就趕緊動手。」

徐澄卻鬆開手，若是真把她掐死了就沒法要解藥。

蔣子恒聽說這女人竟然給李妍下了毒，氣得當場將她的同黨殺了。

汪瑩瑩見同黨被蔣子恒殺了，發出一陣慘笑。「徐澄，你怎麼就不想想這紫衣男子為何這般氣憤，他是不是早就覬覦你的夫人了？如今你已是皇上，他還這麼不顧忌，徐澄你還真是胸懷博大啊。」

徐澄懶得聽汪瑩瑩囉嗦，怒道：「別廢話，李念云被妳藏在哪裡？」

她厲聲回道：「你再凶我，我情願死也不帶你去找她！」

徐澄氣得沒轍，但仍耐住性子問：「還請汪姑娘帶我們去找李念云。」

汪瑩瑩嘴角一抹無奈又悽慘的笑，帶著他們朝老婦家走去。

第二十一章

汪瑩瑩帶著他們來到老婦的家院，老婦一家子聽到動靜，從窗戶裡偷偷往外瞧。

他們見汪瑩瑩竟然帶了兩個手執長劍的男人進來，嚇得摟成一團直發抖。

汪瑩瑩現在只剩一名守院子的黑衣同黨了，他也跟著進來，因為他要保護汪瑩瑩。

晴兒熟睡著，李妍剛才難受了一陣，現在躺著虛弱地喘氣。且不說四十幾日後會死，就這樣每日疼個幾回，也叫她難以忍受。

既然遲早要死，還不如早點死算了，她真想撞牆死掉得了。但是看看旁邊的晴兒，她還是想辦法先把晴兒弄出去吧，待晴兒脫離虎口，她至少可以毫無愧疚地死了。

她忽然想到一個主意，指不定還真的可以拖住門前的黑衣人，讓晴兒趕緊跑。汪瑩瑩想利用的只有她，與晴兒無關，那黑衣人肯定也是知道的。

晴兒一旦跑了，恐怕汪瑩瑩和黑衣人都不願追，懶得費這個力氣。

李妍從食盒裡拿出四個金錁子，正要走出門，迎面卻撞上汪瑩瑩。更令她詫異的是，後面還有兩個人！一個是徐澄，另一個是她不認識的紫衣男子。

她驚得手裡四個金錁子掉落在地。

不知該喜，還是該憂。喜的是晴兒可以得救了，憂的是即使她能得救也活不了多久，而且自己這副可憐樣還被徐澄看了去，實在太丟臉了。

徐澄見到李妍，心裡一陣激動，猛地上前跨了兩步，伸手就要將她擁在懷裡。李妍迅速往後退了兩步，垂眸不看他。

蔣子恒胸前一陣起伏，這是他日思夜想的女人，他終於見到她了。

可是李妍看他的眼光卻是如此冷情淡漠，與看陌生人無異，難道她認不出他了？他的心忽然又驟涼下來。

再看著深情望著李妍的皇上，他覺得自己不該跟進來的。皇上的女人，當然只能把他當陌生人看待。

晴兒躺在床上見了這一幕，卯足了勁騰地坐了起來，喜極而泣。「娘娘，皇上來了，皇上來救咱們了！」

汪瑩瑩卻道：「沒那麼容易，當我是死人嗎？」

晴兒現在一點都不害怕汪瑩瑩了，因為有皇上在此。在她眼裡，皇上是無所不能的，只要有他在，她和李妍啥都不用怕了。儘管她對皇上之前的行為頗有微詞，但此時他的出現對她來說是一件多驚喜的事啊！

「娘娘，您怎麼不高興？」晴兒下了床，小跑著過來拽著李妍的袖子。

李妍扯了扯嘴角。「高興。」

汪瑩瑩顧自坐到床邊，慢條斯理地說道：「晴兒，她高興不起來，一個將死之人如何高興得起來？」

徐澄先是心疼地望了李妍一陣，然後冷眼直視汪瑩瑩。「妳到底要怎樣才肯交出解藥？」

汪瑩瑩抬頭仰望他，本來想說要他以命來換，可她知道這是不可能的，徐澄絕不會用命來換一瓶根本不知有沒有效的解藥。

徐澄從來不會被女人愚弄，汪瑩瑩想到以前自己的愚蠢，不禁失笑。

徐澄見她不說話，而是恨恨地看著他，便問：「妳恨我，卻殺不了我，豈不是恨上加恨？妳以為妳給李念云下了毒來威脅我，就能為罔氏一族報仇？」

汪瑩瑩眼睛濕潤了，其實她從小到大對罔氏圖謀江山真的沒寄予太大希望。當年罔氏覆朝，她爹都還沒出生呢，她爺爺當時也很年幼。可是她爹一直想奪回祖先打下的江山，也逼著她學武藝、學琴棋書畫。

她的童年過得有多苦只有她自己知道，她時常覺得爹只是利用她，完全沒有對女兒的疼愛。她爹掌控的兵馬將士，有一半是靠她努力多年得來的。

如今圖謀失敗了，她要恨的人太多了，罔氏的軍隊是被鄴朝和李祥瑞先後合力打敗的。她的父親是被鄴朝人殺的，她的叔父親族是李祥瑞手下的副將追殺的……

真的要算仇人，那是太多太多，她想報仇也報不完。

可她最恨的卻是徐澄，因為他騙了她。她恨他，也恨自己，恨自己曾經對他動過心。

李妍見汪瑩瑩流下了淚，倒覺奇怪，沒想到像她這樣一位在亂世中為家族奔波的女子，也有如此柔弱的一面。

此時汪瑩瑩已經思定，過了今夜她就是真正的汪瑩瑩了，與罔氏再沒有任何瓜葛，她要過普通女子的生活，她要嫁人、要生子，要好好享受人間歡樂。

她拭去眼淚，朝他們笑道：「怎麼，沒見過女人哭？既然我是女人，自然也會哭，還真當我是妖精？」

若非她對李妍下毒，徐澄對她倒沒有恨意。「留下解藥，我就放妳走。」

汪瑩瑩凝望著他，一字一字說：「你自斷右臂，我就給你。」

既然她威脅不到徐澄的命，那就以他的胳膊來洩她心頭之痛。

晴兒嚇得一陣驚呼。「妳瘋了，皇上怎可以自斷右臂！」

汪瑩瑩瞥了晴兒一眼。「妳倒是精神了，之前不是累得要死、怕得要死、病得要死？現在竟敢罵人了！」

晴兒現在是有恃無恐，而且她的本性原就莽撞潑辣，她雙手插腰。「我就是罵妳，妳個瘋女人、臭妖精，再不把解藥拿出來，皇上就抹妳的脖子！」

汪瑩瑩懶得跟個小丫頭多費口舌，只是看著徐澄，嘲笑地問：「你是直接抹我的脖子，還是想保李念云的命呢？」

徐澄沒說話，而是在揣摩汪瑩瑩說的是真話還是假話，她到底有沒有解藥？

李妍剛才一直站著，此時也來到床邊坐下，淡淡地說：「汪瑩瑩，妳這招真是拙劣，竟然想讓皇上為了我而斷臂，妳難道不知他才剛得了天下，正滿懷雄心大志要匡正天下，而且還擁有眾多美人嗎？」

徐澄聽李妍這麼說，心裡像是被刀狠狠剜了一下。她仍然那般看待他，完全不知道他這兩日有多想念她。

蔣子恒聽了，完全可以看出徐澄與李妍深愛著對方。以前他得不到她的心，現在多年不見，更不可能得到，他同意徐澄賜婚是對的。

更讓他覺得可憐又可笑的是，李妍到現在都還沒認出他。

汪瑩瑩剛才還流淚，現在情緒平復了，便又笑靨如花道：「李念云，我的手段確實拙劣，因為我只想知道徐澄這個男人到底會不會對女人動真心。」

徐澄不願再聽她廢話，喝道：「解藥到底在哪兒？妳好歹拿出來給我瞧瞧，空口白牙誰信？」

他心裡最擔心的是汪瑩瑩壓根兒沒有解藥，那李妍是不是就真的沒法救了？張太醫醫術高明，能不能救得了李妍？

汪瑩瑩回道：「我把解藥藏在附近，只要你自斷右臂，我就告訴你解藥藏在哪兒，反正我逃不了，不是嗎？」

蔣子恒上前。「這種鬼話誰信？有就趕緊拿出來，沒有妳就拿命來！」

汪瑩瑩站了起來，冷笑道：「我把自己的命都擱在這兒了，你急什麼？你殺了我就永遠得不到解藥了，那就眼睜睜看著她死吧。之前我騙她說有四十多日可活，其實也就四日，而且已經過去了快兩日！剩下多少時辰你們好好算一算！」

徐澄緊張地看向李妍，見她面色泛青，就知道汪瑩瑩說的是真話！

他怒不可遏，將劍架在汪瑩瑩脖子上。「她與妳無冤無仇，為何要害她？」

「誰叫她是你的女人？能讓你傷心的事，我為何不做？對了，聽她說你在後宮已是左擁右抱了，有她沒她毫不在乎，所以你根本不捨得自斷右臂是不是？也對，自古以來，還真沒聽說過獨臂皇上。」

徐澄將劍收回，放在自己胳膊上，憤怒地望著汪瑩瑩。「妳剛才說的可是真話，確實有解藥？」

汪瑩瑩嚇了一跳，難道他真的願意為李妍自殘？她還真想看看徐澄是裝的還是真的，便道：「自然是真話。」

晴兒嚇哭了。「皇上不可！」

蔣子恒也沒想到徐澄真的會答應，因為他瞧出徐澄的眼神凜冽又著急，不像是裝的。

徐澄看著李妍，李妍也看著他，她不相信他真的願意自殘，她甚至想——倘若我真的只剩下兩日性命，那你斷一隻右臂也沒什麼。

蔣子恒上前攔住。「還望皇上三思，別被這女人騙了。」

蔣子恒言罷便抽劍往汪瑩瑩脖上輕輕割了一道，力道雖輕，劍刃已染上鮮血，汪瑩瑩脖頸間鮮血直流。

她忍著痛。「你要殺就殺！」

李妍瞧見汪瑩瑩脖間的鮮血，渾身一緊，毒性發作，疼痛難忍。她本是坐在床上的，疼得往前一栽，眼見著要栽倒在地，被徐澄一下抱住了。「妳哪兒難受？」

李妍疼得渾身痙攣，說不出話。

徐澄不再猶豫了，他知道汪瑩瑩的性子，她是個不怕死的。他今日不肯斷臂，汪瑩瑩就不可能給解藥。

徐澄把李妍放在床上，隨後來到汪瑩瑩面前，兩眼怒紅道：「我斷了臂後，妳若是還不說出解藥在哪裡，我定將妳碎屍萬段！」

徐澄說完就抬劍往胳膊上砍。

晴兒嚇得捂住眼睛；蔣子恒此時除了佩服，無話可說。

眼見著徐澄將劍砍了下來，劍刃已經挨著袖子，入了骨肉，屋頂上突然「砰」的一聲，一把劍掉下來砸中徐澄拿劍的胳膊。

緊接著跳下來一人。

徐澄的胳膊鮮血淋淋，劍傷很深，要不是被突如其來的劍砸了他的左臂，他的右臂就真的沒了。

徐澄抬頭看著跳下來的人，頓時一驚，這不是汪瑩瑩逃跑時挾持的人質高進嗎？

李妍疼得要死要活，根本沒看到徐澄自殘的一幕。晴兒見徐澄的胳膊鮮紅一片，也不管來者何人，趕緊撕了自己的袖子為徐澄包紮。

高進看著徐澄，面露愧色，但他不知該如何表達愧意。背叛了主子解釋再多都是徒勞，既然他無法以死謝罪，那乾脆什麼都不說。

汪瑩瑩很是失望地看著高進。「咱們不是說好了，待我報了仇，你再出手救我，帶我遠走高飛，難道在你心裡曾經的主子比我報仇更重要？」

高進不想見曾經的主子斷了臂，面對汪瑩瑩的埋怨，他勸道：「既然妳根本沒有解藥，中毒的人一定會死，他們都會傷心一輩子，仇已經算是報了，又何必要多此一舉呢？」

徐澄聽了大驚失色，竟然沒有解藥，那李妍怎麼辦？他正要上前揪住汪瑩瑩，卻見高進忽然拋出一個東西，便拉著汪瑩瑩躍上屋頂跑了。

屋裡一陣濃煙，眼睛都睜不開。

大家一陣嗆咳，徐澄自己都咳出了眼淚，他半瞇著眼趕緊將李妍抱出屋，讓她呼吸外面清新的空氣。

晴兒也連滾帶爬出來了。

蔣子恒擒住沒有來得及逃跑的黑衣人，一起出來，並掐著黑衣人的脖子問：「汪瑩瑩到底有沒有解藥？」

黑衣人一邊咳一邊求饒。「她真的沒有解藥！」
這時蘇柏趕了過來，還未待他開口問，徐澄便命道：「快去追汪瑩瑩和高進！」
蘇柏並不知道徐澄為何扯到汪瑩瑩和高進，他本以為是前朝太子在這裡，但聽徐澄這麼命令，他問都沒問一聲，抬腿就要走。
李妍氣若游絲道：「蘇柏，算了。」她一陣陣地咳，震得肺都疼。
蘇柏只好停下來，再看著徐澄，不知到底該不該追。
李妍又道：「汪瑩瑩她……肯定沒有解藥，高進在此情境下是不會說假話的。就讓他們遠走高飛吧，殺了他們也於事無補。」
徐澄見李妍疼痛難忍，說話都這麼痛苦，便道：「妳別說話了，咱們回宮。」他抱著李妍上馬，朝京城奔去。
一路上他心急如焚，不停地揮鞭，想著世上到底有哪些醫術高明之人。可是只有兩日時間，還來得及嗎？
蘇柏去京城沒有找到蔣子恒，所以沒帶來大軍，只帶了一千禁衛軍。在這裡竟然遇到蔣子恒，他十分詫異，也沒問蔣子恒為何出現在這裡，而是跟著徐澄一起回宮。
這時徐澄忽然停住馬，讓他去尋兩位名醫，他便策馬離去。
蔣子恒並沒有回去，而是帶著禁衛軍留下來搜查全城，怕城裡仍藏有前朝餘孽。

當徐澄將李妍抱回澄元宮時，崔嬤嬤和綺兒還以為她死了，嚇得撲上來一陣號哭。

徐澄皺眉。「她只是疼暈過去了！快去找張太醫！」

綺兒跑去找張太醫，崔嬤嬤哭著拿巾子來給李妍洗臉，因為李妍的臉被熏得黑黑的，徐澄的臉也是。

徐澄接過濕巾子，親自給李妍擦臉，然後才將自己的臉隨意一抹。

這時崔嬤嬤見皇上右臂血淋淋，上面繫的一塊花布也染得鮮紅一片，哭道：「皇上，您怎麼受傷了？」

徐澄心裡難受，沒有回答。

崔嬤嬤再湊過來看李妍，見她洗過臉後仍呈青色，便又撲上去狠命地哭。「娘娘，您這是怎麼了？娘娘……」

徐澄紅著眼眶說：「嬤嬤妳出去，朕想單獨和她說說話。」

徐澄坐在床邊，看著靜躺在床上的李妍，聽著她忽疾忽緩的呼吸聲。

他將李妍的手握在手心裡，看著她的臉，和那張緊閉的小嘴，內疚地說：「妳肯定很恨我，要不是我一直猶豫不定，妳是不會出宮的，也就不會被汪瑩瑩抓了。倘若妳真的無法得救，我的餘生又如何度過？」

說到此處，他的兩行淚奪眶而出。「自我從焦陽城回來，發現妳變了很多，或許是大病一場後妳的心性氣韻都變了。這樣的妳更吸引我，也更懂得我的心。這幾個月來，妳一直默默支持我，是我堅強的後盾。起初我以為不會愛上妳的，因為我對李念云這個人太熟悉了，也因為我從來不會對任何一位女子動真情。可是自從妳不再是以前的李念云後，妳讓我看出，妳是真心想與我過恩愛夫妻的日子，妳要我坦誠相對，妳會毫不隱晦地吃醋，更希望我從此只能擁有妳一個女人，別的女人不敢向我提出這些，唯獨妳敢，可就是這樣，我才漸漸迷上妳，沒法做到不愛妳、不去想妳，我努力過，卻做不到……」

他的眼淚滴落在李妍手背上，溫潤了一片。

怎奈李妍眼皮子都沒動一下，她聽不見。

徐澄輕輕將她頰上一根頭髮撥到耳旁。「妳一定要好好的，妳不是說要等著看我如何為妳謀福？不是想讓我一生一世只守著妳一個女人？我不再猶豫了，我答應妳，從此整座後宮只有妳是我的女人！我已經答應了，妳就要好好活下來，否則這偌大的後宮我只能一人孤寂地過，妳怎能忍心？」

李妍仍一動不動，睫毛都沒顫動一下。徐澄泣不成聲，額頭靠在李妍手背上，嘴裡含糊地哭道：「不要死，不要離開我……」

他長這麼大，這是第二次失聲痛哭，第一次是他的父親徐國公之死，這是第二次，是為了李妍。

直到現在他才知道，倘若沒有她，他將再也開心不起來。

他努力控制情緒，拭去了眼淚，朝外喊了一句，曲公公進來了。

徐澄命道：「去把朕之前起草的冊封皇后詔文交給冊封官蕭大人，讓他來宣讀冊封詔文，再讓人把鳳袍拿來，為娘娘穿上。」

曲公公領命要走，徐澄又將他叫住。「立馬派人把兩名江南女子送出宮，還有玉瑜、玉瑾全都送出去！」

「皇上，這……」曲公公在想，娘娘好像是無藥可救了，皇上怎麼還把那四名女子趕出去？難道他打算一個女人都不要？他這個當太監的也做不到啊！

「快去！」徐澄朝他吼了一句。

曲公公嚇得身子一顫，轉頭慌忙跑了出去。

這時綺兒已將張太醫找了過來。

張太醫先是給李妍把脈，再觀其膚、察其表，還拿出針將李妍的手腕刺出血來，細看血的顏色。李妍被這麼刺一下都沒有醒來，徐澄看得萬分揪心，右臂也跟著顫抖起來。

他的右臂傷可見骨，疼痛得厲害，只是他沒有心思關心自己了。

張太醫不僅仔細觀察流出來的幾滴血，還湊鼻聞了聞，然後又抹在手背上細看，最後搖頭道：「娘娘血色發暗，毒已滲入全身，怕是……」

崔嬤嬤和綺兒聽了當場痛哭。

張太醫以死馬當活馬醫的心態，用手捏開李妍的嘴，倒了一小壺祛毒液，儘管他知道這種東西根本驅不了這麼重的丹毒。

這時晴兒也跑了進來，她是由蔣子恒找人護送回來的，比徐澄來得晚一些，她一跑進來就聽見崔嬤嬤、綺兒哭，再看著床上的李妍，還有一旁搖頭的張太醫，她一下撲在李妍身上，哭喊道：「娘娘，娘娘！您醒醒，您不是說還要帶著奴婢一起去看戲、聽曲、種菜和鬥蛐蛐兒嗎？」

「將她們拉出去！」徐澄音低沈重，但極為嚴厲，立即就有幾個小太監進來把崔嬤嬤等人拉出去。他心如刀割又頭痛欲裂，實在聽不了這些哭鬧。

徐澄自己也學了一些醫術，他用手指沾了李妍一滴血舔了一舔，他也認定這是丹毒，西北之地特有的毒！

徐澄讓蘇柏去找的那兩位名醫，其中有一位曾去西北行醫過，不知他是否能解此毒。他知道希望渺茫，但仍要努力，他再命人去把李祥瑞和他府裡的郎中找來，因為他們曾在西北待過。

張太醫用紗布染了一些李妍的血回太醫院埋頭思索去了，徐澄一人守在她身旁。

崔嬤嬤等人跪在澄元宮外面哭。

崔嬤嬤一邊哭一邊罵晴兒。「妳個丫頭怎的這麼不懂事，娘娘要出宮，妳不但不攔著，還跟著一起跑。要是娘娘再也……再也……我就打斷妳的腿！」

晴兒一個勁兒地認錯。「嬤嬤也不用打斷我的腿了，娘娘要真的不能活，我也會跟著娘娘一起去，到了陰間也好有個伴。」

崔嬤嬤和綺兒聽晴兒這麼說，也不好再怪她了，此時她們除了哭，什麼都做不了。

李祥瑞的府邸離皇宮很遠，在京城最南邊，而蘇柏去找的兩位名醫根本不住在京城裡，徐澄只能坐在李妍身邊心碎地等著。

這時，冊封官來了，那件由李妍吩咐崔嬤嬤送回內務府的鳳袍，這會子也送過來了。

崔嬤嬤和綺兒忍住了哭，先進去給李妍換上鳳袍。

徐澄沒有出去，只是背對著她們。等她們給李妍換好了，他便轉過身來。

冊封官戰戰兢兢地唸完詔文，再將金印、詔書放在李妍枕旁，就慌忙退出去了。

崔嬤嬤和綺兒再次出了澄元宮，跪在外面。

晴兒雙手合十。「嬤嬤、綺兒，咱們別哭了，趕緊拜求老天爺給娘娘賜福吧。」

殿外，她們三人就這麼磕頭拜老天爺。殿內，徐澄看著李妍的面容，靜靜地等，等得心急如焚，等得臟腑俱痛，右臂也疼痛得痙攣……

待次日丑時，天還是漆黑一片。李祥瑞帶著府裡郎中過來了，他們見徐澄臉上烏青，氣色特別差，右臂也是僵僵地垂著，很是吃驚。

皇上也得看病才是啊。

李祥瑞看著女兒躺在床上臉色泛青，禁不住老淚縱橫。他前日晚上就已經看了李妍寫的信，但沒派人尋。他本認為女兒已經出了宮，即使把她尋了回來，皇上也不可能原諒她，這個皇后是當不上了，所以就由她去了。

他本來也恨徐澄為何遲遲不冊封李妍，此時見女兒已身著鳳袍，金印詔書都在旁邊，他總算是得到一點慰藉。「皇后娘娘，您已是皇后了，可要爭爭氣，好歹站起來正正經經當幾日皇后，母儀天下，這一生才算圓滿啊。」

徐澄卻將李祥瑞拉到一邊，讓跟著他一起來的郎中趕緊給李妍把脈看診。

幸虧這郎中來自西北，頗懂丹毒。「若想活命，只能放血，毒性弱了，再配藥祛散餘下的毒。但是……許多人放血後便亡了命，在下曾在西北為幾位中了丹毒的兵士放了幾大碗血，可是他們還沒被毒死，就先失血而亡。但有一次為一位在山中砍柴不小心中了丹毒的老婦人放同樣多的血，她昏迷幾日卻活了過來，在下一直百思不得其解。皇后娘娘身子金貴，在下……不敢妄動。」

徐澄聽聞此言，那張烏青的臉更加晦暗了。

恰在這時，張太醫也跑過來。「皇上，微臣愚笨，只能想到放血來減弱毒性，但此法極其危險……」

他還未說完，徐澄就知道他的意思與李府郎中說法一致，便急著打斷他。「你們都說要放血，那到底要放多少血？」

張太醫與那位郎中對望一眼，同時伸出三根手指，也就是要放掉人體的三成血。

張太醫為了具體說明，拿起桌上一個銀碗。「八……要八碗才行。」

徐澄聽了一陣暈眩，說了一句「不行！」便倒了下去。

他這一倒，嚇得屋裡人一陣驚呼，皇后娘娘還躺著，怎麼皇上也倒了。

眾人將徐澄抬到旁邊小屋的床上躺著，張太醫解開他右臂上的花布，才知他傷口如此之深，再摸他的額頭，燙得炙手，便知道皇上的右臂已經感染了。

要是不馬上妥善處理，這右臂就廢了！

他慌忙吩咐左右人。「快！快燒沸水！把巾子也扔進去煮！」

崔嬷嬷等人早就不知道哭了，跑著去燒水。

張太醫自己則跑回太醫院拿烈酒、細針及細線，待他回來時，把針線也扔進沸水裡煮，針、線和巾子都煮得差不多了，張太醫先拿巾子把傷口洗一洗，再倒上少量烈酒，然後打開烈酒的塞子，往徐澄右臂傷口上倒。

「嘶……」徐澄疼醒了，他是不會喊疼的人，只是咬牙忍著。

穿針引線，將裂開的傷口縫了起來。

他就像縫衣裳一樣，針在肉裡穿梭，一拉一扯，血絲一直往外滲，看得旁人禁不住齜牙咧嘴，這是硬生生地在肉上縫啊。

徐澄只是皺著眉，緊抿著嘴，儘管疼得腦門上一層大汗，都沒有顯現出太多痛苦。

縫好後，徐澄就要站起來，張太醫勸道：「皇上，還得過好一陣子天才亮，您躺著歇息會兒，傷口才癒合得快。您一日沒吃，又整宿不睡，好好的身子都會熬垮，何況皇上身負重傷。」

「這算得了什麼重傷，又沒斷胳膊斷腿。」徐澄硬是起了身，滿臉疲憊，可此時如何能睡得下去？李妍還躺在那兒，大家還在等著他的命令，到底給不給李妍放血？

張太醫和李府郎中其實都不希望給李妍放血，倘若放血後亡了命，皇上怕是饒不了他們。他們願意把這個法子說出來，是不敢泯了自己的醫德。

徐澄讓他們先出去，他得慎重考慮，而且他還想等蘇柏找來那兩位名醫，或許他們有更好的辦法。

既然十有八九會失血而亡，他怎能讓李妍陷入只有一、兩成活命的處境？

他撫摸著李妍的臉頰。「妳一定要好好活著，倘若妳真的想出宮玩，我陪妳一起去，一起看戲、聽曲、種菜、鬥蛐蛐兒，妳和晴兒一起去沒啥意思，和我一起去才開心，不是嗎？」

李妍還是沒有動靜，脈搏越來越不穩定，呼吸越來越微弱。

徐澄心裡已經急得快瘋了，嘴裡還在說：「無論是在宮裡，還是出宮，這輩子妳只能和我在一起，我不會放開妳的手，我不允許妳去找別的男人，因為他們都配不上妳……」

他說話時還帶著調侃說笑的口吻，可眼淚卻打濕了衣襟。他握著李妍的手腕，卻快感受不到她的脈搏了，她的手心也漸漸變涼。

徐澄急得快窒息了……

天色泛白，澄元宮外面候著一堆人，都等著徐澄發話。就連宋姨娘都帶著兩個孩子來了，珺兒和驍兒跪在地上哭著拜蒼天、拜大地、拜菩薩、拜他們知道的所有神仙。

徐澄實在是撐不住了，汪瑩瑩說李妍有四日可活，可現在才三日，脈息就已經微弱得幾乎把不出來，呼吸也越來越輕，輕到胸前沒有絲毫起伏。

徐澄沒法眼睜睜看著李妍死，必須作決定了。

「放血。」徐澄在屋裡艱難地說了這麼一句，在外面守候的張太醫和李府郎中，還有幾個從太醫院趕來幫忙的御醫趕緊衝了進去。

徐澄知道李妍是九死一生，他不敢看這血腥又悲戚的場面，便走出來了。他一手牽著珺兒、一手牽著驍兒準備去佛堂跪拜菩薩。

宋姨娘帶著兩個孩子尾隨而上，被徐澄止住了。「妳帶著孩子離開吧，現在也到了晨讀的時辰。」

宋姨娘僵在原地，看著徐澄帶著珺兒和驍兒進了佛堂。

碧兒上前問道：「娘娘，您怎麼了？」

宋姨娘剛才為李妍而哭時流的是假淚，現在流出來的才是吐露心聲的苦味淚水。「碧兒，我算什麼娘娘，以後別這麼叫我了。皇上之前一直沒冊封李念云，那是因為后位關乎國體，皇上得慎重考慮。至於我，左右不過是封妃封嬪的事，皇上卻一直拖著不冊封我。好歹我生育了兩位皇子，皇上怎可以這般待我？妳瞧，剛才他牽著珺兒、驍兒進佛堂，儼然父慈子孝，那我和馳兒、驕兒又算什麼呢？」

碧兒小聲勸道：「娘娘莫憂，李念云雖然昨晚被立了后，可她十有八九沒那個命享受尊榮，更別提玉瑜等人都被打發出宮了，現在整座後宮就娘娘一人，您還有啥可擔憂的？」

「哪怕只剩我一人，皇上也不待見我。」宋姨娘萬般失落，眼神空洞。「我還不如當尼姑算了，每日敲敲木魚，捻捻佛珠，不再有任何妄想，圖個清靜自在。」

「娘娘怎可說這種話，待李念云一死，娘娘可是後宮裡最有資歷的，哪怕皇上以後再招女人進來，她們哪能比得過娘娘？娘娘千萬要打起精神，李念云死後，皇上必定很久都不會招女子進宮，畢竟要顧忌著李念云的喪期。娘娘或立后或封貴妃，那都是遲早的事。」

宋姨娘已經心如死灰，碧兒所說的只不過是臆想罷了。她臉色黯淡，微啟蒼白無色的唇。「這些日子我也煎熬夠了，不再有那些妄想，等李念云的事有了個結果，我就去皇上面前自請為尼，入佛堂守青燈古佛，了度一生。」

碧兒暗想，到時候宋姨娘這麼一請求，皇上心一軟，說不定就立宋姨娘為后或封妃了，也就沒有再勸。

宋姨娘走了，徐澄和珺兒、驍兒跪在菩薩前，嘴裡唸著祈禱語。

徐澄似乎能感受到李妍正受著血液一點一點往外流失的痛苦，彷彿她正一點一點地遠離這個人世、遠離他，令他痛苦得不停顫抖。

「嘎吱」一聲，蘇柏推開佛堂的門，闖了進來。他來不及向徐澄稟報一聲，便拉著珺兒、驍兒往外跑。

兩個孩子早已是滿臉糊著淚，傷心得有些麻木了，被蘇柏這麼拉著，他們也沒有開口問蘇柏要幹麼，只是糊裡糊塗地跟著往外跑。

徐澄知道蘇柏行此舉止必有原因，也立馬跟著過來。

原來是蘇柏請來的那兩位名醫趕來了，其中一位是治丹毒很有經驗的賀郎中，他曾救活不少中了丹毒的人。

當他見張太醫等人給李妍放了八碗血，當即催蘇柏把李妍的兒女找來。他自己則打開藥箱子，將妥善保管的鵝毛管拿了出來。

張太醫等人也不知賀郎中到底要幹麼，他們見李妍放了血後越來越虛弱，認定活不過來了。眼見著李妍要死了，他們也跟著瑟瑟發抖。

蘇柏將珺兒、驍兒帶來，賀郎中趕緊道：「快！給他們一人放兩碗血！」

蘇柏驚呼。「萬萬不可！你這不是要了公主和皇子的命嗎？」

賀郎中急得滿頭大汗。「兩碗血不會要了他們的命，只是傷身而已。他們是皇后娘娘的兒女，難道不願意損己身來救母后？」

珺兒、驍兒連忙答道：「願意願意！快救救母后！」他們伸手催著張太醫趕緊動手。

徐澄已疾步走進來，他見賀郎中似乎有辦法救李妍，心頭一熱，道：「放朕的血！」

賀郎中慌忙跪下求道：「皇上您別來添亂啊，這血可不能隨便亂用的。草民曾經用羊血為一位孩子輸血，這孩子得救了，可是隨後草民用一位男子的血輸入其妻的腕脈，結果他的妻子當場斃命。經過多次活生生的例子，草民才得出一個結論，用病者的孩子或父母的血挽救，才有更大的把握，但這也只是希望大一些。若是公主與皇子的血只能與皇上相融，而不能與皇后娘娘相融，怕仍是沒救。」

賀郎中也不多作解釋了，再拖延就來不及了，他催著張太醫。「快給公主和皇子放血！」

珺兒、驍兒閉著眼睛伸出手，由張太醫給他們放血，一人放了兩碗後，御醫們立馬為他們堵住血口子，用紗布緊緊纏住。

珺兒倒是無恙，驍兒體弱，有些暈眩，被抬下去了，但並不危及性命。

賀郎中把鵝毛管插入李妍的腕脈內，再將四碗血輸入她的身體裡。

眾人都看呆了，果然是名醫，手段太奇特！

徐澄一直盯著李妍，期待著奇跡發生。此時他對這位陌生的賀郎中有著莫名的信任，雖然剛才賀郎中說話很沒禮貌，但足以看出他以患疾者為天，並不懼怕皇上的龍威。

一個多時辰過去，賀郎中終於放下鵝毛管，為李妍緊緊纏住手腕，不讓血流出來，然後對徐澄說：「皇上，此法能不能救活皇后娘娘還不能確定，若是三血相剋，就再也無力回天了。這一切都得看娘娘的命數，咱們先靜觀其變，待明日一早看娘娘的脈搏氣息是否恢復，若是不能，就……」

徐澄抬手示意他不要再說下去，又揮袖將他們全趕了出去在外候著，他一人守在李妍身旁。

當他發現李妍的臉上越來越有血色，呼吸聲也漸漸聽到了，還能把得出脈搏，他滿腔熱血湧了上來。

他相信珺兒和驍兒的血是能與李妍相融的，都說母子連心，李妍曾冒死救過驍兒，驍兒、珺兒這次也一定能救活他們的母親。

他就這麼一直守著，整整守了十二個時辰。在外守候的人都輪流回去睡過一覺了，回來後發現皇上仍穩坐如鐘守著，都佩服得五體投地。

他一直握著李妍的手，仔細地感受她的脈搏。就在這時，他忽然感覺李妍的手指動了一下，他整個人為之一振！

過了一會兒，李妍的手指又動了一下。徐澄知道李妍要醒過來了，他驚喜得不知該做什麼了，待會兒李妍醒來他該說什麼？她還會像之前那般怨恨地看著他，或是對他視而不見？

他感到不知所措，她閉著眼睛時，他可以向她表明心意，但她要是醒過來了，他覺得自己肯定是一個字也說不出來。

與此同時，李妍的睫毛也顫動了起來。

徐澄突然鬆開手，慌忙大步地往外奔，讓崔嬤嬤和綺兒、晴兒及張太醫、賀郎中等人進來，他則往春暉殿去，一路上欣喜得像個小孩子。

崔嬤嬤等人一進來，就見李妍的睫毛眨呀眨，頓時一陣興奮的歡呼，他們的皇后娘娘終於得救了！

驍兒今兒個早上已經能下床了，他和珺兒一起趴在床邊看著李妍的睫毛顫動，嘴裡不停地喊著母后。

這時賀郎中忽然問張太醫。「眼見著娘娘就要醒了，皇上幹麼要跑啊？」

張太醫搖頭。「皇上的事你可千萬別過問，你這回救了皇后娘娘，皇上肯定會留你在宮裡當太醫，以後你與我就是同僚了，如何應對皇上，你可還得跟我學幾招。」

賀郎中苦著一張臉，他不想留在皇宮啊，他天生就長著一張不會討好人的嘴，得罪了皇上可怎麼辦？

徐澄一來到春暉殿就躺下了，帶著滿臉笑容閉目睡覺，這幾日他實在太累了，這一躺便立馬睡著，一睡就是六個時辰。

到了晚上掌燈時分，他才醒過來。

用過晚膳後，徐澄見蘇柏神色輕鬆地站在一邊，就知道李妍不僅醒過來了，恐怕還能說話了。

他翻出醫書，想瞭解有哪些法子可以補血。

蘇柏在旁瞧見徐澄手裡的書，走上前小聲說：「皇上，太醫院已經為皇后娘娘準備了許多補血的藥，配都配不過來。賀郎中還說皇后娘娘從明日起就可以用膳食，御膳房也開始準備各種補血補氣的菜餚。皇上不必為這些憂心，在下納悶的是……皇上為何不去見一見皇后娘娘？」

徐澄放下書，神色很滿足，問道：「她……現在怎麼樣了？」

蘇柏微笑道：「皇后娘娘直說自己是在作夢，她明明出了宮，怎麼又回來了，好像還很不樂意回來呢，還吵著要崔嬤嬤幫她把鳳袍脫下。崔嬤嬤違逆了一回，沒有答應，說怕脫衣裳傷了皇后娘娘的身子。」

徐澄不禁一笑，這個女人還真是牛脾氣，才剛能說出幾句話她便鬧上了。

這時他眸光一閃。「她知道玉瑜等人都被送出宮了？」

蘇柏微怔。「這個……崔嬤嬤還沒來得及跟娘娘說，若是皇上此時去跟皇后娘娘說一說，皇后娘娘必定十分高興。」

徐澄卻擺手。「不行，她醒過來沒多久，身子還極其虛弱，太激動了對她不好。」

沈思片刻，又說：「你囑咐在澄元宮伺候的人先不要跟皇后說玉瑜等人的事，待明日朕親自跟她說。」

蘇柏心裡卻暗笑，皇上怎麼就認定皇后娘娘會過於激動，若是她聽後也沒啥反應，皇上是不是該失落了？

李妍醒來幾個時辰，然後又睡著了，她身子還虛得很，需要多睡。

徐澄得知她睡著後，才過來守著她，直到半夜才回春暉殿睡覺。

第二日一早，李妍能靠著床頭坐起來了，晴兒正餵她喝藥。當她喝完一口藥，抬頭之際，就見一名高大魁梧的男人進來了——

他確實有帝王之相，遠遠就能瞧出他的龍顏鳳姿來。

李妍趕緊垂目，再喝一口藥，假裝沒看見徐澄進來。

崔嬤嬤和綺兒齊聲道：「皇上萬歲！」

現在李妍不能還裝作沒看見他了，她才不會起床給他行禮呢，而是故作誠惶誠恐地揶揄道：「皇上萬歲，萬歲萬歲萬萬歲！」

徐澄知道李妍是在跟他嘔氣，他嘴角微翹，也不說話，只是把晴兒手裡的藥碗接了過來，然後坐在晴兒剛才坐的位置，舀了一勺要餵李妍。

李妍並沒有張嘴，而是伸手要接藥碗。「皇上萬金之軀，我可受不起。」

「妳在朕面前要自稱臣妾，妳如今是皇后娘娘，怎麼受不起？」徐澄已經把藥餵到她嘴邊了。

李妍仍然緊閉著嘴，她看著徐澄微微帶笑，看似很得意，也不知他到底在得意啥，就因為她沒逃出宮，又回到他的後宮看他如何當種馬男嗎？

徐澄用勺子頂開她的嘴，強硬地餵了她一口，李妍怕嗆，一嗆又會咳得肺疼，所以乖乖地喝了。

徐澄笑道：「這就對了，妳以前又不是沒喝過朕餵的藥，還沒多久，妳就忘了？」

李妍想起之前他對她的種種好，無論她怎麼做，在他眼裡似乎都是好的，可是如今……

她苦笑一聲。「今昔不可同日而語。」她確實懷念當初徐澄餵她喝藥時那濃濃的情意，眼裡全是對她的關懷。

如今，她怎麼看都覺得假，他肯定是以前在皇上和朝臣面前演戲演多了，說些好聽的話那是手到擒來。

崔嬤嬤見皇上似乎要與皇后說體己話，便拉著綺兒和晴兒走出去了。

徐澄再餵了李妍一口。「怎麼不可同日而語，妳還是朕的妻，朕還是妳的夫，夫妻恩愛、同心同德、攜手一生，不是早就說好了？」

李妍朝他翻了個白眼，暗道——誰跟你說好了？以前她以為他只會對她一人好，才有此想法，現在他對一堆女人好，前提完全變了，她怎麼可能像以前那樣想得簡單？

何況，他讓玉瑜侍寢了，還好意思在她面前裝深情，當皇上的個個都不知道對感情要忠誠嗎？他這是出軌是背叛啊，當初紀姨娘哪怕再美，就因為她背叛了他，所以無法得到他的原諒。

他就不能站在她的位置設身處地想一想，男人是人，其尊嚴不可冒犯，女人就不是人了嗎？

李妍把心腸一硬，冷語道：「皇上，你以為給了我皇后金印和詔文，我就該感恩戴德或肝腦塗地了？我根本不在乎后位，它在我眼裡不過一個空名頭而已，這世上當了皇后的女人有幾個過得舒坦？都是表面風光，心裡的苦只有她自己知道罷了。」

李妍見徐澄絲毫沒有愧疚感，還饒有興趣聽她講大道理的樣子，就知道再跟他多廢話，也只是浪費口水。而且她坐了這麼久也累了，便懶懶地說：「罷了，不提這些了，待我養好病，你就放我出宮吧。這次你救了我，我真心感謝你，是你想辦法讓我活了過來，但也請你還我自由身。」

徐澄默不作聲，接連餵了十幾口藥讓李妍喝下去了，然後把碗放在一旁，才道：「哦，朕明白了，妳又要把宮裡的寶貝搜刮一遍，然後到宮外看戲、聽曲、種菜、鬥蛐蛐兒？這些朕都可以陪妳去，晴兒一個丫頭而已，她不懂得這些情趣。」

李妍偏過臉去不理他，懶得聽他說這些好聽的。他確實可以陪她出宮，但他也可以隨時將她棄之一旁，一個不高興還可以將她打入冷宮，她的命運完全被他掌握，她還有什麼自由可言？

徐澄伸出雙手，把她的臉扳正了，說出憋了許久的話。「朕已將玉瑜等人遣送出宮，不久朕再將宋姨娘和馳兒、驕兒也都送出宮，整座後宮只有妳一人是朕的女人，只有珺兒、驍兒一對嫡子嫡女養在宮裡，妳還不滿意嗎？」

李妍呆望著他，感受他溫熱的掌心貼在她冰涼的臉上，細瞧著他的神情與眼眸，不太像是逗她玩，可是崔嬤嬤和綺兒、晴兒都沒跟她說此事啊，怎麼可能？

再說了，她才不會因為他這麼一個舉動就回心轉意。

徐澄深望著她。「妳把整座後宮翻過來再覆過去，朕都不會怪妳。」

李妍略微傷感道：「已經遲了，你要早些這樣做，或許我會相信你。這次只不過因為我逃出宮，又差點丟了性命，你一時憐憫我才這麼做的。我不要你的施捨憐憫，我要的是一生輕鬆快樂，不想整日為了爭寵而活。」

「朕不是說過了，整個後宮只有獨妳一人是朕的女人，從此朕不再招任何女子進宮！」徐澄真誠地看著她。

李妍搖頭。「我不信，皇上變臉比翻書還快，哪日你招一堆女人進來欺負我，我怎麼辦？我真的不想過整日戰戰兢兢、怕被關進冷宮的日子。」

徐澄舉手發誓道：「朕以徐朝江山為誓，若真有一日關妳進冷宮，或招一名女子進來，那必定是徐朝滅亡之日！」

李妍被這突如其來的誓言嚇著了，呆呆地望著他良久，才問：「你……你為何突然對我這麼好，你就不怕我一人在後宮無法無天？」

徐澄拍了拍她的臉。「只要妳不想著外戚干政或奪權就行。」

李妍張大嘴巴。「原來……你擔心的是這個？」

徐澄搖頭。「也不只是因為這個，朕是男人，必定有男人的劣根性，自然也喜歡美人，但是……妳不是不允許嗎？」

李妍立馬回嘴。「我不允許你就不做了？之前你也知道我不允許的，不照樣讓玉瑜侍寢了？」

徐澄眉頭一蹙。「哦，就當她侍過寢吧。可是剛才朕都發誓了，妳還有何好擔憂的？妳應該也要向朕發個誓，絕不操縱政權，不可讓李家顛覆徐氏江山，哪怕朕身歸黃土，妳也要永遠記住這是徐朝的天下。」

李妍微怔，男人怎麼就這點出息，腦子裡惦記的全是江山天下。「我不必發誓，即使你將刀架在我脖子上逼我為李家做那樣的事，我也不會去做的。」

徐澄看著她，似乎不懂她的理由。

李妍補一句。「因為在我的心裡，兒子和孫子永遠比娘家重要。」

其實她想說，她和李家完全沒感情啊，她為何要去做那樣的事。

徐澄點頭。「朕相信妳。」

徐澄言罷便扶著她躺下，她已經坐了許久。李妍一躺下，忽然驚覺，難道她已經同意他，願意當皇后，留在後宮了？

她趕緊起身，正要開口，卻被徐澄按回去。「不許反悔！」

李妍還是很不踏實地看著他。

徐澄撫了一下她的雙眼，讓她的眼皮閉上了。「妳好好將養身子，待康復了，朕會時常帶妳出宮，咱們扮成平民夫妻，走訪民間探民情，早日制出能使徐朝繁榮昌盛的國策，安撫民心，為百姓謀福。」

李妍明白了，他是想帶著她微服私巡，與她為國圖謀，共濟天下，為百姓蒼生鞠躬盡瘁。

她確實心動了，願意與他一起做這樣的事情。

她聽他的話，先好好睡覺，其他的事再說。他身為高高在上的皇帝，能跟她解釋這麼許多，能為她發毒誓，已屬不易。

李妍因為身子虛，容易疲乏，她閉上眼睛沒多久就睡著了。

徐澄聽著她均勻的呼吸聲，才輕輕地起身出去了。

第二十二章

徐澄一回到春暉殿，便讓人把賀郎中找來，先是給了賀郎中一萬兩銀子和一座宅院作為賞賜，再讓他與張太醫同做宮裡最高等的御醫，另外讓他細心配藥方，為李妍調理身子。

「朕要的就是皇后能早早康復！」徐澄對賀郎中鄭重地說。

「皇上放心，皇后娘娘只需再將養半個月就能下床走動了。」

徐澄聽了頗為心安。「愛卿辛苦了。」

賀郎中沒想到還能聽得皇上對他說這麼一句體恤的話，有些感動，看來皇上並不計較他當時的不禮貌，也不計較他不曾事前知會皇上，就要放驍兒、珺兒的血。

他摸了摸自己的腦袋，感覺在宮裡想保住腦袋應該也不算是難事。

賀郎中一走，徐澄便寫了一份詔書，封宋姨娘為貴妃，還封徐馳為安陽王，徐驕為隘陽王，還給他們母子三人很多賞賜。

另外，再寫了兩份詔書，分別是封遠在隱園的徐駿為怡親王、徐玥為星月公主，同時也封賞了許多寶物。

當日，冊封官便帶著內務府十幾號人浩浩蕩蕩地去了宋姨娘那兒。

宋姨娘本來還在為李念云活了過來的事而傷心傷肺，沒想到冊封官滿臉喜色地過來了。

當冊封官宣讀完詔書，宋姨娘激動得熱淚盈眶，她終於當上貴妃了！她的兩個兒子也為王爺了！徐澄總算是對他們母子三人重視了一回！

宋如芷穿上貴妃服，再讓兩個兒子穿上內務府送來的王爺服，她要帶著兩個兒子去皇上那兒謝恩。

碧兒心裡卻納悶，皇上並未立驍兒為太子，也未封他為王，怎麼卻先封兩個庶子為王了？

當宋如芷帶著兩個兒子，再由幾位宮女、嬤嬤簇擁著來到春暉殿時，他們發現徐澄好像早已料到他們要來，已經在等著他們了。

徐澄看著宋如芷和兩個兒子，見他們盛裝打扮，確實像模像樣。他極少對他們綻露笑容，但這會子他不僅笑了，還走過來，摸了摸兩個兒子的腦袋。

宋如芷拉著兩個兒子磕頭謝恩，被徐澄親手扶了起來。

當徐澄碰著她的胳膊時，宋如芷一陣激動，徐澄都好久沒觸碰過她了，更不曾這般溫柔地看過她，她激動得不知所措，莫非孤苦的日子熬到頭了，皇上終於想到要寵她一回？

徐澄命人給他們母子三人看了座，他自己則坐在金碧輝煌的龍椅上。「安陽與隘陽雖是兩座老城，但這幾年都未被戰事殃及，百姓安居樂業，民風淳樸，你們倆喜歡嗎？」

徐馳和徐驕得知自己能食邑一城了，都高興得直點頭。

「你們都還年幼，本不想早早送你們去安陽和隘陽，但朕知道你們向來與驍兒性情不相投，讀書時還常吵架，為了……」

徐澄還未說完，宋如芷騰地一下站了起來，大驚失色地問道：「皇上要送他們去安陽和隘陽？他們倆小小年紀，哪能獨處一地，即便是為王，也不免被當地權貴欺負啊，皇上萬萬不可！」

宋如芷說著就要跪下了。

徐澄道：「朕並非讓馳兒和驕兒獨自去兩城，朕會派陳豪、迎兒陪著馳兒，馳兒的先生和平時使喚的奴才也一併帶去，不會有人敢欺負他的，他是朕的兒子，誰敢欺負他？」

「馳兒大一些倒也成，但是驕兒實在年幼，皇上萬萬不可讓他去隘陽。臣妾記得前朝給皇子封王，都是待他們滿了十二歲才去封地的。驕兒還不滿四歲，皇上如何忍心他離開臣妾的身邊……」宋如芷一陣哽咽。

徐澄也不免動容。「朕本就沒打算讓驕兒離開妳，妳和他一起去隘陽。」

宋如芷怔怔地望著徐澄，她這個貴妃也得出宮？那她當這個貴妃還有啥意思，不就是一個空名號？

徐澄接著道：「朱炎一家會跟隨妳和驕兒一起去，妳的母親和宮裡奴才也都帶去。另外，朕會各派五千士卒去兩城，他們會盡心守護你們，無須擔憂安危。」

宋如芷內心一陣糾結，細細想來，出宮也好，皇后不就是為了出宮還差點丟了性命？不在皇上面前，就不用整日擔心這個擔心那個，也不用尋思著如何討好皇上。

左右不過沒有男人陪著罷了。

雖然心裡想通了，但仍然意難平。「皇上為何這般急著讓臣妾和孩子們出宮，就因為他們和驍兒吵架？」

徐澄沈默片刻，讓人先帶著馳兒、驕兒回寢宮，才對宋如芷說：「自古以來，尊卑有別，嫡庶相處矛盾不可避免。就因為他們年幼，還未與驍兒結下仇恨，將來心裡還存著兄弟情誼，才早早分開他們。倘若再大些，兄弟之間像仇人般相向，以後會是何局面？妳不記得寶親王了？他與鄴征乃同母兄弟，他都要與妳父兄勾結行謀反之事，何況嫡庶間的兄弟呢？」

宋如芷戰戰兢兢。「馳兒和驕兒怎麼可能會像寶親王那般大逆不道，皇上可千萬不要如此猜想，他們長大了也會對驍兒恭恭敬敬，不會有半點違逆。」

「朕沒有如此猜想，朕也相信他們，而且……即便將來他們有異心也做不出什麼大動靜來，朕會將一切掌控在手心。只是既然遲早要去封地，又何必待在宮裡與驍兒鬧矛盾影響兄弟情誼？朕唯一的願望就是，他們都能開開心心地做封王，無病無災，一生順遂。」

宋如芷無語，沒有辯駁。

徐澄又道：「以後每年馳兒和驕兒都可以來宮看望朕，妳也可以陪同。好了，回去準備準備，明日就啟程吧。」

次日宋如芷和兩個孩子一起出宮，儀仗巍峨，陣勢浩蕩。

一萬兵馬前後護擁著他們，風光十足。宋如芷還是第一次享受這等尊榮，但她坐在華麗寬敞的馬車上，沒有一絲笑容。

她的生母倒挺開心。「芷兒，娘向來不愛與人爭，可就因為這樣，娘才能善終。當時受妳爹寵愛的那些女人都跟著發配到苦寒之地了，怕是不久就會病的病、死的死，只有娘福大命大，還能跟妳一起生活。去隘陽有什麼不好？整個城都是妳和驕兒的，吃喝用度一點也不比宮裡差，也沒有人能壓妳一頭，想怎麼過就怎麼過，這日子多自在！」

宋如芷雖然終於能做一回最大的主子，以後確實能揚眉吐氣了，可是她仍然依依不捨，無法釋懷。「娘，我就是……就是捨不得離開那個人。」

宋母知道女兒所指的是皇上，嘆道：「男人就那麼回事，他心裡要是沒有妳，留在他身邊又能如何，待久了他只會厭煩妳。妳離得遠了，指不定他還偶爾念一念妳，總比他看見妳就巴不得妳滾要好些。」

宋如芷靠在她娘的肩頭上。「妳說皇上會想我嗎？」

「會，怎麼不會？過去妳是他的枕邊人，如今是貴妃娘娘。被他整日念叨未必是好事，只要他偶爾能念及妳，這一生便安枕無憂了。」

母女倆相依相偎，馬車已經出了京城，整個隊伍前後綿延數十里。

李妍一醒來便見崔嬤嬤和晴兒喜上眉梢，時刻都要笑出聲來似的。

「妳們傻樂啥，皇上給妳們賞賜了？」李妍問。

她們趕緊過來扶李妍坐起，崔嬤嬤這一笑，臉上的褶皺就更深了。「娘娘，昨日聽說皇上冊封宋姨娘為貴妃，老奴心裡還悶著呢，以為皇上見您病了就想著寵宋姨娘了，沒想到皇上竟然讓宋姨娘……不對……應該是皇上讓宋貴妃出宮了，帶著安陽王和隘陽王出宮了！」

李妍一愣，這麼快？徐澄昨日才說要送他們母子三人出去的。

崔嬤嬤又道：「皇上只留娘娘您一人在身邊，那是打算獨寵娘娘了，這可是千古難得見一回啊！」

李妍聽了臉紅，嘴上卻說：「許多平民夫妻可都是這樣的，一生一世一雙人。」

這時綺兒跑了進來。「娘娘，護……護國大將軍……來……來看娘娘了。」

綺兒結結巴巴，她知道皇上和皇后是要把她許配給蔣子恒的，所以這回乍見蔣子恒，她慌得六神無主。雖然緊張，但心裡是萬分歡喜的，因為她十分中意蔣子恒。就憑剛才那麼一眼，她就瞧出他的英雄氣概。

李妍還不知道那晚見到的紫衣男子是蔣子恒，她讓晴兒給她披上厚外衣，再稍稍整理頭髮，才讓綺兒帶他進來。

蔣子恒進來時，她有些愣然，然後露出頗似久違的笑容，讓蔣子恒覺得她認得他。

「幾年不見，你越發勇武了，果然有護國大將軍的氣魄。」李妍感覺自己說得好彆扭。

蔣子恒見李妍認出他來了，還說出這些話，心裡溫溫潤潤的。「在下來覲見皇上，皇上就讓在下來探望娘娘，不知娘娘今日可好些了？」

蔣子恒嘴裡說得是中規中矩，眼神卻盡是柔情，見李妍氣色不錯，他心裡也踏實了，再無別的想法。

李妍見蔣子恒果然是個識趣的，不敢對皇上的女人說半句不得體的話，她笑著點頭道：「好多了，多謝那日你的搭救。」雖然她偶爾會暈眩，身子還有諸多不適，但絕不會在蔣子恒面前說的，直接說一聲「好多了」，能省去很多問話。

聽李妍言謝，蔣子恒面露愧色，因為倘若當時是他，他未必會那麼堅決地自砍右臂，便道：「皇后娘娘該謝的是皇上，在下不值得一提。」

李妍怔了怔，知道他是在謙虛，也不好再說啥，便招手把綺兒叫了過來。「綺兒，妳來扶本宮坐正一些。」

李妍是故意的，其實她就是想讓蔣子恒認一認綺兒。徐澄只在蔣子恒面前說起綺兒的名字，所以他至今仍然不知誰是綺兒。

綺兒低著腦袋過來，扶了扶李妍。

蔣子恒聽說她就是綺兒，再想起她剛才慌裡慌張、面紅耳赤的樣子，便知她心裡早已清楚了。

蔣子恒望著李妍的眼眸，心裡不知是啥滋味。一個當了皇后的女人，他還能企盼什麼，那日已說是最後一面了，今日要不是徐澄讓他來見，他是不會來的。

李妍的眼眸裡有喜悅，但那也是如同月老牽線般的喜悅。

罷了，反正他也打算放下了，他朝李妍靦覥一笑。「在下就不打擾皇后娘娘的清靜了，在下告辭。」

李妍點了點頭。「去吧。」

綺兒很是懂事，跟在後面送蔣子恒出去。到了院門口，蔣子恒回頭瞧了綺兒一眼，朝她淡淡一笑。「待妳嫁給我，我會對妳好的。一生一世一雙人，半醉半醒半浮生。」

綺兒當場發懵，只是傻傻地說一聲。「喔。」

直到蔣子恒轉身走了，她才跌跌撞撞地跑回來，羞赧地問李妍。「護國大將軍他……他對奴婢滿意嗎？」

李妍笑道：「傻丫頭，當然滿意了，妳沒瞧他一聽說妳是綺兒，都羞得滿臉通紅了。」

「那『一生一世一雙人，半醉半醒半浮生』是……是啥意思？」綺兒激動得腦子有些不清醒了。

李妍微怔，感慨地說：「他是個好男人，他願意一生一世與妳相伴，共度此生。綺兒，妳是個有福氣的。」

綺兒含淚點頭，她沒想到自己竟然能嫁給這樣的男人，她以前一直以為自己只能配個粗鄙小廝呢。

崔嬤嬤走過來笑咪咪地說：「綺兒，妳算是有依靠了，我這個當大姑的也為妳高興。對了，容兒也要和蘇柏成親了，皇上已經找人看了好日子，三個月後就要辦喜事，最近那個蘇柏就跟變了個人似的，見到我竟然還行禮，臉上還帶著笑呢，有時候我都以為是我老眼昏花認錯了人。」

李妍感慨道：「容兒和綺兒都是有福氣的，她們都遇到了好男人。」

她說話時有些出神，徐澄是個好男人嗎？她跟著他算是有福氣嗎？

直到崔嬤嬤將晴兒拉過來說現在只剩下她了，李妍才回過神來。「晴兒，妳要是看上了誰就跟本宮說，本宮一定會如了妳的意。」

晴兒直接被她們羞跑了。

接下來幾日徐澄都很忙，百廢待興，他與朝臣要商議的事很多，有時候還通宵達旦。李妍在養病，吃的都還是極清淡的飯菜，所以徐澄也沒法與她共膳，只是每日趁李妍睡著了才偷偷來看一回。

七日後，徐澄沒有那麼忙了，兩人一見面，感慨萬千，都有很多話要說，最終卻是誰都不知該說什麼好。

李妍忽然頓悟，徐澄當真是個工心計的人，因為隔了這麼些日子，她的心緒已經平靜下來了，確實不再想什麼反悔不反悔的事，也不再提出宮的事，反正以後可以和他微服私巡，一路有他相伴是比與晴兒一道出去有意思得多。

徐澄見李妍啥都不提了，心情大悅，來到床邊看了她一陣。「妳現在能起身嗎？」

李妍早就想起來走一走了，可賀太醫說還得過七日才能下地。「皇上，要不你扶臣妾下來走一走可好？但不要讓賀太醫知道了，否則他會嘮叨個沒完。」

徐澄大笑。「也就他敢在皇后面前嘮嘮叨叨，不過……咱們還是聽他的，聽他的準沒錯。」

徐澄將被子一掀，直接把李妍抱了起來，來到藤椅上坐下。藤椅只能坐得下徐澄一人，所以李妍只能坐在他的大腿上，依偎在他懷裡。

兩人許久沒有這般親密，李妍早已臉紅，眸子只是看著桌上的花瓶，不好意思直視徐澄。

崔嬤嬤趕緊拿厚外衣過來給李妍披上，然後帶著綺兒、晴兒一道出去了。

徐澄把李妍的臉扳過來，讓她正眼瞧著他。「妳是朕的妻，咱們連兩個孩子都有了，妳還害什麼羞？」

他話才說完就一手摟住她的腰，另一隻手捧著她的後腦勺，湊唇過來要吻李妍的唇。

李妍慌得推開他，偏過臉去。「臣妾才喝了藥，你不怕苦嗎？」

「不怕。」徐澄言罷便狠命親過去。

他濕潤的熱唇貼上了李妍冰涼的唇，才一會兒李妍感覺自己也炙熱了起來，與此同時，她感覺體內一陣熱流上湧，唇瓣已被徐澄吮得火辣辣的。

她情不自禁將雙手伸了過去，摟緊他的脖子。當徐澄探進來要吮她的舌時，她趕緊閉上嘴，因為她知道自己的舌頭肯定很苦，剛才喝藥時她都苦得要哭了。

徐澄見她抵抗，還偏要試一試，正當他要硬撬開李妍的嘴時，一陣腳步聲越來越近。

「皇上，萬萬不可、萬萬不可啊！」賀太醫硬闖進來不說，還緊張得大呼小叫，嚇得徐澄和李妍觸電般分開了。

徐澄雙眼惡狠狠地瞪著賀太醫。

賀太醫解釋道：「皇后娘娘身子虛弱，不能激動，皇上若挑起娘娘的……情……情慾，弄不好會昏厥過去的。皇上還是忍耐一下，再等七日就差不多了，到時候皇上與皇后娘娘就可以安心地共寢同歡了。」

賀太醫說得這麼直白，簡直讓李妍抬不起頭來。

徐澄氣結，這個賀太醫扯得也太遠了。氣歸氣，可他竟然發作不起來，瞪了賀太醫一眼說：「朕知道了，滾！」

賀太醫這才意識到剛才魯莽了，皇上與皇后正在親熱，他竟然敢闖進來還硬生生地喊住了，現在聽到一個「滾」字，他趕緊抱著腦袋跑了。

賀太醫才跑出去，蘇柏又進來了。「皇上，怡親王和星月公主已經到了，在下派人接他們進宮。」

李妍還在徐澄懷裡，實在尷尬。「皇上，你先抱我到床上去吧。」她倒想自己走過去，可她無法下地啊。

才言罷，她忽然仰脖一問：「怡親王和星月公主是誰？」

徐澄起身，將她抱著往床那邊走去。「就是駿兒和玥兒，朕已把離隱園最近的庸城封給駿兒了，並封他為怡親王。他前幾日遣人送來了信，說要和玥兒一起來謝恩。本以為他們明日一早才能趕來，沒想到這會子就來了，看來一路上都沒停下來歇息。」

徐澄為李妍蓋上被子。「朕先去春暉殿，晚上再來看妳。」

徐澄回到春暉殿沒多久，駿兒和玥兒就來了。他們兄妹倆已換上晉封的華服，一進來便向父皇跪拜。

才幾個月不見，他們兄妹倆萬萬沒想到父親已經是九五之尊，或許是在外面待久了，他們面對徐澄十分恭敬，恭敬到不像兒女面見親爹，而是臣民面對高高在上的皇帝。

徐澄見駿兒似乎已經沒有了當初離開宰相府時的怨氣，看起來很平和，而玥兒也是乖乖巧巧的。徐澄猜想是派去的音迦大師起了作用，他派音迦大師去就是為了讓駿兒、玥兒多聽聽佛理，蕩滌內心怨恨，以平和心態面對人生。

他們兄妹倆畢竟年幼，只要教養得好，是可以匡正的。

徐澄見他們有此變化很是開心，拉著他們的手坐下，這時他發現跟著他們一起來的一個下人有些奇怪。本來當奴才的是不能進來的，只能站在外邊，這個奴才卻進來了，雖然只是站在門邊，但也夠大膽的。

或許是這個奴才不懂得規矩，便問：「駿兒，這個奴才是你新得的？」

駿兒剛才還十分沈靜，眼神淡定，這會子卻又帶了一絲憂鬱，點頭道：「父皇，他跟孩兒不是很久，不太懂得規矩，還望父皇莫怪。」

徐澄淺笑。「父皇不是如此小氣之人。」

這時玥兒還笑咪咪講了她和哥哥這幾個月的生活，說去了周邊好些地方玩，可比以前在後宅裡要有趣得多。

徐澄很是欣慰地笑道：「嗯，這回你們可以搬進庸城住了，待夏天朕去你們那兒避暑如何？」

玥兒甜笑。「自然甚好。」

之後他們兄妹倆又問起皇后娘娘，徐澄便告訴他們，皇后正病著呢。他們兄妹倆就說要去探望皇后娘娘，徐澄尋思著讓他們去見一見也好，以前結下了仇怨，這次最好一笑泯恩仇。

徐澄命御膳房好好準備接待怡親王、星月公主的夜宴，他自己則要去御書房。

曲公公在前帶路，駿兒和玥兒並肩走著，那奴才也緊跟其後，玥兒還回頭朝他一會兒眨眼一會兒皺眉，好像很不願意讓他跟著去。駿兒也停了一下，回過頭打手勢，似乎也是阻止奴才跟著去，可是這奴才絲毫不聽主子的話，硬是要跟著。

曲公公走在最前面，背對著他們，並沒瞧見這些，倒是被迎面而來的蘇柏瞧見了，他本來是要跟徐澄一起去御書房的，但見了這一幕，他對這名奴才實在不放心，就悄悄地跟上來了……

因為已經有太監提前來稟報，李妍穿戴整齊坐在床上等著。其實她一直有些忐忑不安，不知如何面對他們兄妹倆。玥兒倒好應付，就是駿兒不知怎麼樣了。幾個月來，也不知還恨不恨她，她心裡莫名有種不好的預感。

綺兒才進來稟報，駿兒和玥兒就進來了，他們倆一進來便行跪拜禮。

「快快起來，不必多禮。」李妍欲起身，準備親自扶他們。

就在李妍雙腳落在鞋子上時，她的餘光好像看到一個灰色影子衝了過來，她一抬頭，見灰衣人已跑到她身前，李妍有些發懵，不知這奴才想幹麼。

灰衣人從懷裡抽出一把匕首，直向李妍刺來，李妍嚇得一陣驚呼，也顧不得穿鞋，打著赤腳沒命地跑向屏風。

崔嬤嬤和綺兒聽到李妍驚叫，直向這邊撲來。

駿兒和玥兒一臉愕然，趕忙起身準備拉住灰衣人。沒想到灰衣人跑得比李妍更快，他左手抓住李妍長袖，右手執匕首要刺進她的胸膛時，門外一支飛鏢嗖嗖地飛了進來。

灰衣人一聲慘叫，雙眼怒瞪李妍，手卻無力刺下去。李妍猛地一拽，抽出袖子，往旁邊一跳。

灰衣人歪倒在地，匕首仍緊緊握在手裡。

「有刺客！有刺客！」晴兒大呼，蘇柏已緊隨著他擲出來的飛鏢進來了。

崔嬤嬤和綺兒一左一右摟著李妍，嚇得慌神地看著刺客。

駿兒和玥兒卻撲在灰衣人身上，哭喊道：「娘！娘……」

李妍驚愕，這穿著男裝的奴才竟然是章玉柳?!

她走過來伸手將灰衣人的黝黑臉皮一揭，果然露出章玉柳的臉。章玉柳氣若游絲，卻仍憤怒地看著李妍，她想說話卻說不出來，嘴皮子一張一合，氣息微弱地吐出幾個大家都聽不清楚的字。

李妍看著她的唇，知道她想說的是——李念云，殺不死妳，我死不瞑目啊！

章玉柳確實死不瞑目，因為她的嘴巴現在連一張一合都做不了。她嚥氣了，可雙眼還恨恨地直瞪著李妍。

駿兒哭道：「娘，您不是答應孩兒，只是見一見父皇嗎？您為何還是放不下心中的仇恨，娘！」

玥兒哭得呼天搶地。「娘，咱們好不容易在一起了，可以去庸城安心過日子，您已經答應過我和哥的，為何要反悔？娘！娘！」

李妍不知為何，也跟著流起淚來，她真的不忍心見駿兒、玥兒親眼看著親娘慘死的一幕。

她不知章玉柳為何恨她入骨，難道就因為李念云當年做了徐澄的妻，她章玉柳退而其次做了妾？這是徐國公和李祥瑞在軍中喝酒定下的，又不是李念云使計陷害，章玉柳為何就是想不開呢！

李妍看著章玉柳死不瞑目，瞪得實在是可怕，便伸手撫下她的眼皮，讓她瞑目。

蘇柏用飛鏢殺死章玉柳，他不知如何面對駿兒、玥兒，只是愣愣地站在一旁。

剛才已有人向徐澄稟報，徐澄疾步趕來，見李妍沒事，才放下心來。

他看著死去的章玉柳，沈默片刻，閉目嘆息一聲，再吩咐曲公公。「先將章玉柳抬到佛堂，請大師和唱經班來為她超渡。」

曲公公和幾位小太監沒見過死人，嚇得臉色蒼白，顫顫巍巍地把章玉柳抬下去了。

駿兒、玥兒跪在徐澄面前，哭得快要昏死過去了。

徐澄坐下，問：「駿兒，進宮都要仔細搜身的，你娘是怎麼把匕首帶進來的？」

駿兒一怔，摸了摸自己身上，此時才恍悟過來，淚眼婆娑地說道：「剛才孩兒進宮忙著換父皇賜的華服，把防身的匕首拿了下來，娘肯定是在這個時候偷偷拿走的，孩兒當時只顧著華服合不合身，把匕首的事給忘了。孩兒真的不知道娘會行刺皇后娘娘，若是知道，孩兒萬萬不敢帶她進宮的！」

若是以前，徐澄或許不會相信駿兒的話，但此時他是真的相信了。「無論是舊朝，還是咱們徐朝，對王爺與公主進宮都沒有搜身規矩，完全靠王爺與公主們自己親手交出防身兵器，而你……進宮見朕還帶防身匕首，論輕處，你犯的只是大逆不道之罪；論重處，便是罪同謀反，你可知錯？」

駿兒磕頭。「孩兒知錯。」

徐澄見兒子這樣心裡也很不好受，頓了一頓便問：「你娘不是被發配到西南去了，怎麼跟你在一起？」

「鄴朝亡了，西南有兩位鄴氏官員害怕被牽連，就逃了。被發配去西南的人有好些都逃跑了，娘來找孩兒時就是扮成男人的模樣，她只向孩兒出示一塊玉，孩兒便認識她是孩兒的娘。娘才來五日，隱園裡還沒有人知道她的身分，娘說很想念父皇，想站在遠處見一見父皇，孩兒……孩兒就答應讓她跟著來了。」

徐澄聽了這些，一直沒說話。

李妍有些神傷，默默地去床邊坐下了。她感覺她沒法在澄元宮住下去了，怕自己一閉眼就會想到章玉柳死不瞑目的樣子。

良久，徐澄對駿兒說：「朕會派人為你娘安葬，葬入徐家墓地。」

駿兒磕頭。「謝父皇。」

章玉柳還能入徐家墓地，徐澄已經算是仁至義盡了，說來說去都是看在兩個孩子的分上。

徐澄又道：「你娘的罪朕不再追究，但你做了錯事，必須領罪，否則朝綱何在？徐朝律法何在？」

駿兒本來只想和他的母親、妹妹一起去庸城過安分日子，經音迦大師教誨，他自知嫡庶有別，尊卑在他出生之時就已注定，他沒必要逆天而行。

可是現在一切都破滅了，他的母親死了，他也沒有勇氣認為自己和妹妹還能將剩下的日子過好，因為今日的一幕會讓他悔恨一生，一切只源於他疏忽了隨身攜帶的防身匕首。「孩兒自請死罪。」

徐澄微怔。「朕不允。」

「那就請父皇將孩兒圈禁起來。」

駿兒這麼一說，徐澄已瞧出他心灰意冷，若是讓他和玥兒一起去庸城，指不定他萬念俱灰，還會尋死。

徐澄不忍心見他這般，便道：「你拜音迦大師為師，仍回隱園吧，玥兒獨自去庸城，朕會多派些人好好照顧她。」

駿兒沈思片刻，點頭了。

駿兒和玥兒出了宮，住進早前由徐澄命人安排好的住處——凡是在外有封地的王爺，哪怕進宮來覲見皇上，也不能夜宿皇宮內，所以才在宮外為他們安排了住處。

本來徐澄已讓人準備了夜宴，打算一家子一起吃頓團圓飯，沒想到竟然出了這種事。他再命人好好為章玉柳辦喪事，且同意讓駿兒、玥兒去靈堂哭喪，靈堂與他們的住處相隔不遠，也同意了讓他們守靈，說待章玉柳的七七過了，駿兒再回隱園，玥兒去庸城。

吩咐了這些，徐澄來到李妍身旁，問：「妳被嚇壞了？」

驚魂未定的是崔嬤嬤等人，李妍倒還好，她搖頭道：「臣妾雖受了驚嚇，但還不至於被嚇壞。」

徐澄為她披上厚外衣，然後抱起她就往外走。

李妍在他懷裡掙扎。「皇上這是要帶臣妾去哪裡？」

「春暉殿，這裡已經不適合妳住了。」徐澄抱著她往外走。

「不行，臣妾怎能與皇上同居一室，皇上平日裡起居作息與臣妾都不一樣的，臣妾怕擾了皇上。」

「夫妻同居一室再正常不過，既然起居作息不一致，那就調整成一致的。」徐澄一路抱著她，後面跟隨的宮人們都在心裡暗笑，皇上寵皇后簡直要寵到天上去了。

崔嬤嬤、綺兒和晴兒收拾著李妍平日裡需要用的東西，和小太監們一起將東西往春暉殿搬。

皇宮裡空置的宮殿那麼多，皇上偏偏要把李妍抱到春暉殿，與她同吃同住，這用意再明顯不過，就是要好好寵她。

徐澄把李妍放在龍床上，李妍一躍起身，慍著臉道：「臣妾不要睡這裡！」

他壓著不讓她起身。「不要鬧。」

李妍推開徐澄。「臣妾真的不要睡在這裡。」她渾身起雞皮疙瘩了，因為她腦子裡想到很不好的畫面，讓她憤怒的畫面。

徐澄不知她怎麼了。「這是朕的大龍床，舒服又暖和，妳為何不睡？夫妻同床有何不可？」

李妍本不想說的，可是徐澄非要問出個緣由，她忍不住道：「皇上和玉瑜在這張床上那個……那個過，臣妾不要睡這種床。」

李妍言罷就雙腳落地要走，徐澄再把她往龍床上抱，用力按住她。「妳這個蠢女人，朕何時讓玉瑜侍寢了，當時朕確實有此意，可是妳霸道地在朕的腦子裡晃啊晃，朕就讓她到湘妃宮睡去了。」

「臣妾不信。」李妍仍然彆扭地坐在床上，渾身不舒服。

「朕的話妳必須信！」

這時在外面聽不下去的曲公公跑了進來，他實在不忍皇上被這般冤枉。「皇后娘娘，皇上確實未臨幸玉瑜，當時蘇柏也在場的。皇上每日夜裡孤寂得很，但為了皇后，皇上從未臨幸任何一位女子，皇后可不要再苦著皇上了。」

徐澄回頭瞪他。「多嘴！」

曲公公脖子一縮，又趕緊出去了。

李妍怔望徐澄良久，如此說來，他剛才說的是真話？可她卻一直冤枉他。她轉而又用含著歉意的眼神望著徐澄，抿了抿嘴說：「沒想到皇上還有如此忍功。」

「朕忍功還未修練到家，往後就由皇后一人侍寢了，是妳不要朕碰別的女人的，那侍寢的活兒就全交給皇后了。」徐澄雙眼灼熱地看著李妍。

李妍聽了不禁往後縮了縮，再看著徐澄強健的體魄，更是心頭一凜。「賀太醫的話你……你可別忘了。」

徐澄戳了戳她的腦門。「是妳自己攬下的，可不許退縮，七日之後，妳就逃不了了，每日都得侍寢，不得告假。」

每日……！李妍已經想退縮了。

她又扭了扭身子。「不行，臣妾還是不能在這兒睡，儘管你和玉瑜沒有那……那個，但是她肯定坐過或躺過，臣妾有……有潔癖。」

「潔癖？」徐澄還是第一次聽說這個詞。「無論妳有什麼癖好，都得住在這裡，被褥每日都換洗的，妳要再提玉瑜的事，朕就不等七日之後了。」

李妍見徐澄緊盯著她，那樣子都有點像餓狼了，趕緊閉嘴不再說話，真怕他強來，那她想逃也逃不脫了，賀太醫說過得等七日之後，她可不想拿自己的身體開玩笑。

徐澄見她不再鬧了，嘴角帶一絲笑意，向外吩咐道：「傳晚膳。」

晚膳很快就傳來了，綺兒和晴兒進來在床上擺一張小矮几，布好菜，端到几上讓李妍自己吃。李妍吃的是補血餐，而徐澄吃的是正常菜色，所以吃得不一樣。

徐澄問：「要朕餵妳嗎？」

李妍忙搖頭。「這幾日臣妾都是自己吃的，不需煩勞皇上。」

徐澄來到桌前，故意挑了與李妍面對面的座位坐下，各自吃著，偶爾抬頭遠遠互望一眼，這感覺像在宰相府裡的那段時日，他們之間有著很好的默契。

用過晚膳後，綺兒和晴兒伺候著李妍洗漱，徐澄則去旁邊一間屋子裡沐浴。

待徐澄過來時，李妍聞到他身上一股香氣，暗道——女人洗澡才泡鮮花，他洗澡難道也泡這些？

徐澄鑽進被子裡，李妍再仔細一聞，倒也不像是花香。他們側躺對望著，李妍眨了眨眼問：「皇上，你身上是什麼香味？」

徐澄自己嗅鼻聞了聞。「這是龍涎香，妳不喜歡嗎？」

他說著就伸過手來，將她攬在懷裡。李妍蜷在他懷裡，緊貼著他的胸膛，感覺很踏實、很溫暖。「喜歡。」

可是轉念間，她又想到章玉柳。章玉柳才剛死，自己卻與徐澄這般親密地躺在龍床上，要是章玉柳見到這一幕，她肯定會氣得吐血。

李妍忍不住幽嘆一聲。

徐澄親了親她的額頭，用力再緊摟著她的腰。「怎麼了？」

「臣妾只是沒想到章玉柳會這般恨臣妾，她完全可以和兒女一起去庸城享受天倫之樂，為何非要走這條不歸路？倘若臣妾真的被她殺死了，她不也要陪著臣妾一起死？她來之前肯定早已想好一切，她壓根兒沒打算活著出宮。臣妾與她以前只不過是嫡妻與妾室的區別而已，卻讓她如此記恨，看來男人納妾當真是害人匪淺，不僅害了當妾的女人，還害了她生的孩子！」

徐澄見她義憤填膺，忙道：「妳放心，以後朕不再做這種事了，害不著人的，別氣了。」

李妍抬頭仰望他，感慨地說：「說來說去是臣妾胎投得好，能嫁你為妻，性命才得以保全，倘若臣妾只是你的妾，怕是現在死的就是臣妾了。皇上現在說不想去害女人了，但天下的男人可都還在殘害女人呢，這種納妾風氣也該治一治了。皇上此前不是說要出新政嗎？還說要問一問臣妾的意思，僅此納妾一條，臣妾就有許多話要說。」

徐澄來了興趣，捧著她的臉問：「妳的意思是讓天下百姓都不許納妾？妳以為天下男人都像朕這般懼內嗎？」

李妍忍俊不禁，推了他一把。「皇上哪裡是懼內了，明明是威逼利誘加挾持好不好？既然皇上的後宮都只有嫡妻一人，那麼上自百官、下至民間所有男人都該以皇上為楷模才是。皇上可以在新政裡加一條——男人只能娶妻不得納妾，妻四十未誕下子嗣，可報官府且經查證後才能納一妾。但凡有人觸犯新政，得坐牢一年，另外平民罰繳一年賦稅，學子不得參加科考，若是官員就得解其職，另繳罰銀百兩，若是行商者，則罰銀二百兩。」

徐澄很是驚訝地看著李妍，點頭道：「此法可行！」

徐澄被她說得熱血一湧，一下堵住她的嘴，雙手忍不住在她身上摩挲。

李妍癱軟在他懷裡，由他含著她的唇瓣，兩人唇舌交纏在一起，正愈演愈烈時，他們聽到賀太醫在外面問：「皇后娘娘喝藥了嗎？」

徐澄氣結，暗罵道——賀太醫你簡直陰魂不散，不想要腦袋了！

徐澄放開李妍。「妳好像真的忘了喝藥。」

其實綺兒早已準備好藥，只是見他們在親熱，就不好意思過去打擾。

賀太醫得知皇上把皇后娘娘抱進春暉殿，所以趕緊跑來提醒一下。

徐澄坐了起來，綺兒端藥進來，李妍接過碗來一口飲盡，因為此藥實在太苦，一口喝乾可比小口小口地喝要痛快。

徐澄卻起身，小太監已經進來為他穿戴整齊了。

李妍望著他。「皇上有事要忙？」

「朕去御書房睡，明早就來，妳可不要挽留朕。」徐澄言罷就走了，生怕自己會反悔一樣。

李妍心裡不禁一笑，誰要挽留你啊。

七日後，李妍已經能下地走路了。正值春暖花開，陽光格外明媚，她來到御花園看景。

崔嬤嬤跟在李妍身後走著，滿臉帶笑。「娘娘，您瞧這園子裡的景致多好，這些花兒可都是十分名貴的，妖嬈豔麗又大氣。若是出了宮，娘娘只能看些上不了檯面的山花、野花，哪有宮裡這些精心培育的花兒賞心悅目？」

李妍放眼一望，宮裡的景致當真是好，巧山怪石、名花貴樹、小橋流水、亭臺樓閣，樣樣都精緻得很，在如此明媚的陽光照耀下，確實讓人心曠神怡。

李妍嘆道：「玩個幾日倒還新鮮，但願多年以後仍不覺得厭煩。」

晴兒在旁邊放紙鳶，由於只有微微細風，晴兒又不太會放，紙鳶根本飛不高，還動不動就往地上掉。

她一邊跑著撿紙鳶一邊說：「綺兒可會放紙鳶了，只是她如今惦記著嫁人，整日待在屋裡繡鴛鴦，都不陪奴婢玩了。」

李妍走過來把晴兒手裡的繞線手柄接了過來。「來，本宮試試。」

李妍一邊放線一邊往後退，紙鳶徐徐上升，晴兒拍手叫道：「原來娘娘很會放紙鳶啊。」

崔嬤嬤在旁笑道：「娘娘小時候淘氣著呢，跟小子一樣常常在外面跑著放紙鳶。」

李妍被崔嬤嬤這麼一說，就往後退得更急了，崔嬤嬤和晴兒都抬頭看著紙鳶，根本沒留意到李妍後面有一棵大樹。

眼見著李妍後腦勺要撞到大樹了，忽然有一隻大手伸過來將她往旁邊一拉，直接把她拉進懷裡。

李妍嚇得正要大叫，抬頭見是徐澄，立馬住嘴，她手裡還拿著繞線的手柄，紙鳶竟然沒墜地，還在天上飄著。

徐澄遠遠對崔嬷嬷和晴兒說：「妳們伺候皇后娘娘不周，險些讓她撞了大樹，罰三個月的例錢！」

言罷，他把李妍手裡的繞線手柄往晴兒面前一扔，晴兒伸手一接，接住了。

徐澄將李妍打橫抱起，往春暉殿走去。

崔嬷嬷和晴兒面面相覷，然後一陣偷笑。晴兒捂嘴笑了一陣，便跟在後面也要去春暉殿，卻被崔嬷嬷拉住了。

晴兒不解。「嬷嬷，咱們再不緊跟著好好伺候，等會兒又要被罰例錢了。」

嬷嬷戳她的腦門。「真是個笨丫頭，妳緊跟著去才會被罰例錢呢！」

晴兒仍然懵懂不知。

徐澄一路上抱著李妍，被不少宮女和太監們瞧見了，他們驚得遠遠退到一邊。李妍求饒道：「皇上，臣妾已經能下地走路了，快放臣妾下來。你是皇上，在奴才面前可別失了龍威，惹人笑話。」

徐澄看著懷裡的李妍，越看越心動。「朕抱自己的皇后，誰敢笑話，莫非活得不耐煩了？」

進了春暉殿，徐澄把李妍放在龍床上，然後衣袖一揮，奴才們皆退了出去，他們退出去時還順手將門關上了。

李妍慌了神。「大……大白日的，皇上想幹麼？」

徐澄一下將她撲倒，壓在她的身上，先是親了她一下，然後才說：「朕想幹麼難道妳還瞧不出來？」

李妍本以為這種事至少要等到今天晚上才發生，沒想到他壓根兒等不及！

徐澄再湊過來咬她耳垂，李妍推著他的胸膛。「白日宣淫好像……不太好。」其實李妍在意的倒不是白日不白日的，而是他來勢洶洶，她有些害怕。

徐澄直接堵住她的嘴，讓她說不出話來，還把她的雙手環在他的脖頸上，讓她緊摟著他。

一番纏吻後，徐澄已將她的衣物脫了乾淨，之前李妍淪陷在他一波又一波的吻裡，大腦一片空白，當胸前觸及他的鬍碴時，她才驚了一下，本能掙扎，雙手亂舞、雙腿亂蹬，一齊上陣來抵抗。

徐澄自己寬衣，只聽得「叮」的一聲，清脆悅耳，兩塊玉在他胸前相碰。兩塊玉上都刻著很特別的圖案，李妍認得其中一塊，因為上回它從徐澄的懷裡掉出來過。

徐澄取下一塊，戴在李姸的脖子上。「它是朕調兵遣將的虎符，是朕身上最重要的東西，兩塊玉一合，便能號召天下。」

李姸完全忘了自己已經渾身未著一縷，她趕緊取下這塊玉，遞還給他。「皇上不要把這麼重要的東西放在臣妾身上，皇上不是一直擔心臣妾會暗中勾結娘家嗎？若是臣妾把這塊玉故意藏起來，豈不是要壞了皇上的大事。」

徐澄鄭重地說：「朕相信妳。」然後再次把這塊玉戴在她的脖子上。

在他給李姸戴玉的時候，李姸發現他的右臂有一道觸目驚心的疤痕。「這是……那次……」

李姸還未問出口，徐澄便再次把她撲倒。李姸碰到他炙熱的胸膛，又本能地掙扎。徐澄直接擒住她的雙腿，讓她動彈不得，再溫柔地慢慢挺入，之後便是狂風暴雨……

剛才如同一陣暴風雨，轟轟烈烈，風捲雷鳴，停歇之後便是一陣旖旎吟喘，李姸蜷在他的懷裡，閉著眼睛歇息，嘴裡含糊地說：「皇上犯了強暴之罪。」

徐澄饜足喘息，輕撫著她的秀髮。「傻瓜，與妻合歡不叫強暴。」

李姸抬頭，噘嘴道：「與妻合歡？」

徐澄笑問：「難道不是嗎？剛才妳不是一直叫得很歡？」

李姸臉紅。「臣妾沒有亂叫。」

「就當沒有吧。」徐澄淺啜她的朱唇。

「什麼叫就當沒有？本來就沒有。」李妍有些糊塗了，剛才她被徐澄折騰得身子亂舞亂顫，被嚇得一聲聲驚叫，與「叫得很歡」好像不是一個意思吧。

徐澄對著她的耳朵說：「好，妳就當朕沒有聽到。」

李妍揮拳捶他，忽然發現自己的胳膊青了，慌忙用被子蓋住身子只露出雙腿，她再仔細一看，發現大腿和小腿也有幾處泛青。

「你還說你不是強暴，臣妾滿身都被你蹂躪成這樣了。」

李妍才說完，徐澄又壓上來，翻江倒海。李妍招架不住，開始還能掙扎幾下，後來已經渾身沒力氣了。

她乾脆由著他想怎樣就怎樣，她只顧享受就行了，享受之時還情不自禁發出一陣陣令徐澄振奮的聲音。

歇息了半個時辰，李妍睡了一覺。

醒後，奴才們已經燒好熱水，備好沐浴所需。徐澄抱著她一起沐浴，洗著洗著，他又來了。

果真是一池春水讓人蕩漾，只是映的不是梨花，而是一對交頸鴛鴦。

用午膳時，她吃了一碗後準備放下，徐澄還要她吃一碗。

「吃多了會長肉。」李妍時刻注意著保持身材。

「吃少了會沒力氣。」徐澄親自為她添了一大碗飯，還挾好了菜。

李妍嘀咕。「臣妾又不必行軍打仗，要那麼多力氣幹麼。」

徐澄一抹壞笑。「自有用武之地。」

李妍瞪著他，他這是要把她養得壯壯的，再與他合歡嗎？以前她還真沒看出來，徐澄竟然是這麼一個大色胚！以前他明明是個不近人情、不近女色的大宰相，沒想到這個時候露出本性了。想到他竟然隱藏本性且忍了半年，而且為了她連到嘴的肉都沒吃，看來他那十幾日的猶豫也情有可原。

曾經她怪過、埋怨過、恨過，現在她忽然覺得自己該感動的，這是古代的皇上，不能拿來與現代男人比，徐澄能做到這樣，她還有什麼好挑剔的。

她看著眼前一大碗飯菜，再舉起筷子吃了起來。

徐澄在旁很欣慰地看著，滿眼都是濃濃愛意。待李妍吃完後，他還親自為她擦嘴。午睡時，他會為她擺枕頭，為她脫鞋；晚上睡覺時，他會替她卸珠釵；半夜醒來，他會細心為她攏緊被子，怕她受涼。像他這樣的男人，要真想對一個女人好，那必定是細心得無微不至，猛烈得勢不可當。

接連十日，李妍感覺被他寵得沒邊沒框了，她覺得兩人相處不能光由一方付出，得互相關愛才行，所以她也慢慢學會伺候他、關心他。

當他深夜批摺子時，她會時常守在他身邊；當他鎖眉不得其解時，她會在旁為他解憂；

當他犯懶像小孩一般趴在她的大腿上賴著時，她會唱他從未聽過的歌哄他；當他說，皇后，給朕講個段子吧，她會滔滔不絕，各種段子手到擒來。

當然，她也沒少被他折騰，但徐澄是懂得心疼她的，不會真的讓她吃不消，他還希望她能長命百歲呢。

三個月後，新政頒布天下，滿城都在熱議新政，總共有五十條，但有一條是最引人關注的，大街小巷處處都可見三三兩兩圍在一起說這件事的景象。

男人不得納妾，女人們都眉開眼笑的，她們別的不大懂，但這一條是懂的，雖說已經納了妾的不能遣送回去，但年輕的男子以後就只能與妻白頭偕老了。年輕男子和想納妾還沒來得及的男人們心裡雖有不滿，但也不敢說什麼，皇上都能做得到的事，他們敢不遵從？

這一日，李妍躺在徐澄的臂彎裡。「皇上，五十條新政皆頒布下去了，各地開始施行新政，至於百姓從中到底是得了福還是遭了禍，這得靠皇上微服私訪才能知曉，全憑那些官員上道摺子可不行。皇上整日待在宮裡，容易被蒙蔽的。」

徐澄嗤笑一聲。「妳是惦記著出宮去玩，可別打著為百姓著想的旗號。」

李妍訕笑。「遊山玩水只是順便，體察民情才是重中之重嘛，這個臣妾懂的。」

徐澄落唇於她的肩頭，蜻蜓點水般親了親。「好，聽妳的，待朕將手裡幾件要事辦了，再立驍兒為太子讓他監國，咱們才能出去，妳再等個五日。」

聽見只需等五日，李妍一陣興奮，一下翻過身子，趴在徐澄身上，對他又親又咬的。

徐澄被她撩撥得情興意濃，正想好好折騰她，卻見她忽然蹙眉，下了床，對著盥盆一陣嘔吐。

宮女太監們全都驚了過來，以為李妍著涼受風寒了。徐澄是讀過醫書也會把脈的，他一面叫人去找太醫，一面輕握李妍的手腕。

片刻之後，他緊皺的眉頭舒展開來。「皇后，五日之後咱們不能微服私巡了。」

「為何？五日之後臣妾就不吐了，喝三日的藥就能病消全無。」李妍還在原地轉了一圈。「皇上你瞧，臣妾的身子骨好著呢，打轉都不犯暈。」

徐澄忙把她拉進懷裡。「別轉了，把朕的孩兒轉暈了可不行。」

「啥？」李妍驚愕地抬頭。

徐澄摟著她，拍著她的背說：「別怕，妳已經生過兩個孩子了，這一胎肯定也能順利地生下來。」

徐澄以為李妍害怕了，其實她是嚇傻了，她從來沒想過自己要生孩子。在她眼裡，在她心裡，珺兒和驍兒就是她的孩子，現在肚子裡竟然再多出一個孩子來，她一時沒法接受。

這時張太醫和賀太醫一起來了，只不過是一個喜脈而已，連徐澄都把得出來，他們倆自然更能把得出來。

當李妍聽他們一再肯定她有了孩子時，也不得不接受這個事實，摸了摸肚子，還啥也感覺不到，但心裡忽然有了憂愁。

她怕有了自己與徐澄的孩子後，對珺兒和驍兒就沒有以前那般疼愛了，人是自私的，對自己的孩子偏愛一些在所難免。

接下來幾日，她被徐澄照顧得很好，眾奴才們都打起十二萬分精神來，萬一皇后肚子裡的胎兒有個三長兩短，他們肯定會沒命的。

令李妍納悶的是，徐澄之前說要立驍兒為太子，但這幾日卻沒再聽他提起。

夜裡，李妍依偎在徐澄懷裡。「皇上，雖然咱們不能微服私巡了，但太子還是要立的，這是遲早的事，皇上難道在猶豫？」

徐澄用手摸著她的肚子。「驍兒體弱，最近蘇柏雖然一直在教他強身健體的基本功夫，他也有很大的長進，但是他的身子骨離朕所期望的還是有些差距。朕想緩一緩，待這一胎生下來，若是公主，就立驍兒為太子，若是皇子，朕覺得有必要再等個幾年，看他們兄弟誰更適合為太子，再定奪不遲。」

李妍忙道：「臣妾這一胎肯定是公主，皇上不必猶豫。」

「皇后為何這般肯定？」

李妍的眼珠子滴溜溜地轉。「臣妾已經生了珺兒和驍兒，自然知道了，這一胎的反應與當初懷珺兒很相似。」

其實是李妍盼著能生個女兒，看著她開開心心地長大，再找個喜歡的男人當駙馬。若是生了兒子，哪怕與驍兒是親兄弟，可親兄弟之間生嫌隙的難道還少嗎？

徐澄刮她的鼻子。「妳的感覺朕還真不敢相信，妳有孕一個月了自己都不知道，哪裡還記得當年懷珺兒時的反應。」

李妍結舌，再尋思半晌，又道：「自古以來，大都是立長不立幼，否則兄弟之間很容易反目。驍兒並不是有多麼急著想當太子，但是……倘若他知道皇上將來可能會偏愛弟弟，他心裡必定會失落的。若是再被懷有異心的臣子利用，到時候怕是江山不穩了。皇上不是一直想要太平盛世嗎？肯定不希望看到自己的兩個兒子不和。驍兒聰慧，胸懷坦蕩，這已經具備為皇的資格了。」

徐澄沈思良久。「皇后說得有道理，驍兒資質不差，若是讓幼弟凌駕於他之上，再被奸佞之臣鼓動，怕是真有可能動搖國本，朕真是一時糊塗。明日朕會頒聖旨，立驍兒為太子。倘若驍兒的身子將來真的不濟，扛不起這個大任，相信他會有自知之明，不必朕提醒，也會自動讓賢的。」

這下李妍安心了，摟著徐澄的腰。「嗯，明日立驍兒為太子，再辦隆重的夜宴，把文武百官都請來，讓驍兒早些適應這個身分，可好？」

「好，這是他該得的。」

九個月後，李妍如願生下公主，徐澄當即封小公主為明珠公主。

明珠公主結合了李妍與徐澄的優點，長得粉妝玉琢，剔透可愛，確實像顆晶瑩閃亮的珍珠。

徐澄愛不釋手，每日都要抱好幾回。

李妍躺在床上，見徐澄那麼疼愛女兒，不禁笑道：「皇上老了。」

徐澄不服。「皇后為何這般說？」

李妍嘻嘻笑道：「人老了才會格外喜歡小孩子，你以前可不是這樣的。」

徐澄憨笑，無言辯駁。

一年後

「大嬸，青椒多少錢一斤？」李妍提著個菜籃子，頭上包著格子藍布頭巾，身穿碎花布裙，儼然平民婦女的打扮。

徐澄為了配合她，穿一身青布長袍，腳穿灰布鞋，尾隨在她身後。

賣菜大嬸見有人問價，笑盈盈地說：「小娘子，才三文錢一斤，妳瞧這青椒多新鮮啊，今日不買的話，明日這個價就買不到了。」

李妍知道這是做買賣的話術，但她實在閒得很，便問：「為何明日這個價就買不到了？」

賣菜大嬸朝左右瞧了瞧，小聲道：「小娘子，妳應該聽說過咱們酈城有個叫老九的人吧，他可是赫赫有名的地頭蛇，他手下養著一幫打手，凡是在酈城做買賣的哪個不給他錢？

聽說南街的青樓每月給老九送三百兩銀子呢！妳說他管做大買賣的要錢也就罷了，連俺這個小攤子也不放過，俺今日可是頭一回賣菜，便被他手下盯上了。俺若是不漲價，賣菜的錢還不夠給他們的！」

徐澄聽後趕緊湊了過來。

李妍朝他使了使眼色，意思是，你瞧，買個菜也能體察民情呢。

李妍又問賣菜大嬸。「這個老九這麼囂張，官府沒人管嗎？」

賣菜大嬸又左右張望，壓低聲音說：「管啥呀，這個老九就是知府的表弟，指不定老九撈上去的錢還會分給知府一大半哩！」

李妍頓時佩服起賣菜大嬸來，這麼機密的事她如何得知？「大嬸咋知道的？」

賣菜大嬸臉色一滯，再看了看李妍和徐澄的打扮，她怕自己這麼一八婆惹出事端，便板起臉孔。「你們買不買菜啊，瞎打聽啥？」

「買買買，買兩斤！」

買完之後，李妍提著裝了兩斤青椒的籃子，與徐澄走到他們的住處門口，她朝徐澄擠眼道：「相公，還不趕緊行動？」

徐澄把手指放進嘴裡吹了一聲，蘇柏立馬現身。

「蘇柏，咱們立即去暗探酈城知府！」

他們倆才走，晴兒從屋裡跑了過來。「夫人，咱們啥時候回京城？」

「呃……一個月後。」

「啊？」晴兒驚呼。「還得這麼久啊？」

李妍捏著晴兒的小臉蛋。「一個月很久嗎？咱們還要去隘陽看宋姨娘和驕兒呢，馳兒已經來信了，說他這個月下旬也要去隘陽看他的娘和弟弟，正好大家碰個面。」

晴兒蹭著李妍的胳膊。「去過了隘陽，咱們再去庸城好不好？聽說怡親王和音迦大師三個月前已經去庸城長住，也不知他們怎麼樣了，還有星月公主也好久沒見了。」

李妍刮著晴兒的鼻子。「妳倒是學機靈了，知道我們是要去庸城的，只是……帶什麼禮物給他們好呢？」

晴兒冥思苦想了一陣。「帶金銀珠寶成不成？」

李妍瞥了她一眼。「妳當咱們倆又要偷逃出宮啊，要不我就親自給他們做頓好吃的，如何？」

晴兒雀躍拍手道：「如此甚好！」

李妍把籃子往晴兒面前一伸，呵呵笑道：「快去洗菜，洗好了我來炒。」

從此李妍愛上了和徐澄一起微服私巡，過這種體察民情、暗察貪官、懲治惡霸的大快人心且雞飛狗跳的生活。

——全書完

繁體版獨家番外

澄元六年，又是寒冬臘月，一朵朵雪花如柳絮般隨風飄揚。

一輛馬車在鋪滿白雪的路上行駛，後面留下兩道長長的車輪印。徐澄和李妍在外微服私巡一個多月了，此時正在回宮的路上。

李妍坐在馬車裡哼著曲，手裡忙著給一塊鴛鴦玉珮打纓絡。徐珺過些日子就要嫁人了，她這個當母后的自然要親手做些東西送給女兒才好。

徐澄坐在旁邊拿一本書看著，瞧了一眼李妍手裡的鴛鴦玉珮，感嘆道：「這日子過得真快，珺兒在我眼裡一直是個小姑娘呢，瞅著就要嫁人了，還真是有些捨不得。」

他這麼一說，李妍便紅了眼眶。「珺兒性情直率，待人真誠，娶她的人真是有福了，希望駙馬能真心待她，兩人恩恩愛愛一輩子。」

她怕自己哭出來讓徐澄見笑，便立馬微笑道：「再過十年，咱們的明珠也要嫁人了，姑娘長大都要嫁人的。」

徐澄想起機靈可愛的明珠小公主，眼露不捨。「要是明珠一直跟著咱們不嫁就好了。」

李妍斜睨他一眼。「那可不行，姑娘哪有不嫁人的，都說女大不中留，留來留去留成仇。她現在才五歲不懂事，待她長大了知道你不想讓她嫁人，她怕是要爬到你頭上拔毛呢！」

徐澄一聲嗤笑，他們的小明珠就是這般調皮。

李妍感慨道：「其實……有心愛的男人疼著也好。」

「就像我疼妳這般？」徐澄笑著調侃。

李妍厚著臉皮說：「對呀，男人疼女人和爹疼女兒可完全不一樣。」

徐澄忍俊不禁。「我懂。」

他繼續低頭看書，聽著李妍哼的曲調很是奇特，抬頭問道：「這首曲子是妳跟那些民婦學的？雖新奇倒是悅耳。」

李妍莞爾一笑。「曲調好聽，詞也很不錯，要不要我哼出來給你聽？」

徐澄一手執書，一手輕撫著她柔順的長髮，點頭淺笑。「好啊，平時聽宮廷樂曲都膩煩了，還是民間小曲好聽，詞更貼近民意。」

李妍瞅了他一眼，臉色微紅。「瞧你，哼個曲也能想到民意，這可是兒女情長的曲子。」

「哦？」徐澄頓時興致盎然。「這個我更愛聽。」

李妍噗哧一笑，開始哼歌。「……我能想到最浪漫的事，就是和你一起慢慢變老，直到我們老得哪兒也去不了，你依然把我當成手心裡的寶……」

徐澄聽得甚是動情，將李妍的手抓過來握在手心裡，感慨地說：「待我們老了，就在皇宮裡待著……」

還未說完，徐澄忽然神色一凜，耳朵動了動。

李妍正要開口問話，徐澄朝她做個噤聲的手勢。李妍趕緊閉嘴，暗道莫非又遇到刺客了？

他們出門在外偶爾會遇到刺客，雖然每回都化險為夷，但李妍仍很緊張。車夫是蘇柏，他也感覺到異樣，便停下馬車，向可疑之處擲出飛鏢。

隨之便聽見雪林裡一陣慘叫聲，李妍以為刺客都被蘇柏解決了，便鬆了一口氣，可是徐澄卻從馬車裡騰躍出去。

李妍驚得掀開簾子，瞧見徐澄和蘇柏正與兩名蒙面人拚殺。她明明什麼動靜都沒聽到，可這兩名蒙面人竟然瞬間到了跟前，看來武藝十分高強。

眼見著又有一群黑衣人衝上來，蘇柏和徐澄招架不住，便放了信號彈，不遠處的暗衛們立即趕了過來。

雙方勢均力敵，蘇柏和徐澄與兩名蒙面人武藝相當，而一群黑衣人與暗衛們也相差無幾。兩方焦灼拚殺，李妍看得一陣陣揪心，她那雙眼睛始終沒有離開徐澄，生怕他被刺客尋到空隙傷了他。

其實徐澄並不擔心，因為暗衛們會有人去附近找大軍支援，這些刺客等會兒就會一一落網，他還想知道這些刺客是哪路人，正好來個一舉殲滅。這些年來，他曾經樹的敵大多數都消停了，不肯消停的也被抓得差不多，沒想到還有這麼一批強勁的對手。

李妍的眼睛一直跟隨著徐澄的身影，以至於忘了自己的危險。這時有幾個黑衣人竄到她旁邊，暗衛們也很警覺，立馬圍了過來與黑衣人拚殺。

其中一名黑衣人故意學了一聲女子慘叫，徐澄以為是李妍出了事，頓時回頭，卻遭蒙面人乘機一劍刺進後背，直穿前胸。

徐澄見李妍並未有事，眉頭稍舒，緊接著又是眉頭一皺，胸膛疼痛難忍。

「啊！」若不是過於緊張她，徐澄是不會輕易被迷惑的。李妍無法接受這個慘痛的事實，嚇得一聲慘叫，昏厥了過去。

蘇柏一腔怒火，跑過來一劍砍斷蒙面人的手。沒想到另一個蒙面人也竄了過來，迅速一抽徐澄身上的劍，鮮血頓時噴瀉，染紅地上的白雪，殷紅刺目。

徐澄支撐不住，栽倒在地。

蘇柏和暗衛們頓時怒火中燒，衝上去與敵人誓死拚搏。只有一位稍懂醫術的暗衛趕緊撕掉身上的衣裳，為徐澄纏住傷口。

援軍還未趕到，敵人已被暗衛們殺得片甲不留，只剩一個被蘇柏砍斷手的蒙面人倒在地上昏迷不醒。

雪越下越大，紛紛揚揚，雪花飄落在徐澄蒼白的臉上，白了眉毛，白了頭髮。

李妍伏在他身上失聲痛哭，一聲一聲呼喚著他。「徐澄！徐澄……咱們不是說好了，要一起慢慢變老。倘若你走了，我和誰一起慢慢變老？

「珺兒就要嫁人了，她還等著你為她主婚呢！我求求你了，快睜睜眼吧！

「小明珠還在等著爹回去抱她呢，你不要棄她而去……

「驍兒還年幼，撐不起這片大好江山啊！

「你快醒醒啊，你不是說過想看我白髮蒼蒼的樣子醜不醜嗎？你不醒過來怎麼看得到……

「沒了你，我一個人怎麼活？」

李妍哭啞了嗓子，淚水與徐澄胸膛上的血交混著。她無力再呼喚，便伸手為徐澄輕輕拂去臉上、頭髮上的雪花，然後和徐澄依偎在一起。她要永遠陪伴著他，無論是人間，還是天堂。

蘇柏和暗衛們跪了一地，抱著頭痛哭流涕。

起初他們還在耐心等著大夫，可徐澄已經沒有絲毫知覺，脈搏停止跳動，鼻間沒了呼吸。

看來那一劍是刺進他的心臟，此時已經跨進天堂。

李妍摟著徐澄的脖子，與他緊緊依偎著，用溫熱的身子暖著徐澄冰涼身軀。雪花落得他們如同滿頭白髮，兩人已然過了整整一輩子。

良久，李妍啞著嗓子說：「蘇柏，你過來。」

蘇柏起身過來了，站在旁邊待命。

「往我心口上刺一劍。」

蘇柏渾身一滯。

「我知道你手法準，來吧。」

蘇柏拿著劍，他是一個從來不會發抖的人，此時那雙手卻顫抖起來。

李妍閉著眼睛，一串串眼淚流在徐澄臉上，融化了不斷飄下來的雪花。

她喃喃說道：「蘇柏，快動手，否則我跟不上皇上的腳步了。」

蘇柏木木地立在一旁，緊握著劍，卻始終動不了手。

李妍閉目流淚。「蘇柏，一定要將我們倆合葬，『生同衾死同穴』，千萬不要將我們分開。」

蘇柏一行淚已流到脖頸，點了頭。

李妍的熱淚在徐澄臉上蔓延開來，滿心等待著和他共赴黃泉。就在此時，徐澄的眼皮子忽然動了動，氣若游絲地說了兩個字。「傻瓜。」

李妍和蘇柏同時驚呼。「皇上！」

客棧內。

李妍端來一碗剛熬好的藥，坐在床邊上餵著徐澄，徐澄一口一口喝下，笑容可掬地說：「原來被人餵著喝藥是這般滋味，苦藥汁成蜜糖水了，想來我被人刺這麼一劍也值得。」

李妍苦笑一聲。「你都差點沒命了，還有心思說笑。大夫說了，劍傷離心口就一指尖的距離。」

徐澄莞爾。「我要做天下第一的男人，怎麼能死呢？」

李妍戳他的腦門。「你是沒死，我差點死了。」

走進來的蘇柏聽到這話，心裡一顫，當時他差點對李妍動手了，想成全這一對「生同衾死同穴」的生死眷侶。

他穩了穩心緒，上前稟道：「老爺、夫人，刺客招認不諱，他說他是……徐修遠派來的，他是徐修遠的小舅子張遠。」

李妍一驚。「怎麼會？徐修遠成日在老國公府，他……」

徐澄似乎已經猜出一二，深深嘆了一口氣。「平時聽聞張遠武功高強，我們都沒在意，沒想到他最終還是被徐修遠利用了。大敵小敵都滅得差不多，最後我竟然差點死在自己庶弟的手裡。」

大夥兒沈默了片刻，李妍再接著給徐澄餵藥，淡然地說：「他心裡恨你也情有可原，他也是老國公的兒子，但他在孩童時從未被老國公疼愛過，後來他靠自己的勤奮在鄴朝謀得一席之地，位處徐澤之上，想必他當時懷著雄心想有一番大作為。可是……自從你為皇了，他卻賦閒在家，心有不甘也是人之常情。」
徐澄若有所思地點了點頭。
蘇柏問道：「老爺打算如何處置？」
徐澄向來是個果斷之人，此時卻猶豫了，反問道：「你覺得如何處置為好？」
「老爺，殺了他們！」蘇柏斬釘截鐵。
徐澄閉目良久。「廢了張遠的武功，將他和徐修遠流放至漠北，並讓他們帶上妻兒，此生不得回都城。」
「是！」蘇柏領命退了出去。
李妍放下藥碗，拿巾子給徐澄擦了擦嘴。「老爺在戰場上殺敵勇猛，絕不手軟，其實還是懷著一顆菩薩心腸。如此也好，他們到了漠北，日子雖然過得苦些，一家子倒也能相濡以沫。」
徐澄嘆道：「手足相殘之事，我到底做不出來。明日就啟程回宮吧，我想珺兒和小明珠了，驍兒近來功課和武藝也不知是否有長進了。」
「不急，孩子們都好著呢，你身子才剛好些，多將養幾日不好嗎？」
「我是習武之人，身體向來強健，不過是一道劍傷，何須待在這兒靜養，可以邊趕路邊養傷。這次南巡我們瞧出了賦稅弊端，得回朝儘早和大臣們商議。妳呀，都快把我慣懶了，君王可不能有惰性，只有勤政的君王才能熟知民心臣意。」

「是是是，你一刻也不肯閒下來。」李妍扶著徐澄躺下了。

李妍正欲走開讓徐澄好好睡一覺，徐澄卻拉著她的手。「妳也躺上來吧。」

她坐在床邊。「不怕我擾了你的清靜？」

「妳不是說過生同衾死同穴嗎？咱倆共著衾被我才能睡得安穩。」徐澄掀開被子。

李妍脫掉外衣躺了進去，摟著他的脖子說：「你的怪癖還真不少。」

五日後，他們回到京城。在南宮門前，五歲的小明珠飛奔過來。「父皇，聽說您受傷了，被刺客刺了一劍，還疼不疼？」

徐澄蹲下來將小明珠抱了起來，在小明珠臉上啄了一口。「不疼了，否則怎能抱得動妳？」

小明珠鼓著腮幫子朝徐澄的胸口直吹氣，奶聲奶氣地說：「父皇，近來我向皇兄討學了一招武藝，叫『一氣呵成』，我給您呵了氣，你的傷很快就會癒合。」

徐澄大笑。「父皇怎麼沒聽說過這種招式？」

李妍將小明珠接了過去。「妳別在妳父皇懷裡亂動，傷口裂開了可不好。」

小明珠雙手捂著李妍的臉。「母后，您出去一月有餘，好似瘦了不少，在外面過得很苦嗎？」

李妍刮著小明珠粉妝玉琢的臉。「就妳話多，母后在外面過得不苦，百姓們過的才苦呢。」

這時徐驍、徐珺也快步迎了上來，李妍看著他們兄妹十分舒心，覺得自己還算是稱職的，沒讓他們跟著她受過罪，他們也得到了很好的教養，行為舉止都坦坦蕩蕩。

她和徐澄與三個孩子寒暄了好一陣子。忽然，徐珺跑到後面一群人裡將徐駿和徐玥拉到前面來，李妍和徐澄還來不及驚訝，徐珺又將宋如芷和徐馳、徐驕都拉了過來。

李妍一陣驚呼。「如芷妹妹，你們怎麼都來了？」

宋如芷比以前圓潤不少，並未穿戴貴妃娘娘該有的華服首飾，也沒有梳雍容華貴的髮髻。她穿著一身普通民婦的衣裝，給李妍行了個大禮，笑意綿綿地說：「皇后娘娘，過幾日就是公主和駙馬成親的日子，我自然是要來的。他們都是珺兒的弟弟妹妹，哪能不來為姊姊賀喜？」

李妍感到詫異，三年前她和宋如芷見過面，她都是自稱妾身的，還和以前一樣。這兩年多來她們沒再碰過面，而是一到年底宋如芷就讓兩個兒子過來拜見李妍和徐澄。

李妍也不願追問稱呼上的細節，拉著宋如芷的手說：「你們趕這麼遠的路，又是天寒地凍的，真是辛苦了。」

宋如芷嫻淑溫婉地微微笑著。「有啥好辛苦的，我正好趁此行活動活動身子呢，長久在隘陽城待著太安逸，都長一身肉了。」

李妍瞅著她一身。「妳怎麼穿得這麼樸素？難道隘陽城的百姓近來日子不好過？」

宋如芷臉色羞紅，搖頭道：「不……不是。」

李妍覺得奇了，她這副嬌羞模樣怎麼像被愛情滋潤了一般？她再看向徐馳和徐驕，這兩個孩子也都長大了，個子都快有他們的娘一般高，只是他們的娘很顯年輕，像二十出頭的少婦。

李妍想想還是別細問了，只要看宋如芷的氣色與身段，就知道她過得應該很不錯。

李妍來到徐駿、徐玥身邊。「駿兒，你和珺兒差不多大，過個一、兩年也該娶親了，若是看上哪位姑娘，此時趁你父皇就在眼前，趕緊求他賜婚吧！」

徐駿撓著頭，羞赧地說：「皇后娘娘，孩兒喜歡的那位姑娘說……要我親自開口說想娶她才行，不許我求父皇賜婚。」

大家一陣哄笑。

徐玥接話道：「那位姑娘還說了，我哥若想娶她就不許有妾室，也不知我哥能不能做到？」

徐駿高昂著頭。「父皇都做得到，我為何做不到？何況新政如此，我定當遵從。雖然我是王爺可以逾越此政，但我願意與百姓共同遵從新政，只有如此，大徐朝將來頒新政才能得到更多百姓的擁護。」

徐澄走過來撫著徐駿的腦袋。「嗯，孺子可教也，聽說你在庸城的威望頗高，時常減免賦稅體恤百姓，城內也井然有序，極少有偷盜之事。庸城百姓能安居樂業，其中可有你的不少功勞，不愧是朕的兒子。」

徐駿給了他父皇一個燦爛的笑容，一個曾經陰鬱的孩子能有這般長進，徐澄頗為他自豪。

這時徐駿跑到徐驍那兒，哥兒倆勾肩搭背說說笑笑，緊接著徐馳、徐驕也湊過去，說了一陣話便在雪地裡打起雪仗來。

徐珺帶著徐玥、小明珠在旁邊堆雪人，歡聲笑語的，玩得十分帶勁，絲毫不知道冷。

李妍、徐澄及宋如芷就在旁邊看著他們玩，李妍還和宋如芷講著她和徐澄這一路的見聞與趣事。

大家玩了一陣，遠遠站在一旁的宮女、嬤嬤中突然竄出一個兩歲左右的小女娃，她跑過來緊緊抓住宋如芷的手。

李妍見小女娃可愛，遂問：「如芷妹妹，這小女娃是哪家的孩子？」

宋如芷掩嘴而笑，再瞅了瞅一旁的徐澄。「她是我的孩子呀。」

「什麼？」李妍嚇了一跳，以為聽錯了。「妳……妳說是誰的孩子？」

這時小女娃仰頭叫了宋如芷一聲。「娘，我也想去堆雪人。」

宋如芷慈愛地說：「去吧，和姊姊們一塊兒玩。」

李妍呆若木雞，怔了好半晌，再瞅瞅那小女娃，那相貌確實頗似宋如芷。

李妍瞪大眼睛看向徐澄，徐澄卻曖昧地發笑不語。

李妍不知道自己是該發怒，還是該恨，或許該寬容？她什麼都不知道，因為她的腦子已經僵住了。

就在這時，從那群人後面又鑽出一個穿普通民婦裝的女人。李妍暗驚，紀雁秋？雖然有六年未相見，她還是一眼就認了出來。

「雁秋妹妹妳……妳也來了？」

李妍再一瞧，紀雁秋還領著一個三歲左右的小男娃！

紀雁秋嫵媚地笑了笑。「皇后娘娘，我也有孩子了，上個月剛過三歲生辰。」

李妍掐了一下自己的胳膊，疼得很，這不是作夢！她再瞪向徐澄，徐澄仍然笑著不說話。

紀雁秋見李妍那般模樣，用絹帕掩嘴而笑，還添油加醋地說：「皇上常常微服私巡，也並非每回都帶著皇后娘娘，他在外面和我們團聚又有了兒女，也情有可原嘛。」

李妍不相信她的眼睛，也不相信她的耳朵，急得直跺腳。「你們別鬧了，我不相信！快說，這兩個孩子到底是哪裡來的？」

宋如芷和紀雁秋仍然掩嘴發笑，徐澄一副「瞧見妳生氣我很開心」的模樣。李妍快被他們折磨瘋了，若這是事實，她巴不得之前她陪著徐澄一起死，好歹也能死同穴！

這時崔嬤嬤實在憋不住了，她心疼著她的皇后娘娘呢，走過來笑盈盈道：「皇后娘娘，她們來宮裡已住了兩日，老奴心裡都清楚著呢，這兩個孩子雖是宋夫人和紀夫人的孩子，但並不是皇上的孩子，您可別嚇著。」

李妍陡然吁了一口氣，徐澄走過來攬著她的肩膀，揶揄笑道：「瞧妳剛才沒出息的樣兒，可失了皇后之儀。」

李妍紅著臉尷尬笑著，然後又挑著眉頭說：「其實我猜著就是這樣，你真當我相信了？」

徐澄搖頭笑道：「還想抵賴？」

他們倆這番對話惹得大家都發笑，李妍不好意思地來到宋如芷和紀雁秋面前打趣道：「妳們倆這是恩將仇報吧，竟然合著大夥兒來逗我！妳們啥時候嫁人了，怎麼不告訴我？」

宋如芷和紀雁秋同時看向徐澄，徐澄向她們點了頭，她們才敢說出來。

原來在六年前，也就是紀雁秋剛被驅出府不久，徐澄就給了她一道密令，叫她隱姓埋名另尋佳夫，他會派人保護他們一家。

四年前，他又給了宋如芷密令，先廢了她的貴妃位分，將她降為庶人，再勸她務必早些另嫁，否則他於心不安。那時驕兒也大了，慢慢有了自己的主意，還有朱炎一家在隘陽護著驕兒，何況宋如芷自己也沒啥能耐，隘陽有她沒她都無所謂。只要宋如芷不和驕兒住在一起，她另嫁也無人知曉。

李妍聽了這些，更加欽佩地看著徐澄，一個當了皇上的人，願意讓曾經的女人改嫁，這可不是一般男人能做得到的。

她感慨地說：「皇上，因為你有如此氣量，所以才能包納百川，奪得江山，更能駕馭江山，將來定能兼濟天下！」

徐澄笑道：「有妳這樣狠命誇自己男人的嗎？」

紀雁秋翹著嘴說：「你們倆就別再獻恩愛了，皇后娘娘您可不知道您剛才那模樣有多逗。您也不想想，現在有許多女人都傳言皇上體味難聞、一身怪癖，只有皇后娘娘受得住，所以後宮裡才只有皇后娘娘一人。咱們整個大徐朝怕是沒哪個女人對皇上有興趣了，我們自然也不敢再往上貼了。」

「啥？」李妍噗哧一笑。「皇上體味難聞，一身怪癖？」

徐澄一臉委屈。「這是誰傳出去的，朕哪有這般不堪？」

李妍瞅向宋如芷、紀雁秋。「哼哼，不會是妳們倆瞎傳的吧？」

「才沒有呢！」宋如芷、紀雁秋見李妍上前來撓她們倆，她們笑著飛快地跑開了。

男孩們在踢雪球和打雪仗，女孩們在堆雪人，她們三個婦人也妳追我趕，立在一旁的宮女和嬤嬤們熱鬧地說笑。

徐澄閒庭信步跨上轎子，讓人準備筆墨，他要將今日這般歡聲笑語的場景畫下來，特別是那個穿著銀紅色織錦斗篷的女人，他可要將她畫得美一些，否則她一生氣，夜裡就不好好暖床了……

——全篇完

2015年2月出版

兩世冤家

文創風 266~269

她的性子太過愛恨分明了，她開心了，便會讓人也開心，
相對地，她不開心了，反擊也極為強烈，沒給自己留太多情面，
因此，最終把自己弄得傷痕累累，跟他鬧得恩斷義絕，無一絲情分……

溫暖的文字　烙印人心的魅力／溫柔刀

難不成，那一跤竟把自己給摔死了？不是這麼衰吧？
更倒楣的是，不僅她重生了，連她那個和離了幾十年的夫君也重生了?!
不，這一切肯定是惡夢……若不是夢，就是孽緣啊！
前世和離後，她幫著摯愛的哥哥算計他這個政敵，毫不手軟，
可她千算萬算都沒算到，互鬥了幾十年的他們竟要重來一回！
兩個外表年輕的人卻擁有老人靈魂，這老天爺也太愛捉弄人了吧？
罷了罷了！賴雲煙決定，暫且先看著辦吧！
只要他不先攻擊，他們之間要禮貌以待地相處至分開是不成問題的，
雖然，他們更擅長的是在背地裡捅對方的刀子。
因此即便他對她噓寒問暖、關懷備至、嫉妒橫生，她也不為所動，
畢竟他太能裝了，前世一裝就是一世，沒幾人不道他君子，
相比之下，被休出門的她，不知被多少人戳著脊梁骨說風涼話呢！
唉唉，這樣殘忍虛偽的冤家，怎地就叫她一再地遇上了？

2015年1月出版

招財進寶

文創風 258～261

穿成屬虎命凶的農家小村姑，爹是極品鳳凰男，娘是懦弱受氣包，
最坑的是，所謂的親人們竟個個都想賣了她換錢！
哼，老虎不發威，真當她是無嘴不還口的Hello Kitty嗎？

村姑也要出頭天　相夫教子賺大錢／天然宅

搞什麼鬼？睡個覺而已，醒來竟穿成了農家女？
這古今之遙的巨大時差她都還沒適應好呢，
竟就得先面對這一大家子無情又勢利的親人？
除了娘親外，他們每一個都想賣了她換錢是怎樣？
一文錢能逼死的絕對不只有英雄好漢，還有她！
這種整天吃不好、睡不好、心驚驚的苦日子她受夠了，
倘若再不自立自強點，到時怎麼死的都不知道，
所以，她決定要帶著娘親脫離他們的奴役，展開新生活，
她可是有技藝又有頭腦的現代女子，就不信會活不下去！

文創風 274

當家主母 下

國家圖書館出版品預行編目資料

當家主母 / 于隱著. --
初版. -- 臺北市 : 狗屋, 2015.03
冊 ; 公分. --（文創風）
ISBN 978-986-328-427-7（下冊 : 平裝）. --

857.7 104001126

著作者	于隱
編輯	余一霞
校對	黃薇霓　周貝桂
發行所	狗屋出版社有限公司
地址	台北市104中山區龍江路71巷15號1樓
電話	02-2776-5889～0
發行字號	局版台業字845號
法律顧問	蕭雄淋律師
總經銷	知遠文化事業有限公司
電話	02-2664-8800
初版	2015年3月
國際書碼	ISBN-13　978-986-328-427-7
原著書名	《当家主母》，由北京晉江原創網絡科技有限公司授權出版

定價250元
狗屋劃撥帳號：19001626
網址：love.doghouse.com.tw　E-mail：love@doghouse.com.tw